FORBIDDEN WORLD
금지된 세계

김백호 판타지 장편 소설
FANTASY FRONTIER SPIRIT

금지된 세계 1

김백호 판타지 장편 소설

초판 1쇄 찍은 날 § 2010년 1월 12일
초판 1쇄 펴낸 날 § 2010년 1월 18일

지은이 § 김백호
펴낸이 § 서경석

편집장 § 문혜영
편집책임 § 주소영

펴낸곳 § 도서출판 청어람
등록번호 § 제1081-1-89호
등록일자 § 1999. 5. 31
어람번호 § 제1-1113호

주소 § 경기도 부천시 원미구 심곡2동 163-2 서경B/D 3F (우) 420-822
전화 § 032-656-4452 팩스 § 032-656-4453
http://www.chungeoram.com
E-mail § eoram99@chollian.net

ⓒ 김백호, 2010

ISBN 978-89-251-2051-5 04810
ISBN 978-89-251-2050-8 (세트)

FANTASY FRONTIER SPIRIT

김백호 판타지 장편 소설

FORBIDDEN WORLD

금지된 세계

도서출판
청람

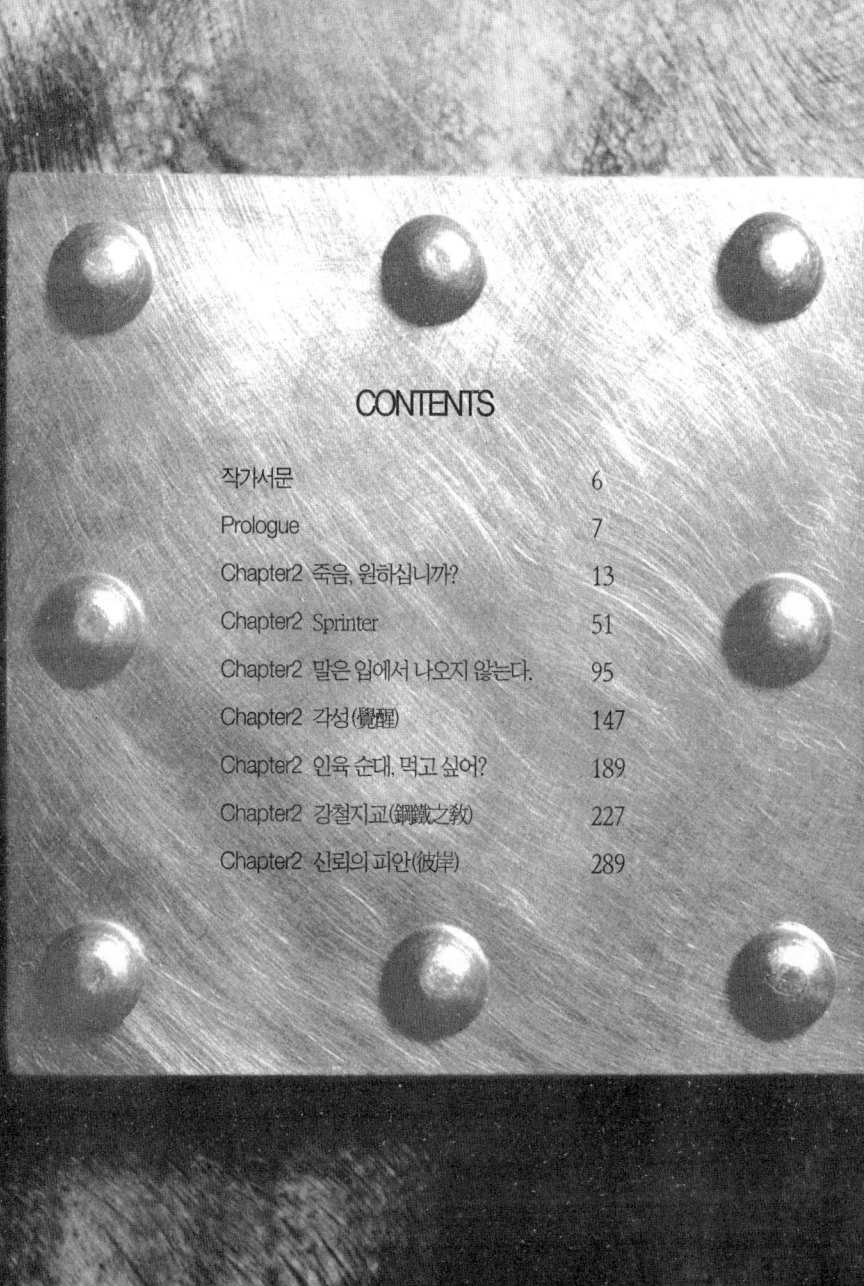

CONTENTS

작가서문

이 책이 나오기까지 저에게 열정을 주신 모든 분들에게 감사를 표하고 싶습니다.

하늘에 계신 아버지와 끝까지 믿어주신 어머니, 격려와 응원을 해준 친구들과 문피아의 독자님들, 그리고 아낌없이 여러 조언을 해주신 수담옥 형님에게 감사의 인사를 남깁니다.

소설을 쓰는 것보다 서문을 쓰는 게 더욱 어려운 것 같습니다. 이미 하고 싶은 말은 글 속에 있다고 생각합니다. 그저 한 가지 바람이 있다면 시린 겨울 하늘 아래 어디선가 이 책을 보고 계신 당신에게 금지된 세계가 따뜻한 인연으로 기억되었으면 하는 마음뿐입니다.

Prologue

서기 2027년, 영국 런던에서 하루아침에 수백 명이 심장병과 급성폐렴으로 사망하는 사건이 발생했다.

아무런 여과 장치도 없이 태어날 때부터 오염된 대기를 접하면서 자란 사람들, 그들의 체내에 축적된 독성 물질이 신종 바이러스와 융합하면서 치명적인 전염병으로 거듭난 것이다.

인간의 탐욕이 인간 스스로를 멸한 재앙이었다. 이 전염병이 몇 년에 걸쳐 변이하면서 인류의 절반 가까이를 죽음으로 내몰았다.

자연에게 버림받은 인류는 살아남기 위한 변화를 모색해야 했다. 그 변화의 일환으로 수천 년간 지켜졌던 기존 교육제도가 철폐되었다.

서기 2046년, 한반도에서도 수도권을 중심으로 시행되던 넷스쿨이 19년이 걸린 끝에 제도화되면서 모든 초, 중, 고교가 문을 닫았다.

언제 어디서 감염이 될지 몰라 방진 마스크를 쓰고 등하교하던 학생들이 가상공간을 통하여 가정에서 수업을 받는 시대가 된 것이다.

이 과정에서 '퓨어(N01)'라는 이름의 기기가 각 가정에 보급되었다. 초기의 퓨어는 고글과 헤드셋, 마이크가 일체화된 헬멧 형태의 기기에 불과했다.

그러나 교육혁명이라고 불리는 새로운 제도가 많은 문제점을 야기하면서 퓨어의 성능 역시 그에 걸맞게 도약해 갔다.

서기 2048년, 전신의 신경을 부분적으로 인식하는 좌석과 글러브가 추가된 퓨어48(N21)의 출시는 훗날 인권 유린의 서막이라 평가된다.

서유럽에서 가장 먼저 의무화된 퓨어48은 가상공간에서 촉감을 줄 수 있는 획기적인 기기였음에는 분명했다. 하지만 진의는 통제가 불가능한 학생들에게 손목 부분에 최소 2mA에서 최대 6mA의 전류로 체벌을 가하는 기기였다.

한반도에서도 반대운동이 일어났지만 당시 정부의 고집은 완고했다. 오래전부터 언론의 눈과 귀를 막는 법을 개정하면서 정부는 마음만 먹으면 언제든지 국민들을 우롱할 수 있었던 것이다.

그리하여 퓨어48을 착용하지 않으면 넷스쿨에 접속조차 못하는 웃지 못할 법까지 만들어졌다. 게다가 무단으로 한 달간 접속하지 않은 학생은 서면교육이라는 명목으로 버림받은 땅으로 근신까지 내려졌다.

한반도의 동남쪽에는 다섯 개의 섬이 있다.

40년 전만 하더라도 일본이라는 이름을 가진 강국의 땅이었다. 하지만 가속화된 지구온난화 현상과 끊임없는 지각변동이 부른 해수면의 급상승으로 다섯 '등분이 난 일본은 사실상 사람이 살 수 없는 땅이 되어버렸다.

달에 있는 도시국가 중 하나인 네오도쿄가 바로 일본의 유민(遺民)들이 세운 국가이다. 일본이 달에 도시를 세우기 위해서 매각을 한 규슈 지역의 섬을 한국에서 사들여 그곳에 학생들을 일정 기간 수감시켰던 것이다.

비단 한국뿐만 아니라 전 세계가 미쳐 가던 시대였다.

다만 한 가지 부정할 수 없는 게 있다면 퓨어48 이후로 가상공간은 더욱 완벽에 가까워졌다는 사실이다. 수많은 기업들이 가정에 있는 이 퓨어를 활용하여서 게임을 만들어낸 시기도 이때쯤이다.

그러던 중 많은 사람들의 뇌리에 남아 있는 2053년이 도래한다.

화성 여행에서 돌아오던 우주선 제네시스 E-07기가 버려진 인공위성과 충돌을 하는 사건이 일어났다.

문제는 한국에서 이례가 없을 정도로 영향력이 큰 젊은 사상가가 그 우주선에 타고 있었다는 점이다. 처음으로 우주 쓰레기에 대한 심각성이 대두되었으며, 많은 사람들이 그 사상가의 죽음을 애도하였다.

그러나 그 사건의 파장은 기존 사회학자들의 예상을 훨씬 뛰어넘고야 만다. 사상가와 내연의 관계에 있던 젊고 아리따운 여배우가 자택에서 스스로 목숨을 끊은 것이다.

종말로 향하는 세계, 사랑마저 없다면 살 가치가 없다.

그녀가 남긴 마지막 문장은 짧고 진솔했다. 그 문장이 유족들에 의해 공개되면서 사회는 이른바 베르테르 효과로 술렁였다. 그렇게 우울한 절망이 드리워진 세계를 살아가는 사람들, 그들 앞에 괴이한 결과물이 떨어진 건 2055년의 일이다.

전압이 증폭되어 출시된 퓨어51(N24) 이후의 기기로 접속이 가능한 가상공간을 활용한 익스트림 스포츠 게임 너바나.

휴먼 게놈 프로젝트와 깊이 연관이 있는 회사에서 만든 게임인 덕분에 매혹적인 오프닝 타이틀이 걸렸다.

그들이 제공하는 콘텐츠를 완료한 사람들에게는 오염된 대기를 접하고도 심장병이나 급성폐렴을 앓지 않게끔 인자 구조를 변화시켜 우성 인자로 거듭날 수 있다는 것이다.

언제 어디서 덮칠지도 모를 죽음의 바이러스, 그 바이러스가 두려워 폐쇄적인 삶을 살 수밖에 없던 사람들, 그들에게 그 타이틀은 비단 죽음의 탈출뿐만 아니라 원초적으로 바라는 자유와 직결되는 희망이었다.

물론 그만큼의 페널티가 있었다. 가상공간 안에서 죽게 되면 최소 50mA의 전류가 가해져 실제로도 죽는다는 것이다.

당연히 너바나의 등장은 당시 어지러운 사회의 혼란을 가중시켰다. 정부는 범국가적으로 대처해 너바나의 모든 관계자들을 잡아들여야 옳았다.

그러나 어떤 정치적인 배경이 숨어 있었고, 천문학적인 뒷거래가 오갔는지 너바나는 방치되었다. 그로부터 1년 뒤, 그곳 너바나에 한 남자가 접속을 한다.

CHAPTER 01
죽음, 원하십니까?

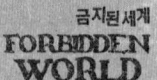

금지된 세계
FORBIDDEN
WORLD

임서호.

그는 유서를 쓰듯 사후에 관한 여러 조항에 체크를 하고 마지막으로 사망동의서에 사인을 했다. 너바나의 회원 가입은 그것으로 끝이었다.

곧바로 로그인이 되었다. 미려한 빛의 파장이 서호의 시야를 가득 채웠다. 잠시 눈을 감았다가 뜨자, 그가 서 있는 곳은 황량하기 그지없는 땅 위였다.

'모래?'

가상공간의 퀄리티를 가장 쉽게 알 수 있는 방법은 바로 주변을 구성하는 입자의 크기를 확인하는 것이다.

한 줌의 흙을 쥐었는데 힘없이 손가락 사이로 빠져나가는 것이 다름 아닌 모래였다. 거기다가 서글픈 바람까지 그어져 그의 머리카락을 흩트렸다.

'바람까지?'

가상공간에서 가장 구현하기 힘든 것은 기체다. 그다음이 액체, 고체 순이었다.

'퀄리티는 상당하다는 건데?'

차분히 주변을 둘러보았다. 생각했던 것보다 많은 돈을 투자한 게임치고는 초라한 느낌이었다. 지붕이 뜯겨 나가거나 벽이 허물어진 고딕 양식의 건물들이 늘어서 있었다. 하지만 그곳 어디에도 하루 종일 웃고 있는 인형[NPC]이라든지, 설렘이 묻은 얼굴을 한 유저[PC]의 모습은 보이지 않았다.

그가 떨어진 곳은 분명 시작 지점이었음에도 원인 모를 쇠꼬챙이만 땅바닥에 수두룩이 박혀 있었다. 쇠꼬챙이 하나를 자세히 살펴보니 조그마한 글귀가 새겨져 있었다.

'이름?'

깜짝 놀라서 고개를 이리저리 돌렸다. 공허한 바람이 불어오고 있었다. 수를 헤아릴 수 없는 쇠꼬챙이가 그 바람에 그어지며 불길한 웃음소리를 흘렸다. 이곳은 다름 아닌 공동묘지였다.

'시작 지점이 공동묘지라고?'

기괴했다. 어쩌면 이는 너바나의 배려인지도 몰랐다.

여기서부턴 장난이 아니라는 경고다. 강한 전기 충격으로 실제로 죽을 수 있는 곳이니만큼 호기심을 품고 들어와도 책임을 지지 않는다는 뜻이었다.

이런 곳에 아카데미 따위가 있을 리는 만무했다. 도시 안에 뻔뻔스럽게 세워진 공동묘지를 벗어나자, 눈에 들어오는 건 부서진 건물들과 덩그러니 서 있는 게시판이었다.

게시판에는 금일 사망자 수와 다음 도시에 도착한 인원수가 표기되어 있었다. 그리고 여러 게시물이 덕지덕지 붙어 있었다.

무엇을 하든, 무엇을 당하든 자유다.

불평불만을 토로하려거든 당장 현실로 돌아가라.

도시 밖으로 나가서 부상을 입는 순간 로그아웃은 불가능하다. 부상을 치료해서 전투 모드를 해제하거나 도시나 마을 안으로 복귀해야 로그아웃이 가능하다.

마지막 도시에 도착하는 자는 신인류의 자격을 얻는다.

겨울성좌의 주인에겐 500억 상당의 아이템인 '자아의 열쇠'가 주어진다.

살벌한 경고문과 보상에 관한 게시물이 있었다. 게시판의 문구를 머릿속에서 되새기며 도시 출구로 향했다.

죽음까지 구현된 세계, 접속을 하는 순간 어떻게 죽든 모든 책임은 본인에게 있었다. 즉, 여기서만큼은 타인을 죽여도 죄가 되지 않았다.

하여 이곳 너바나에는 보상을 바라는 자들 외에도 살인광이나 절망적인 현실에 자살을 하려는 사람들도 적지 않게 찾았다. 물론 서호는 전자도 후자도 아니었다.

그의 형이 사라졌다, 현실에서 완벽하게. 조사기관은 함묵했고, 오히려 그를 정신병자로 모는 사람들의 차가운 시선만 내려졌다. 그러던 중에 퓨어의 데이터베이스에 남아 있는 너바나의 로그를 발견한 것이다. 그가 너바나에 접속한 적이 없으니 형이 접속을 했다는 뜻이었다.

평소에는 원수처럼 지냈지만 둘도 없는 형이었기에 서호는 이 단서를 놓칠 수 없었다.

'여기에 들어온 이유가 뭐지?'

형이 그처럼 열성인자였다면 이곳에 들어올 이유가 있었다. 하지만 형은 그와 달리 우성인자였다. 전염병에 걸릴 걱정 없이 바깥을 마음대로 활보할 수 있는 신인류였다.

'도대체 뭐 때문에?'

도시 출구로 걸어가던 서호는 혹시 몰라서 땅바닥에 널브러져 있는 절반쯤 부서진 칼 한 자루와 녹슨 방패를 주워 들었다.

죽은 사람들이 썼던 낡고 보잘것없는 무기나 방어구를 마물이 취하지 않았다면 도시의 출입구로 전송하는 것이 너바나의 배려 중의 하나인 듯했다.

"이봐!"

방패를 아래팔에 차고 출구 쪽에서 서성이는 서호에게 누군가가 대뜸 말을 걸어왔다.

목소리가 들린 곳으로 고개를 돌리자, 여우처럼 찢어진 눈으로 비릿한 미소를 짓고 있는 남자가 그를 지켜보고 있었다. 기둥에 기대어 앉은 남자는 단검 하나를 공중으로 던졌다가 받기를 반복했다.

"뭐죠?"

이곳 너바나는 현실의 모습을 유사하게 반영한다. 얼핏 보아도 그보다 열 살 정도는 많아 보여 일단은 존대를 쓰며 물었다.

"보니까 이제 막 이곳에 온 것 같은데, 혹시 자살하려고 접속한 거라면 나한테 죽는 게 어때?"

"아저씨한테 죽으라고요?"

"그래. 깔끔하게 죽여주지. 고통도 거의 없게. 어때?"

남자가 히죽거리면서 단검을 공중으로 던졌다가 받길 반복했다. 그 행동이 상당히 거슬렸다.

"자살을 하러 온 사람들이라도 보통 마물에게 죽는 거 아닌가요?"

"그러니까 내 말은, 어차피 마물한테 죽을 바엔 이왕이면 나 같은 유저한테 죽는 게 낫다는 거지."

대화를 하면서 상식이 조금 무너지는 기분이었다. 게다가 뒷덜미가 서늘해진 느낌까지 들었다. 슬쩍 돌아보자 그에게 말을 걸어왔던 남자뿐만 아니라 부서진 건물더미의 여기저기에서 수많은 사람들이 그를 훔쳐보고 있었다. 꼭 먹음직스런 토끼를 노려보는 이리와 같은 눈빛으로.

'기다리고 있다는 건가, 도시 밖으로 나가기를?'

서호가 한숨을 내쉬었다. 아무것도 모르고 나갔다가 잘못했으면 이들에게 사냥당할 뻔했다. 형의 흔적을 쫓아서 이곳에 들어왔지만, 아무래도 정보를 조금 더 얻고 와야겠다는 생각이 들었다. 그리 판단하고 발길을 돌리자 방금 말을 걸어왔던 남자가 다시 그를 불러 세웠다.

"지금 도시 밖으로 나갈 거 아냐?"

"좀 더 분위기를 살펴봐야겠네요."

"그래? 뭐, 죽고 싶으면 언제든지 나를 찾아. 난 묘도 세워준다고. 마물한테 죽으면 묘도 못 세워."

그 말을 듣고서야 시작하자마자 볼 수 있었던 수많은 쇠꼬챙이들로 만들어진 공동묘지의 원인을 알 수 있었다. 그것들은 전부 인간이 인간을 죽음으로 몰아놓은 흔적이었다.

신인류가 되고 싶다거나, 일확천금을 꿈꾸어서 이곳에 접속한 사람들 중에서 마물에게 죽는 수보다 같은 인간에게 죽는 수가 많다는 것을 의미했다. 위험하고 천한 세계였다.

"아저씨, 참 친절하시네요. 이름이 어떻게 되시죠?"

"이름? 이름은 왜?"

"이왕 여기 온 거, 저도 한 놈 정도는 죽여보고 싶어져서요."

"근데 내 이름은 왜 물어?"

남자의 질문에 서호의 입꼬리가 짓궂게 올라갔다. 칠흑빛 머리카락 사이로 석양에 반사되는 그의 눈빛이 시퍼런 칼날처럼 번뜩였다.

"아저씨 이름을 알아야 묘비를 세워 드리죠."

"뭐? 날 죽인다고? 이런 미친 새끼를 봤나!"

"이곳에 온 인간 중에 안 미친 새끼가 있나요?"

그랬다. 너바나에 접속했다는 것만으로도 헛된 희망에 목숨을 걸었거나 살인, 혹은 자살을 원한다는 뜻이다. 생명을 경시하는 자들이 미쳤음을 의심할 여지는 없었다.

"하긴 정상적인 새끼는 이곳에 올 일도 없지."

"그렇죠."

"뭐, 내 이름은 나프카다. 네 녀석의 이름은?"

"크로. 일단 이게 제 이름이군요."

        *   *   *

나라는 망해도 기업은 망하지 않는다.

지금 서호가 타고 있는 Mazda RX-11이 그 증거였다.

일본은 지구상에서 사라졌지만, 일본 굴지의 기업 Mazda를 대표하는 로터리 엔진의 회전 톱이 갈리는 소리는 한반도에서 울리고 있었다.

위이잉—!

출시된 지 벌써 30년이 지난 바디는 상처투성이였다. 하지만 2029년 이후로 출시된 차는 도로마다 정해진 규정 속도를 넘길 수 없는 제어 기능이 탑재되어 있어서 이전 세대라고 할 수 있는 RX-11은 오리지널 클래식으로 상당한 고가의 차종이었다.

리빌트한 지 얼마 안 된 엔진과 적당하게 마모된 타이어가 미친 야생마처럼 울부짖으며 도로를 누빈다.

4차선 해안도로를 마음껏 질주하던 은빛 RX-11은 직선로를 지나서 급커브 지역으로 진입했다.

뛰어난 액셀 워커였다면 벌써 감속을 하고도 남았다. 아니, 지금 액셀에서 발을 떼더라도 늦은 타이밍이었다.

서호는 무모하게도 커브를 눈앞에 두고서도 액셀에서 발을 떼지 않았다. 이대로라면 필시 RX-11은 바깥쪽 가드레일을 들이받고, 최악의 경우 바닷가로 곤두박질 칠지도 몰랐다.

뒤늦게 클러치를 밟았다가 다운쉬프트를 한 뒤 다시 클러치를 떼어 엔진브레이크를 건다.

곧바로 핸들을 커브 안쪽으로 꺾자 순간적으로 하중이 앞으로 쏠려 있던 RX-11의 뒷바퀴가 그립을 잃고, 리어가 도로 바깥쪽으로 쭉 밀려 나갔다.

끼이익—!

뒷바퀴가 도로를 거칠게 긁으며 진한 고무 자국을 남겼고, 차체는 금방이라도 중심을 잃고 스핀이 될 것 같았다.

그 순간 다시 클러치를 밟아서 업시프트를 하는 동시에 엑셀을 절반 정도만 쳐서 Rpm를 보상해 주었다. 다시 클러치를 떼자마자 핸들을 커브 바깥쪽으로 꺾으면서 액셀을 힘껏 짓밟았다.

겁을 상실한 주행, 풀 액셀과 본능적인 카운터 스티어링이 스핀이 될 것 같던 차체를 부채꼴로 미끄러지게 만들었다.

드리프트였다. 아슬아슬한 곡예 주행을 하면서도 지금 서호의 눈빛은 지독스럽게 차가웠다.

스물한 살이 된 올해 KGTC(Korea Grand Touring car Championship)의 드리프트 부문에 출전해서 당당히 우승을 거머쥐고 '천재'라는 극찬을 받은 남자가 바로 그였다.

지금 서호의 머릿속에는 자신이 드리프트를 하고 있다는 인지조차 없었다. 작년에 사귀었다가 헤어진 두 살 많은 연인을 만나러 가는 길이 신경 쓰일 뿐이었다.

주리, 그녀와 그는 형이 다니던 회사에서 아르바이트를 하면서 알게 되었다. 회식 자리에서 친해지게 된 이후로 그의 적극적인 공세 앞에 마음을 열어주었다.

둘의 관계는 무척이나 뜨겁고 깊었다. 세 번째 데이트에서 서로에게 모든 것을 허락했을 정도였다. 그에게 있어서 그녀는 의심할 여지가 없는 첫사랑이었다.

그러나 불꽃처럼 화려하게 타올랐던 첫사랑은 결국 1년을 넘기지 못하고 깨어졌다. 그가 카레이서가 되면서 여러 오해를 남기며 끝난 것이다.

주리를 다시 만나러 가는 이 길이 씁쓸한 이유였다. 내키지 않았지만 혹시라도 그녀라면 형의 실종에 관해서 실낱같은 단서라도 쥐고 있을지 모른다는 생각에 향하고 있었다.

해안을 따라서 10분 정도를 더 달려가자 그녀가 사는 단독주택이 나왔다. RX—11을 주변에 세우고 집 앞으로 걸어갔다. 정치가들이 많이 사는 곳이라 도시에서 유일하게 일정한 간격으로 공기 멸균 장치가 설치되어 있어 방진 마스크는 쓸 필요가 없었다.

딩동—!

초인종을 누르자 잠시 후 놀란 눈빛을 한 주리가 현관문을 열고 나왔다. 실크 네글리제를 입고서 나온 그녀는 고혹적인 느낌이 더해져 전보다 더욱 아름다웠다.

"호야, 무슨 일이야?"

"그게……."

담배 한 개비를 꺼내 물고 지포라이터로 불을 붙인 그가 어렵사리 이야기를 꺼냈다.

"혹시 형한테 연락 같은 거 온 적 없어?"

"갑자기 무슨 말이야? 형이라니?"

주리가 어이없다는 눈빛으로 그를 바라본다. 그녀의 답을 들은 서호는 마음속에 숨죽였던 불안이 커져 가는 것을 느꼈다. 내뿜는 담배 연기가 부끄러울 정도로 흔들렸다.

"형이 없어졌거든."

"너 이상해. 너한테 형이 있다는 얘기는 처음 들어."

걱정이 현실로 거듭났다. 그녀도 지인들과 같은 반응을 보였다. 형을 기억하지 못했다. 형을 알고 지냈던 사람들 모두가 형의 존재를 망각하고 있었다.

결론은 둘 중에 하나였다. 그가 미쳤거나, 형을 아는 사람들 전부가 기억을 잃어버렸거나.

단언컨대 그는 미치지 않았다. 그렇다면 인간까지 복제되는 미친 세상, 언론 매체에서는 거론된 적이 없지만 기억 조작이 되었을 가능성을 배제할 수 없었다. 이 세상에서 누군가가 형을 완벽하게 지워 버린 것이다.

"아냐. 그냥 농담이었다고 생각해."

"농담이라고?"

"미안. 잘 있어."

"잠깐만, 호야!"

주리가 다급하게 부르지만 애써 외면하고 RX―11에 올라탔다. 시동을 걸고 그대로 달리기 시작했다. 오늘도 절망적인 사실만이 주어졌다. 도대체 어디서부터 세상이 엇나가기 시작한 것인지 알 수가 없었다.

심란함에 젖어 집으로 돌아온 서호는 RX―11을 주차시키고 곧바로 집 안으로 들어갔다. 자연스럽게 방 한쪽에 놓여 있는 퓨어에 눈길이 갔다.

'역시 저것밖에?'

그는 막무가내로 덤비는 스타일은 아니었다. 형과 관련된 정보가 있다는 것은 확실했지만 목숨이 걸린 세계를 무턱대고 돌아다닐 수는 없었다. 그래서 처음 접속을 하고 나서 며칠 동안은 너바나에 관한 정보부터 수집했다.

너바나에는 하나의 대륙이 존재했다. 대륙의 원래 이름은 프리시스였지만, 흔히들 시계대륙이라고 불렀다.

이는 대륙에 있는 열두 개의 대도시가 시계의 시각이 있는 위치처럼 원을 그리고 있는 까닭이다.

간단하게 설명해서 원형 시계를 정면에서 바라볼 때 오른쪽으로 5도 정도 기울여 놓으면 시계대륙의 형상과 흡사했다.

이때 가장 처음 시작하는 도시는 세 시의 위치에 있었다. 도시의 이름은 3월의 도시였다.

게임의 목적은 단순했다. 3월의 도시에서 시작해서 2월의 도시에 도착하면 너바나가 제공하는 콘텐츠는 모두 누린 셈이었다.

여기서 문제는 시계처럼 역순으로도 중앙을 가로지를 수 없다는 점이다. 숫자 3과 2는 바로 붙어 있었지만 그 사이에는 죽음의 강이 흘렀고, 중앙의 산맥에는 죽음의 용들이 서식하고 있었다.

어쩔 수 없이 3월의 도시에서 시작한 유저는 시계바늘이 나아가듯 4월의 도시부터 1월의 도시까지 순차적으로 하나하나 거쳐야만 마지막으로 2월의 도시에 도착할 수 있었다.

'이건?'

넷에서 너바나에 관한 정보를 수집하던 서호는 바로 어제 묘한 사진 한 장을 보게 되었다.

2월의 도시에 최초로 도착한 캐릭터들의 모습이 있었는데, 형과 닮은 모습을 한 캐릭터도 그 속에 있었던 것이다. 너바나의 캐릭터가 현실의 모습을 거의 유사하게 반영하기에 서호는 그 한 장의 사진을 무시할 수 없었다.

'뛰어들어 보자.'

밖에서 겉돌면서 정보 수집을 하는 건 한계가 있었다. 남은 것은 직접 너바나의 세계로 들어가는 것밖에 없었다.

저녁을 토스트에 딸기잼을 발라서 간소하게 해결한 그는 마음을 단단히 먹고 퓨어에 몸을 맡겼다. 두 번째 접속이었다.

그의 눈동자에 쇠꼬챙이가 무수히 박힌 공동묘지와 누추한 차림의 사람들이 거니는 도시의 전경이 새겨졌다.

부서진 도시에 아름다울 것은 없었다. 다만 불어오는 바람에 머리카락이 흩날리는 기분만큼은 좋았다. 현실에선 이렇게 시원한 바람을 마음 놓고 맞을 수 없는 까닭이다.

바람에 스며 있던 익숙지 않은 혈향(血香)에 느슨했던 심장을 조인 서호는 도시의 중심을 향해 걷기 시작했다. 처음 접속한 날과는 달리 도시에는 제법 많은 수의 사람들로 붐비고 있었다.

이곳에 특별한 목적을 가진 사람이 하나라고 치면, 그들의 충돌로 이뤄지는 볼거리를 구경하기 위해서 모이는 사람이 열인 세계였으니 많은 사람이 있다고 해서 이상할 건 없었다.

칼과 도끼를 들어라. 전사가 될 것이다.

방패를 들어라. 기사가 될 것이다.

단검과 활을 들어라. 도적과 궁수가 될 것이다.

지팡이를 들어라. 마법사가 될 것이다.

도시 밖으로 나가라. 영광, 혹은 죽음을 얻을 것이다.

무엇을 하든, 무엇을 당하든 자유다.

먹잇감이 풍요로운 날을 기념하여 게시판에는 새로운 공문까지 붙어 있었다.

서호는 들고 있던 부서진 검과 녹슨 방패를 꽉 쥐며 광장 쪽으로 발길을 돌렸다. 광장 중앙의 분수대 주변에는 많은 사람들이 모여서 웅성거리고 있었다.

'뭐지?'

시선이 집중된 곳에 키가 작은 소녀 하나가 서 있었는데, 바람이 불어올 때마다 허리까지 내려오는 긴 머리카락이 찰랑거렸다. 커다란 눈망울이 이 추한 세계를 불안한 눈빛으로 훑고 있었다.

옷차림이 조금 독특했다. 무릎까지 오는 새하얀 로브를 입고, 목에는 검은 가죽으로 된 목걸이를 차고 있었다. 쇠사슬이 그 목걸이에 연결되어 있어서 꼭 개목걸이가 연상되었다.

사람들의 시선이 부담스러웠는지 얼굴을 붉힌 소녀는 연약한 두 손으로 나무 재질의 피켓을 조심스럽게 들고 있었다.

겨울의 왕국에 가실 파티를 구합니다.

피켓에는 무모한 문구가 새겨져 있었다. 이곳 시계대륙은 네 개의 왕국이 있고, 그 왕국은 각각 세 개의 도시를 거느리고 있었다.

즉, 겨울의 왕국은 12월, 1월, 2월의 도시를 일컬었다. 한 번의 실수로 목숨을 잃을 수 있는 이 세계에서 가장 혹독한 땅인 그곳으로 간다는 말은, 철저한 계획이 없다면 함께 죽을 사람을 모집한다는 말이나 진배없었다.

물론 2월의 도시에 도착하면 전염병의 두려움으로부터 해방되는 우성인자로 거듭날 수 있고, 겨울성좌에 앉는다면 달콤한 보상이 주어지는 것은 사실이다. 500억의 가치가 있는 자아의 열쇠로 벼락부자가 될 수 있는 것도 꿈은 아니었다.

실제로 한 사람이 겨울성좌에 앉았다는 기록이 있는 것으로 보아 능력만 된다면 도전해 보는 것도 나쁘진 않았다. 하지만 대다수의 사람들에게는 지나치게 사치스런 꿈이었다. 대부분 포기를 하거나 죽는 것이 시궁창 같은 현실이었다.

저 소녀 역시 제대로 된 파티를 구하기 어려워보였다. 뜻이 있다면 혼자서라도 도시 밖으로 나갈 테지만, 결국엔 마물이나 다른 사람들에게 잡아먹힐 것이다.

그것이 이 세계의 추악한 진실이었다. 약한 것도 죄고, 어리석은 것도 죄였다. 소녀는 두 가지의 중죄를 동시에 범하고 있었다.

"어이!"

한심한 눈빛으로 소녀를 바라보고 있던 서호를 누군가가 불렸다. 고개를 돌리자 나무젓가락처럼 비리비리한 몸매를 가진 남자가 곁으로 다가왔다.

삐죽삐죽 솟은 머리카락과 까칠까칠한 수염을 제멋대로 기른 초췌한 외모의 남자, 며칠 전 그에게 상냥하게 시비를 걸었던 나프카였다.

"아직 살아 있었네?"

"네."

그 뒤로 접속을 하지 않았으니 죽을 리가 없었다. 아니, 애당초 서호는 이런 곳에서 죽을 생각이 없었다.

"무슨 볼일이죠?"

"언제 출발할 거냐?"

"저한테 관심있나요?"

"관심? 내가 미쳤냐?"

아무래도 서호의 말을 이상한 쪽으로 받아들였는지 그가 괜히 언성을 높였다.

"그럼 뭐죠? 제가 언제 출발하는지 알아서 뭐 하게요?"

퉁명스런 서호의 대답을 듣고 나프카가 콧잔등을 살짝 긁더니 나직이 속삭였다.

"넌 자살을 하려거나, 단순한 호기심을 품고 여기 들어온 건 아니지?"

"그건 어떻게?"

"보통 이곳에 오는 녀석들은 너 같은 눈빛을 하지 않거든."

"자리 까셔도 되겠네요."

"그래서 하는 말인데, 혹시 4월의 도시에 나랑 같이 가볼 생각 없냐? 혼자서 '악운의 산'을 넘기는 좀 힘들어서 말이야."

그 말을 들은 서호의 눈매가 가늘어졌다. 겉보기엔 괜찮은 제안이었다. 그는 너바나에 대해서 아직 모르는 게 많았다. 전투에 관해서 어느 정도 경험이 있어 보이는 나프카가 파티가 된다면 서호로서는 손해 볼 게 없었다.

그러나 결정적으로 나프카에게는 그와 파티를 해서 얻는 이득이 없었다. 짐짝 같은 그를 파티로 해서 얻는 이득이 있다면 단 하나였다. 뒤에서 서호를 죽이고 카르마를 쌓는 것이었다.

카르마, 업보라는 뜻으로 너바나에서 사람을 죽였을 때 몸에 임의적으로 새겨지는 낙인이었다.

현실로 예를 들면 전과자의 별이라고 생각하면 된다. 겨울로 가고자 하는 유저의 경우 이 낙인이 찍힌 자를 보고 경계를 하라는 의미로 만들어진 시스템이었다.

그러나 실제론 그 의미가 퇴색되고 있었다. 카르마가 높다는 건 타인을 많이 죽였다는 증거이고, 그만큼 강하다는 뜻이었으니 마치 레벨처럼 여겨지고 있었다. 나프카도 그런 자들 중의 하나로 보였다.

"차라리 저 혼자 가는 게 더 안전하겠군요."

이것이 옳은 답이었다.

"여전히 고슴도치 같은 녀석이군. 남의 호의를 그렇게 무시하는……."

"꺼져 주시죠? 피차 더 이상 할 얘기는 없을 것 같은데요?"

"뭐?"

"틀렸나요?"

"눈치챘냐?"

이 상황에선 눈치채지 못하는 게 이상했다.

"네, 그런 수법은 유치원생도 안 걸려요."

"그럼 됐다. 네 녀석 말고도 오늘 먹잇감은 넘치니까. 그럼 잘 살아 있어라."

묘한 자였다. 적의로 가득 찬 서호의 눈빛을 대하면서도 나프카는 의외로 시원하게 물러났다. 이곳에 있는 사람들의 상식은 실로 이해하기가 어려웠다.

'그나저나 어떻게 다음 도시로 가지?'

광장 중앙에 있는 소녀처럼 무턱대고 파티를 구하는 짓은 할 수 없었다. 그건 죽음을 자초하는 길이었다. 그렇다고 혼자서 가기에도 나프카의 말처럼 위험했다.

벤치에 앉아서 고민에 빠져 버린 서호, 덧없이 광장을 바라보고 있던 그의 눈빛이 잠시지만 흔들렸다.

그에게 시비를 걸었던 나프카가 광장 중앙에서 피켓을 들고 있는 소녀에게 다가간 것이다. 그녀를 먹잇감으로 정한 듯했다.

'행색이라도 조금 단정한 게 나을 텐데? 저렇게 빤히 보이는 꼼에는 어린애도 안 당한다고, 아저씨.'

소녀의 나이는 고등학생쯤으로 보였다. 바보가 아닌 바에야 방금 같은 수는 통하지 않는다. 그런데도 기어코 말을 거는 나프카가 오히려 아둔해 보였다.

아무리 이곳이 생명을 경시한 사람들이 찾는 곳이고, 그들에게 죽음을 내리는 영업을 하고 있다고 해도 조금 더 머리를 쓰는 게 낫겠다는 충고를 해주고 싶었다.

그런 생각으로 그들을 지켜보고 있던 서호의 미간이 찌푸려진 건 잠시 후였다.

소녀가 정말로 나프카의 말을 믿는지 천진난만한 얼굴로 고개를 끄덕인다. 숨김없는 미소와 커다란 눈망울은 나프카를 진심으로 믿고 있었다.

얼마 걸리지 않아서 나프카가 소녀의 어깨에 손을 올리더니 도시 출구 쪽으로 걸어가기 시작했다. 어깨동무를 한 채 슬쩍 고개를 돌려서 그를 바라보는 나프카. 시체작업은 이렇게 쉽다는 것을 일러주고 있었다.

도시 출구를 향해서 걸어가는 두 사람을 지켜보고 있던 서호는 씁쓸한 미소를 지으며 벤치에 몸을 뉘었다.

어차피 똑똑했다면 이곳에 올 일도 없었을 것이다. 삶의 무게를 모르는 무지한 자들의 세계였던 것이다.

서호는 따스한 햇살을 맞으며 눈을 감았다. 지금 중요한 건 다음 도시까지 어떤 방법으로 가야 하는가에 대한 문제였다.

그러했다. 분명 그러했는데 찌푸려졌던 그의 미간은 좀처럼 펴지지가 않았다. 찝찝한 뭔가가 뇌리를 긁었다. 마치 벌레가 머릿속을 기어다니는 더러운 기분까지 들었다. 문득 소녀가 들고 있던 피켓이 눈에 밟혔다.

'그 애는 살인을 하거나 자살을 하러 온 건 아니잖아.'

무엇 때문인지는 모른다. 하지만 소녀는 무모한 희망을 갖고서 이곳에 왔다. 저대로라면 겨울의 왕국은커녕 출구로 나가자마자 칼을 맞고 죽을 것이다.

'인생의 쓴맛은 그렇게 배우는 거라지만……'

지금 머릿속을 기어다니는 벌레의 원인은 바로 소녀가 인생을 배우는 값이 목숨이라는 데 있었다. 인생을 배우는 값치고는 너무나 무거웠다.

실수를 하더라도 한 번 정도는 기회가 주어져야 하는데 이대로라면 두 번 다시 기회는 없었다.

'저 아저씨도 상대를 봐가면서 뒤통수를 쳐야지.'

벤치에 누워 있던 서호가 천천히 상체를 일으켰다. 마음이 약하다고 질책을 하면서도 서호는 부서진 검과 녹슨 방패를 들고 일어섰다. 그리고 도시 출구로 향해서 걸어가고 있는 나프카와 소녀의 뒤를 쫓았다.

나프카는 능숙했다. 손안에 들어온 먹잇감을 서두르다가 놓칠 생각은 없어 보였다. 간사한 미소를 지으며 대화를 나누면서 소녀가 인지하지도 못하는 사이에 도시 출구를 빠져나가고 있었다.

그 역시 그들의 뒤를 쫓아서 도시 출구에 당도했다. 한차례 거친 돌풍이 불어왔다. 여기서부터는 한순간도 긴장을 늦춰선 안 되었다.

게시판에서 봤듯 도시 안에서는 언제든지 로그아웃을 할 수 있지만, 도시 밖으로 나가는 순간부터 상처를 입을 경우엔 마음대로 로그아웃을 할 수가 없었다.

그러니 각오를 해둬야 했다. 마음을 단단히 먹고 발걸음을 내딛던 서호가 순간 멈칫했다.

'잠깐만!'

서호의 머릿속에 묘한 시나리오 하나가 그려졌다.

무모한 희망을 품어서 동정심을 유발하는 소녀, 그리고 그를 도발한 남자, 둘이 함께 도시 밖으로 나갔다. 아이러니하게도 지금 그는 그들을 홀로 쫓고 있었다.

'만약 함정이라면?'

너무도 잘 맞아떨어진다는 느낌을 지울 수가 없었다. 소녀가 나프카와 짜고 그를 도시 밖으로 끌어내기 위한 미끼 역할을 한 거라면, 그 역시도 어리석게 스스로의 무덤을 파고 있는 셈이었다.

시야에 그들의 모습이 점점 작아져 가며 그의 결단을 재촉했다. 목숨이 걸려 있는 문제, 신중해야 했지만 시간적인 여유가 없었다.

'생각이 너무 많은 것도……'

서호가 어금니를 질끈 물었다. 형의 실종 사건을 파헤치기 위해 이곳에 왔다. 하지만 3월의 도시에선 형의 흔적을 찾을 길이 없었다.

그렇다면 언젠가는 싫든 좋든 도시 밖으로 나가야만 했다. 비단 소녀에 대한 동정심 때문이 아니더라도.

'이왕 할 후회라면 뭔가는 해보고 후회하는 편이 낫다. 이게 옳다.'

본능에 맡겨보기로 했다. 지금은 내딛고 싶었다. 소녀의 순수한 눈망울과 미소는 함정이라고 보기에는 너무도 완벽했다. 그는 마지막으로 뒤를 돌아보았다. 다행히도 추격하는 사람은 없었다.

저벅저벅—!

도시 출구에서 언덕을 내려가자 평지가 나왔다. 비가 오랫동안 내리지 않은 탓에 코를 찌르는 피비린내가 감돌았다. 죽음은 바로 이곳에서 자행되고 있었다.

평지는 그다지 넓지 않았다. 곧 갈대숲이 펼쳐졌고, 그 뒤로는 악운의 산이 시작되는 울창한 숲이 기다리고 있었다. 그들의 모습이 그곳으로 사라졌다.

어느 쪽이든 서둘러야 할 것 같았다. 서호는 검과 방패를 힘주어 잡으면서 달리기 시작했다.

소녀에게는 이름이 없었다. 이름이 없다는 점에 의구심조차 가지지 못했다.

소녀에게는 나이도 없었다. 가장 오래된 기억조차 도둑고양이처럼 쓰레기통을 뒤졌던 일이다.

그 누구도 소녀에게 말을 걸어주지 않았다. 냄새나고 더러워 전염병을 옮기는 벌레 보듯 피했기에 이름도, 나이도 가질 필요가 없었다.

당연히 소녀에게는 외로움도 없었다. 외로움이란 한때나마 친구를 가져 본 사람이나 느낄 수 있는 사치스런 감정이었다.

소녀에게 있는 것이라고는 삶과 삶에 대한 의문밖에 없었다. 굶어 죽지 않기 위해서 구걸을 하고, 쓰레기통을 뒤지는 것이 전부였다.

그러던 어느 날, 약속된 불행이 닥치고야 말았다. 병명(病名)을 알 수 있는 지식이나 수단이 없었기에 몸이 아프다는 말밖에 할 수 없었다.

뱃속이 뒤틀린 것처럼 아팠고, 몸이 불덩이처럼 뜨거워졌다. 먹은 것도 없는데 자꾸 토하게 되었다.

길바닥에 쓰러져서 부들부들 떠는 소녀에게 그 누구도 도움의 손길을 주지 않았다. 못 본 척하거나 기분 나쁜 눈초리로 스쳐 갈 뿐이었다.

소녀에게 세상은 언제나 한겨울이었다. 그렇게 죽어가던 소녀에게 방진 마스크를 쓰지 않은 한 남자가 손을 뻗어왔다.

"괘, 괜찮아?"

아픈 와중에서도 소녀는 경계심을 버리지 못하고 내뻗는 남자의 손을 물어버렸다.

송곳니에 찢겨 손가락에서 피가 나는데도 남자는 손을 빼기는커녕 지저분하고 악취가 나는 소녀를 끌어안았다.

'어째서'라는 의문이 처음으로 소녀의 심장에 새겨졌다. 자신을 해할 거라는 의심이 강하게 들었다. 또래의 아이들조차도 소녀를 보고 돌멩이를 던지면서 쫓은 적이 한두 번이 아니었다.

마치 사냥꾼에게 잡힌 여우처럼 발악을 했지만 남자는 더욱 꼭 끌어안으며 큼지막한 손으로 소녀의 등을 쓰다듬어 주었다.

이상했다. 정말로 이상했다. 그런 기분은 처음이었다. 몸이 덜 아픈 것 같은 착각까지 들었다. 그리고 괜히 목 아래쪽이 떨리고 아려왔다. 세상이 흐려질 만큼 아려왔다.

"괜찮아, 괜찮아."

그 따스한 목소리에 저항이 약해지자 남자는 곧바로 소녀를 안고 병원으로 데려가 주었다.

아픈 주사를 맞는 대신 먹을 것을 공짜로 먹을 수 있었다. 쓴

약을 먹는 대신 침대에서 잘 수 있었다.

　모든 게 소녀를 위한 거였다는 걸 이해한 건 훗날의 일이다. 당시 소녀는 무엇 때문에 남자가 자신에게 잘해주는지 이해하지 못했다.

　"이제부터 내가 너의 아빠니까……."

　"아빠?"

　'아빠'라는 단어에는 묘한 힘이 있었다. 그 말을 듣는 것만으로도 여린 심장은 진하게 떨렸다. 눈앞의 세상이 뿌옇게 변했다. 볼을 타고 뜨거운 무엇인가가 흘러내렸다.

　옛 기억이 떠오른 탓이다. 언젠가 식당을 훔쳐본 적이 있었다. 유리 너머 행복한 미소를 짓고 있는 아이가 덩치 큰 남자와 마주 보며 식사를 하고 있었다.

　소녀는 그들이 식사하는 모습을 뭔가에 홀린 것처럼 훔쳐보았다. 그때 식당 안에 있던 아이가 웃으면서 말했다.

　"아빠, 진짜로 이 버섯 먹으면 장난감 사줘야 돼?"

　"바로 사줄게."

　아빠라고 했다. 소녀는 자신에게도 아이가 말하는 아빠라는 존재가 있다면 저런 따스한 옷을 입고, 공짜로 음식도 먹을 수 있을 거라고 생각했다.

　그 후로 가끔 꿈을 꾸었다. 아빠라는 존재가 나오는 꿈을. 하지만 언제나 깨어나면 쓰레기장이 현실이었다. 그랬던 소녀의 앞에 나타난 것이다. 상냥한 미소를 지으며 따스하게 안아주는 아빠가.

　소녀는 울음이 터지는 것을 참을 수가 없었다. 참기엔 소녀는 너무도 나약하고 어렸다.

"아카라고 하자."

"네?"

"동화책 속의 공주님 이름이란다. 멋진 왕자님이랑 행복을 찾아 여행을 하는 공주님의 이름. 그러니까 네 이름 아카라고 하자."

"이름이라고요?"

"다른 사람이 너를 부를 때 쓰는 말이야."

"그럼 아, 아빠도 저를 아카라고 부르나요?"

그 말에 고개를 끄덕인다. 그 끄덕임에 소녀는 처음으로 세상이 아름답다고 느낄 수 있었다.

그렇게 사와키 아카의 삶은 시작되었다.

그녀의 양부는 원래 일본 사람이었다. 일본의 지각변동으로 한반도에 정착한 유민이었으며 화성 바이오스피어 프로젝트의 팀장이었다.

바이오스피어란, 인류에게 새로운 삶의 터전을 마련하기 위해 인공 지구를 만드는 연구의 명칭이었다.

처음 시행된 것은 1991년 미국 애리조나에서였다. 마치 지구를 축소시켜 놓은 것 같은 건물 안에 흙과 물, 공기와 동물, 식물, 곤충 등과 함께 여덟 명의 사람이 외부로부터의 지원은 일절 받지 않고 생존을 해야만 했다.

첫 실험은 18개월 만에 실패로 돌아갔다. 농사용 토양에 함유된 다량의 유기물이 박테리아 서식에 좋은 조건을 제공해서 산소가 줄어든 까닭이다.

거기다가 건물의 내벽인 콘크리트가 산소를 흡수한 채 방출을 하지 못하자, 이산화탄소가 충만해져 건물 안에는 잡초만이 무성하게 자랐다. 식물의 꽃가루를 옮겨주는 곤충들도 죽어갔다. 자연히 식물과 동물이 번식할 수 없는 환경이 되어버렸다.

이 실험으로 인류는 아무리 과학이 발전하더라도 위대한 자연을 대신할 수 없다는 진리를 얻게 되었다.

그러나 인류는 포기할 수 없었다. 지구온난화 현상으로 인해 지구상에 존재하는 대부분의 식물들이 고사(枯死)한다는 연구 보고가 2009년에 나오면서 그들에게 바이오스피어를 반드시 성공시킬 의무가 주어졌다.

미국뿐만 아니라 일본과 러시아에서도 바이오스피어에 관한 실험은 계속되었지만 실패의 연속이었다. 그러던 중 2015년 한국의 김설헌 박사가 실마리를 잡게 된다.

건물의 내벽을 나무가 원료인 탄소섬유와 흡사한데 살아서 숨을 쉬는 신소재를 개발해 낸 것이다. 이것이 시발점이 되어 바이오스피어의 성공 가능성이 다시 거론되었다.

그러나 당시 한국의 정치가들은 한 치 앞도 보지 못하고 자신들의 주머니를 채우기에 바빴다. 미국과 일본의 뇌물을 받은 정치가들은 연구비를 끊었고, 김설헌 박사의 연구는 잠정적으로 중단될 수밖에 없었다.

결국 런던에서 수많은 사상자가 발생하고 난 뒤에야 미국과 일본의 원조를 받으면서 공동의 이름으로 연구는 성공하게 된다. 이날은 탐욕스런 정치가들로 가득 찬 한반도의 국치일이었다.

달에 지어진 건물은 부분적으로 완공되었지만 아직 화성은 시작 단계라 할 수 있었다. 당시 아카의 아버지는 화성에 건물을 세우면서 휴가를 받은 2개월 사이에 우연히 그녀를 만난 거였다. 때문에 아카는 짧은 만남과 긴 이별의 시간을 반복해야만 했다.

그러나 아카는 꿋꿋하게 버틸 수 있었다. 더 이상은 혼자가 아니라는 사실만으로도 충분했다. 보고 싶으면 언제든지 퓨어를 통해 가상공간에서 만날 수 있었다.

그렇게 네 번의 만남과 헤어짐이 있었다. 그날도 아카는 지구로 내려오는 아버지의 마중을 나갔다. 우주공항에 일찌감치 도착해서 설렘을 안고 기다렸다. 하지만 아버지는 그날 돌아오지 못했다.

우주에 무분별하게 버린 인공위성과 아버지가 탔던 우주선이 충돌해서 단 한 명의 생존자도 없다는 뉴스만 접하게 되었다. 그날 우주공항은 장례식장이 되어버렸고, 아카도 무너질 수밖에 없었다.

세상은 다시 어두워졌다. 차가워졌다. 아무것도 가지지 못했던 시절보다 더욱 깊은 절망으로 물들어갔다.

인간의 몸은 70%가 수분이라는 말이 있다. 그 수분을 전부 쏟아낼 정도로 아카는 눈을 뜨면 오열했고, 오열하다 지쳐서 잠이 들었다. 자살 기도도 두 번이나 했지만 실패로 돌아갔다.

그러던 어느 날 보게 되었다. 사랑하는 사람을 복제한 기록과 가격을. 아카는 복제인간과 관련된 정보를 뒤지다가 너바나의 끝인 겨울성좌에 앉게 되면 자아의 열쇠로 아버지를 복제할 수 있다는 사실을 알게 되었다.

'다시 볼 수 있다면!'

그 희망 하나로 너바나에 접속했다. 물론 혼자서는 어렵다는 것을 알고 있었기에 나뭇조각을 구해서 정성들여 파티를 구한다는 피켓을 만들었다.

그러나 구경하는 사람만 있을 뿐, 아무도 그녀에게 말을 걸어주지 않았다. 한 남자가 그녀의 앞에 나타난 건 이틀이 지나서였다.

"나프카라고 한다."

"제 이름은 아카라고 합니다."

그는 며칠 전 겨울의 왕국에서 왔다고 했다. 다시 그곳으로 갈 건데 생각이 있다면 따라오라고 했다. 아카로서는 고개 숙여 부탁할 수밖에 없었다.

나프카를 따라가면 아버지를 다시 만날 수 있다. 그렇다면 몸이라도 팔 수 있었다. 영혼도 아깝지 않았다.

그런 간절한 소망을 마음에 새기고 출발하게 되었지만 평지와 갈대숲을 지나 울창한 숲 속으로 들어갔을 때쯤 나프카가 갑자기 걸음을 멈췄다.

"무슨 일이세요?"

돌아본 그가 너무도 섬뜩한 눈길로 그녀를 노려보았다.

"여기다."

"네?"

"여기가 너에게 있어선 겨울의 왕국이다."

"여기가 겨울의 왕국이라는 게 무슨 말씀이세요, 나프카님?"

단검을 빼 들은 나프카가 천천히 다가왔다.

"어차피 헛된 꿈, 그냥 여기서 죽는 편이 낫다는 거다."

번쩍이며 휘둘러진 칼날에 아카는 눈을 질끈 감았다. 반사적으로 들었던 왼팔이 베였다. 빨간 줄이 그어지더니 곧 핏물이 샘솟았다.

한 번 더 휘둘러진다. 아카는 뒤로 '쿵' 하고 넘어져 엉덩방아를 찧었다. 순식간에 벌어진 위급한 상황에 혼란스러웠다.

본디 인간이란 게 이런 상황에 처하면 뇌가 제 역할을 수행하지 못한다. 흔히 패닉 상태에 빠지게 된다. 도망쳐야 된다는 사실을 아는데 다리가 움직이질 않았다.

저벅저벅—!

냉혹한 표정으로 다가온 나프카가 왼손으로 땅바닥에 떨어진 뭔가를 주워 들었다. 아카가 차고 있던 가죽 목걸이에 연결된 쇠사슬이었다.

그가 그 쇠사슬을 쥐고 당기자 아카의 목은 힘없이 끌려갈 수밖에 없었다.

"자, 그럼!"

잔혹한 칼날이 대기마저 쫓아버리며 아카의 심장을 향해 찌르려 했다. 바로 그때였다.

치잉—!

나프카가 왼손으로 꽉 쥐고 있던 쇠사슬이 회전하며 날아온 어떤 물체와 부딪쳤다.

아카는 쇠사슬이 받은 충격이 목에 그대로 전해져서 기침을 했고, 나프카도 저릿하게 울리는 왼손을 털며 훼방을 놓은 물체부터 확인했다.

부서진 검이 땅바닥에 떨어져 있었다. 그 검이 무섭게 회전하며 날아와 쇠사슬을 치며 둘 사이를 갈라놓은 것이다. 검이 날아온 방향으로 나프카가 재빨리 고개를 돌렸다. 아카 역시 기침을 하면서도 바라보았다.

대략 열 걸음 거리에 한 남자가 서 있었다. 허름한 누더기 옷과 녹슨 방패를 찬 남자가 다급하게 달려와서 어깨를 들썩거리며 숨을 헐떡이고 있었다.

일그러진 바람에 머리카락이 춤을 추듯 휘날린다. 조금 지쳐 보이지만 칠흑빛 머리카락 사이로 보이는 두 눈동자는 강렬한 의지를 품고 그들을 직시하고 있었다.

"뭐야? 너! 애는 내 먹잇감이야! 방해할 생각 마라!"

그렇게 경고를 한 것만으로 해결되었다고 생각한 나프카는 순진하게도 다시 한 걸음을 내디디며 단검을 찔렀다. 하지만 이번엔 더욱 크고 무지막지한 게 날아왔다. 서호가 녹슨 방패를 주저없이 던져 버린 것이다.

퍼억—!

회전하면서 날아온 방패에 뻗었던 팔을 강타당한 나프카는 들고 있던 단검을 놓쳐 버렸다. 방패에 맞아서 부들부들 떨리는 오른팔을 왼손으로 감쌌다. 어찌나 강렬하게 날아왔는지 부딪치자마자 피멍이 들어 빨갛게 부어올랐다.

"이 미친 새끼! 뭐가 문젠데!"

나프카는 지금 꼭지가 돌 것 같다. 쓰러져 있는 아카가 정신을 차리고 언제 도망갈지 모르는 상황에 눈치없게도 자꾸 훼방을 놓고 있었다.

땅바닥에 떨어진 단검을 왼손으로 주워 들은 나프카는 소녀에게 다시 칼질을 하려다가 슬쩍 눈치를 보았다. 신경이 쓰였던 것이다.

서호는 이미 주먹만 한 돌멩이 하나를 주워 들고 던질 준비를 하고 있었다. 그가 서 있는 주변을 보니 누군가가 뿌려두기라도 한 것처럼 크고 작은 돌멩이들이 수두룩이 널려 있었다. 나프카의 인상이 더럽게 구겨지는 순간이었다.

"너 또 던질 거지?"

그 말에 한 치의 흐트러짐도 없는 눈빛으로 나프카를 노려본 서호가 고개를 끄덕인다.

"아! 도대체 왜 그러는데?"

"처음엔 쇠사슬, 그리고 두 번째는 팔, 이젠 머리통을 맞출 생각이에요."

"뭐라고? 노렸다고? 거짓말하지 마!"

"못 믿겠으면 확인해 보시든가요."

나프카의 이마에 핏대가 섰다. 솔직하게 말해서 아카는 자신의 먹잇감이었다. 어째서 이제 와 가로채려는 건지 이해가 되지 않았다.

그가 자신과 같은 사냥꾼이라고 하더라도, 원론적으로 같은 사냥꾼끼리 먹이 하나를 두고 싸울 필요는 없었다. 도시에도 먹잇감은 널리고 널렸다.

'뿌득뿌득' 소리를 내며 이를 갈던 나프카의 인상이 정말이

지 추하게 구겨졌다. 여기서 이렇게 시간을 축내고 있는 것조차
도 낭비였다.

"어쩌실 건데요?"

서호의 눈빛, 그 눈빛을 마주하는 것만으로도 나프카는 기분
이 더러웠다. 나프카가 오래전에 잃어버렸던 그 무엇인가를 그
는 가지고 있었다.

"아, 정말 짜증나서 못해먹겠네! 그래, 까짓것, 너 해라! 너 다
해먹어라! 어디 먹잇감이 이거 하나만 있는 것도 아니고, 왜 나
한테 와서 지랄인 건데? 괜히 성격 이상한 놈 건들어서 이게 무
슨 생고생이야!"

그때부터 나프카는 입을 쉬지 않고 주절주절 욕설을 내뱉었
다. 그러면서도 아카는 더 이상 건들 생각이 없는지 단검을 뒷
주머니에 꽂아 넣더니 도시 쪽으로 걸어가기 시작했다.

"너, 인마! 세상 그렇게 사는 거 아냐! 내가 도시 밖까지 끌어
냈는데 그걸 가로채! 내가 성격이 쿨하니까 봐주는 거야! 너, 그
렇게 살면 천벌받아! 호래자식 같으니라고!"

몇 걸음 걸어가다가 잠시 멈추더니 투덜거리고, 또 몇 걸음
걸어가다가 멈춰서 투덜거렸다.

"아! 생각하면 생각할수록 열 받네! 물소 한 마리 통째로 먹고
삼 일 동안 똥 참고 있는 악어 똥구멍 같은 자식! 에이! 퉤! 퉤!
퉤!"

생전 처음 듣는 욕설을 하면서 나프카는 아쉬울 것 없다는 듯
도시로 걸어갔다. 억울하지만 여기서 그와 치고받고 싸우는 것
보단 도시로 가서 새로운 먹잇감을 끌어내는 편이 쉽고 위험성

이 덜한 까닭이었다.

반면 서호는 멀어지는 나프카를 보며 허무함까지 느꼈다. 조금 더 강하게 나올 줄 알았는데 의외로 순순히 물러난 것이다.

"괜찮아요?"

나프카의 모습이 시야에서 사라지자마자, 서호는 아직까지 땅바닥에 엉덩방아를 찧은 채로 앉아 있는 소녀의 앞으로 가서 손을 내밀었다.

일으켜 주려고 손을 뻗었지만 방금 전 나프카의 얘기를 들었던 터라 그녀는 경계를 하면서 오히려 움츠러들었다. 내밀었던 손이 괜히 부끄러워졌다. 그 손으로 머리를 긁적이며 서호가 입술을 떼었다.

"저, 나쁜 사람은 아니에요."

그 말에 그녀가 더욱 의심이 깃든 눈빛으로 그를 바라본다.

"아, 사실 저도 2월의 도시까지 가야 하거든요. 그래서 이왕이면 같이 가는 편이 나을 것 같아서요."

우연이지만 방금 서호가 한 말은 나프카가 그녀를 도시 밖으로 끌어낼 때의 화법과 흡사했다. 즉, 경계를 누그러뜨리기에는 역효과만 났다.

"사, 상당히 질이 나쁜 아저씨였죠? 저 아저씨는 며칠 전에 우연히 알게 된 것뿐이에요. 실은 그쪽이 아까 광장에서 피켓을 들고 있는 것을 봤거든요."

"……."

"걱정이 돼서 와본 거예요. 아, 이것 보세요. 저도 오늘이 두 번째 접속이에요."

서호가 그녀에게 손등을 보여주었다. 'Zero' 라는 낙인이 손등에 찍혀 있었다. 카르마, 서호가 이곳에 접속해서 그 누구도 죽이지 않았다는 증거를 보여주자 비로소 아카는 큰 눈망울로 그를 올려다보았다.

카르마에 대해선 아카도 알고 있었다. 도시 밖으로 나가기 전 파티가 있다면 반드시 확인을 해야 된다고 숙지했었는데 나프카의 감언이설에 깜빡 잊어버렸던 것이다.

어쨌건 그의 말이 전부 사실이라면 그녀는 지금 생명을 구해준 은인에게 큰 실례를 범하고 있는 거였다. 얼른 일어선 아카가 고개를 푹 숙였다.

"죄송합니다. 그리고 고맙습니다."

"아니, 죄송할 것까진……."

"제 이름은 아카입니다."

"저는 크로라고 해요. 그럼 파티를 걸까요?"

"저, 정, 정말이신가요? 저와 함께 겨울의 왕국에 가줄 수 있으세요?"

방금 전 벌어졌던 일로 놀란 게 가라앉지 않았는지, 아카의 목소리는 감출 수 없을 정도로 떨리고 있었다.

"어차피 저 혼자서도 힘들긴 마찬가지니까요."

"정말 고맙습니다, 크로님."

비록 그의 본명은 아니었지만 그를 부름에 있어 '님' 이라는 말을 들으니 기분이 묘했다. 괜히 쑥스러워진 서호는 땅바닥에 떨어진 검과 방패를 주워 들면서 물어보았다.

"그나저나 상당히 위험할 텐데요. 꼭 겨울의 왕국에 가야 하는 이유가 있나요?"

궁금했다기보다는 무심결에 물어본 것이다. 그런데 아카는 예상외로 진솔하고 세세하게 답을 주었다. 방금 전 생명을 구해준 은인에게 예의없이 대한 것이 마음에 남은 듯했다.

"저는 고아였어요."

"······?"

"그런 저에게 아버지가 나타났어요. 이름도 지어주고 나이도 가르쳐 줬어요. 일 때문에 아버지를 자주 만날 수는 없었지만 정말 행복했어요. 정말로요. 하지만 몇 년 전 우주선 사고로 돌아가셨어요."

"우주선 사고라면, 제네시스 E−07기가 인공위성과 충돌한 사고?"

"네, 정말 믿을 수 없었어요. 죽는 것밖에 없다고 생각했어요. 그러다가 알게 되었어요. 아버지를 다시 살릴 수 있다는 것을요. 겨울성좌에 앉으면요."

"복제?"

서호가 놀란 듯이 되묻자 아카가 조심스럽게 고개를 끄덕였다. 그 끄덕임을 본 서호의 표정이 급격하게 어두워졌다.

그녀는 모르고 있는 듯했다. 인간을 복제하기 위해선 법적인 문제를 떠나서라도 최소한의 정보가 필요했다. 그 대상에 대한 게놈지도는 반드시 필요했는데 방금 그의 아버지는 우주선 사고로 죽었다고 했다. 정보를 얻을 수 있는 시체를 찾는 게 불가능하다는 뜻이었다.

즉, 소녀가 겨울성좌에 앉더라도 소원은 이뤄질 수 없었다.

말 그대로 헛된 희망이었다.

그러나 서호는 진실을 말해줄 수 없었다. 죽는 것밖에 없었다고 했다. 슬며시 보인 그녀의 손목에는 칼자국이 선명하게 구현되어 있었다.

만약 여기서 그녀에게 진실을 말한다면 지금 당장 목숨을 끊을지도 몰랐다. 그의 손으로 구해준 생명을 다시 그의 입으로 죽이기는 싫었다.

"정말 같이 가줄 수 있으세요?"

아카가 묻는다. 서호가 고민에 빠진 사이 침통한 표정을 읽은 그녀는 원인을 알 수 없는 불안을 느꼈다. 그의 표정을 보는 것만으로 뭔가 하지 않으면 아버지를 만나러 갈 수 있는 유일한 길이 없어져 버릴 것 같았다. 뭔가 하지 않으면.

"같이……."

그녀는 자신이 차고 있는 목걸이를 매만졌다. 그 목걸이에 연결된 쇠사슬을 들고 떨리는 손으로 그에게 내밀었다.

그 행동이 어떤 의식을 담고 있는지 둘 다 이해하지 못했다. 다만 자신의 모든 것을 주어도 좋으니 데려가 줬으면 하는 간절한 눈빛만큼은 그를 관통하고 있었다.

그날이 그녀와의 첫 만남이었다. 죽음을 논하는 세계, 헛된 희망으로 살아남고자 하는 둘의 첫 만남이었다.

—죽음, 원하십니까?

라고 누군가가 묻는다면 그는 절대 원하지 않는다고 단언할 수 있었다. 그것은 비단 그의 생명뿐만 아니라 우연히 스쳐 갔던 그 어떤 생명에 관해서도 마찬가지였다.

그렇다면 그가 어떻게 해야 하는지는 정해져 있었다. 거짓말을 한다. 그리고 그 거짓말을 지키기 위한 모험을 한다. 그녀가 간절히 내민 쇠사슬을 잡는 순간, 삶을 영위하기 위해 죽음의 세계를 내딛는 운명은 정해진 것이다.

CHAPTER 02
Sprinter

금지된 세계
FORBIDDEN
WORLD

도시를 향해 힘없이 걸어가는 나프카, 그의 가는 눈은 땅바닥을 바라보고 있었다.

　누군가 앞에 있다는 생각에 고개를 들자 초봄의 햇살에 눈살이 찌푸려졌다. 사람 하나가 서 있었다. 나프카의 두 배나 되는 큼지막한 덩치에 험상궂은 얼굴을 한 남자였다. 그처럼 시체작업을 하는 사냥꾼이었다.

　나프카였다면 입고 움직일 수도 없을 만큼 무거운 철갑과 살벌한 도끼를 들고 있던 남자가 언덕에서 내려와 그를 기다리고 있었다.

　"보였다."

　남자가 바짝 마른 입술을 열었다.

　"뭐가 보여?"

"시체작업을 하고 오는데 우연히 보이더군. 네 녀석이 애송이 녀석에게 먹잇감을 양보하는 모습이 말이야."

"그래서?"

바람에 쓰러질 정도로 힘이 없어 보였던 나프카의 눈이 매섭게 떠졌다.

"네 녀석에겐 처음부터 허세밖에 없었다는 말이겠지? 내가 여기 있으면서 유일하게 찝찝했던 건 바로 네 녀석이었어. 누구보다 이곳에 오래 있었고, 시체작업을 하는 솜씨 역시 존경스러울 정도로 깔끔했으니까."

칭찬이었지만 신경이 거슬릴 수밖에 없었다.

"아, 인마. 말 많네. 본론만 말해. 서 있기도 귀찮으니까."

"그런데 그게 아니었다는 거지. 네 녀석, 실력도 없으면서 용케도 버텨왔더군. 뭐, 특별히 주머니에 차고 있는 돈만 넘기면 비밀은 지켜줄 수 있어. 피차 피를 봐서 좋을 건 없잖아, 안 그래?"

그 말에 나프카의 입술이 비틀어졌다. 확실히 완력으로 본다면 3월의 도시에 있어선 안 될 정도로 눈앞에 서 있는 남자는 강했다.

두 손으로 쥐고 있는 저 도끼에 많은 사람들의 목이 잘려 나갔다는 건 익히 들어서 알고 있었다. 그런 반면에 나프카의 뒷주머니에는 고작 해야 손바닥 크기의 단검 한 자루밖에 없었다.

"너, 실수하는 거야."

불리해 보이는 상황 속에서도 나프카는 남자에게 점잖게 경고를 했다.

"끝까지 허세냐?"

"아니. 보여줄까? 지금 당장?"

비웃는 남자를 노려본 나프카가 상체를 앞으로 숙이며 그대로 땅을 박차고 달려나갔다. 앞발로만 땅을 딛는 그의 발놀림이 예사롭지가 않았다. 단검을 뽑아 든 채 잔상을 뿌리며 달리는 그 모습은 흡사 누런 송곳니를 드러낸 들개 같았다.

기세는 흉악했지만 중요한 건 예고된 기습이라는 것이다. 달려오는 나프카를 직시한 남자는 온몸의 세포를 일깨우며 도끼를 휘두를 준비를 했다.

휘이익―!

한 걸음 사이에 들어오자 도끼가 힘차게 대기를 그었다. 그 순간 나프카의 몸이 흙먼지를 자욱이 일으킬 정도로 땅바닥에 바짝 붙어서 미끄러지며 도끼날을 피했다.

머리카락이 몇 가닥 흩날릴 정도로 아슬아슬하게 피한 나프카가 여전히 땅바닥을 긁으면서 단검을 휘둘렀다.

촤악―!

그렇게 둘은 교차했다. 솔직히 남자 입장에서는 갑자기 달려오는 나프카를 보고 휘두른 도끼가 빗나갔을 때 흠칫했다. 잘못하면 당할지도 모른다고 생각했는데 다행히도 나프카의 일격 역시 빗나간 듯했다.

"느껴지지도 않지?"

그때 남자의 뒤쪽으로 미끄러진 나프카가 천천히 일어서면서 단검을 햇살에 비춰 보였다.

분명 남자는 극소의 고통도 느끼지 못했다. 그런데 나프카가 들고 있는 단검에는 붉은 핏자국이 묻어 있었다.

어찌 된 일일까? 남자는 뒤늦게 입고 있는 철갑의 이음새에서 핏물이 뿜어지는 광경을 보게 되었다. 치명상은 아니라고 해도 허리가 깔끔하게 베어진 것이다.

"한 가지 얘기해 줄까?"

"뭐, 뭘?"

"처음 이 세계에 오는 사람들은 두 가지의 눈빛을 하고 있다고 생각했어. 무엇인가를 얻으려는 자, 무엇인가를 버리려는 자."

"그, 그게 뭐 어쨌는데?"

대꾸를 하는 남자의 인상이 구겨졌다. 허리가 서서히 쓰라렸다. 지속적인 통증, 이대로 시간을 허비하면 위험했다. 나프카가 이 점을 이용해서 괜히 쓸데없는 말로 시간을 끌고 있다고 생각했다.

그런 판단이 들자 남자는 기다리지 않았다. 앞으로 힘차게 달려가면서 거대한 도끼를 흉험하게 휘둘렀다.

세상을 반쪽으로 갈라 버릴 정도로 강렬한 도끼의 일격이었지만 날쌘 나프카를 맞추기는 어려웠다.

허리를 살짝 뒤트는 것만으로 휘둘러진 도끼를 피해낸 나프카가 땅에 박혀 버린 도끼 때문에 경직 상태에 빠진 남자의 팔뚝에 칼날을 쑤셨다가 빼어냈다.

치익—!

핏줄기가 터지는 시원한 소리가 났다. 그 핏물 사이로 남자는 볼 수 있었다.

태양을 등지고 검은 그림자가 되어서도 안광을 빛내며 차갑게 그를 노려보는 나프카를. 3월의 도시를 떠도는 원귀의 진짜 모습을.

"내가 이 세계에 오게 된 이유는 재미있는 구경을 할 수 있다는 친구의 꼬임 때문이었어. 순전히 호기심 때문이었지. 아마 작년 이맘때였을 거야. 친구와 난 사람이 실제로 죽는 걸 가까이서 볼 수 있다는 어떤 여자의 말을 듣고 겁도 없이 도시 밖으로 나가게 됐어."

"크윽, 그래서? 하고 싶은 말이 뭔데?"

"어떻게 됐을까?"

"시간 끌려는 수작인 줄 모를 줄 알아! 시끄럽다!"

팔뚝을 찔리고도 남자의 기세는 꺾이지 않았다. 땅에 박힌 도끼를 두 손으로 힘껏 뽑아 들고 휘두른다. 하지만 이번에도 허공을 그을 뿐이었다. 한 걸음 물러선 나프카가 여유롭게 말을 이었다.

"그 여자의 눈빛은 우리가 알고 있는 눈빛이 아니었어. 그땐 몰랐지. 그녀도 지금의 네 녀석처럼 세 번째 눈빛을 가졌었어. 무엇인가를 파괴하려는 자, 바로 먹이를 노리는 자였던 거야. 아무것도 몰랐던 우린 꼼짝없이 당할 수밖에 없었어. 친구는 그곳에서 즉사했고 난 도망쳤지. 미친 듯이. 도시 안에 들어오자마자 바로 접속도 끊었어. 그리고 친구 집에 갔는데… 진짜로 죽어 있더군. 기가 차지 않냐?"

"시끄럽다니까!"

남자가 다시 덤빈다. 이번엔 도끼를 수평으로 힘껏 휘두른다.

지독스러울 정도로 집요한 공격이었다. 나프카도 더 이상은 피하지 않았다.

나프카의 무기는 고작 해야 단검이었지만 오히려 한 걸음 다가서며 휘둘러지는 도끼의 날을 치지 않고 도끼의 목을 쳤다.

탁—!

도끼의 목을 따라서 쭉 미끄러진 단검은 손잡이를 쥔 남자의 손가락을 베어냈다.

"으윽!"

검지가 깊숙이 베어진 남자는 도끼를 놓쳐 버리며 본능적으로 양손을 감쌌다.

"들어봐. 마지막으로 듣는 사람의 언어일 테니까. 내가 소설 속의 주인공이었다면 친구의 복수를 하겠다면서 이곳 너바나에 다시 들어왔을 거야. 하지만 아쉽게도 난 주인공이 아니었어. 겁이 나서 한동안 방에서도 나오질 못했어. 그러다가 결국에는 내 속에서 만들어진 죄책감이 악몽을 이끌어내더군. 정말 미치고 팔짝 뛸 것 같았지."

"크으윽!"

"그러다 결국에는 오기를 품고 다시 접속하게 되더라. 막상 접속했는데 그토록 오랜 시간 동안 날 두려움에 떨게 만들었던 그 여자는 보이지 않았어. 겨울로 떠난 것 같더군."

"……."

"이봐, 듣고 있는 거야?"

남자는 고통 때문에 고개를 숙이고 온몸을 떨고 있었다. 여유롭게 다가간 나프카가 한 손에 쥔 단검으로 남자의 어깨를 꿰뚫었다. 그러면서 어깨에 박힌 단검을 팔 쪽으로 그으며 살점을 발라냈다.

"아아악!"

핏물이 분수처럼 폭발한다. 핏방울이 분사되는 광경을 보면서도 여전히 차가운 눈빛을 한 나프카는 이야기를 계속했다.

"그래, 고개를 들어야 내 말을 듣는지 알 수 있지. 접속해서 무엇을 했는지 알겠어?"

"크윽, 크헉, 헉……."

"그 여자가 없다는 사실을 안 나는 죄책감을 씻을 요량으로 자살하려는 사람들이 들어오면 말리려고 했어. 하지만 내 값싼 동정심으론 그들의 절망적인 현실까진 해결해 줄 수가 없었지. 그러다 정신을 차리고 보니까 나 역시 이곳에 들어온 사람들을 잡아먹고 있더군."

"헉, 헉……."

"그랬어. 그래서 잊고 있었어. 그 오랜 시간 동안 단 한 번도 본 적이 없었으니까. 차마 말할 수 없었지만 녀석의 눈빛은 분명 누군가를 구하려는 눈빛이었어. 정말 오랜 시간에 걸려서 깨달은 거지. 나도 한때는 저런 눈빛을 한 적이 있었다고. 결국 나는 도망쳤지만 나와는 달리 그 자식은 겁도 없이 끝까지 덤벼들 기세더군. 우습게도 돌멩이 따위를 들고 말이야."

"그게, 그게 봐준 이유라는 거냐?"

"유치할지 몰라도 데자뷰를 봤다고 해야 할까? 즉, 죽이지 못한 게 아냐. 죽이기가 싫어졌을 뿐이지. 어차피 도시에도 먹잇감은 널렸잖아. 그뿐이야. 이 세계, 꼭 죽이려 애를 쓰지 않아도 너처럼 죽여 달라고 제 발로 찾아오는 놈들로 넘쳐 나잖아?"

얘기를 끝낸 나프카가 무릎을 꿇고 있는 남자의 머리카락을 쥐었다. 힘주어 끌어올린 뒤에 날카로운 칼날을 목에 가져다 대었다. 남자는 이대로라면 정말로 죽는다는 사실을 직감했다.

"나, 나프카, 잠깐만!"

"왜? 남기고 싶은 말이라도 있어?"

"내, 내가 잘못했어! 살려줘!"

"선수끼리 왜 이래?"

"실수였어! 정말 실수였어! 제발 살려줘!"

"미친 새끼! 여기서 실수하면 죽는 거야! 병신아, 아직 그것도 몰랐어?"

옛 기억 때문에 감상에 젖어 있던 눈빛은 이미 사라지고 없었다. 평소의 말투, 평소의 눈빛으로 돌아온 나프카는 남자의 목에 칼날을 쑤신 다음 옆으로 그어서 핏물을 자아냈다.

"커헉! 커, 컥!"

동맥에서 터져 나온 핏물이 대기로 분사되어 피안개가 피어난다. 남자가 두 손으로 그어진 목을 틀어막았지만, 얼마 버티지 못하고 이마를 땅바닥에 찧고는 경련을 일으켰다.

남자의 몸속에서 폭발한 핏물에 한껏 젖어버린 나프카는 앞을 가로막은 채로 떨고 있는 남자의 몸을 차버리며 도시로 향하려고 했다.

그 순간 그의 뒷목에 화끈한 통증이 일어났다. 카르마가 찍힌 것이다. 기존 가슴에 있던 낙인이 지워지고 이번에는 뒷목에 찍혔다. 'Twenty Nine'이었다.

그 통증 때문일까? 목덜미를 매만지던 그가 천천히 돌아섰다. 이젠 보이지 않았다, 헛된 희망을 가지고 나아가려는 바보 녀석들이.

그때 등 뒤에서 불어온 바람은 참으로 불가사의했다. 그 바람은 그의 머리카락을 흔들 뿐만 아니라 등을 꿰뚫고 몸속으로 파고들어 와 심장을 흔들었다.

오늘따라 유난히도 감상적이게 되는 스스로를 탓해보았지만 그 흔들림은 쉽게 멈추질 않았다.

"더 이상 재미가 없다는 건가?"

그런 건지도 몰랐다. 이 도시에선 질릴 만큼 있었다.

"겨울이라면 재미있을지도 모르겠군. 어쩌면 겨울로 갔을 그 여자를 다시 만날지도 모르고……."

어느덧 그의 발걸음은 도시에서 멀어지고 있었다. 그들이 사라진 악운의 산으로 향하고 있었다.

"저는 열여덟 살이에요."

"전 스물하나."

"그, 그럼 말씀 편하게 하세요."

"그래도 초면인데……."

숲을 걸으며 이야기를 하다가 서호의 나이가 세 살 더 많다는 사실을 알게 되자 아카가 말을 놓아달라고 부탁했다. 하지만 서호는 머리를 긁적였다. 초면에 말을 놓는 건 조금 어색했다. 그렇게 생각하고 한동안은 존대를 쓰려고 했는데 정작 위급한 상황이 닥치자 그는 자신도 모르게 말을 놓고 있었다.

"아카! 조심해!"

처음으로 마물과 조우한 것이다. 약하다, 강하다 이런 것 따위를 논할 문제가 아니었다. 석양이 지자 산의 어스름에 물들어서 처음에는 사람이 뛰어나온 줄 알았다.

그러나 사람의 얼굴과 몸통을 가졌을 뿐 직립보행을 하지 않았다. 꼭 거미처럼 여덟 개의 다리를 징그럽게 놀리며 기어오고 있었다.

얼굴에 박혀 있는 눈동자는 네 개였는데 제각각 따로 놀았다. 그리고 턱이 네 쪽으로 갈라져서 벌어지자 수십 개의 누렇고 흉측한 송곳니가 극소의 빛에서도 살벌하게 번뜩였다.

"캐애액!"

무엇보다 목청이 압권이었다. 온 산등성이에 소름을 끼얹을 정도로 커다란 비명을 지르면서 달려왔다.

다시 한 번 말하지만 약하다든지, 강하다든지 이런 걸 따질 게 아니었다. 꼭 호러 영화를 보는 것 같았다. 가상공간이었으니 현실감을 따지는 건 무의미했다.

어깨가 움츠러들 정도로 무시무시한 생김새의 거미인간이 여덟 개의 다리를 놀리며 덮쳐 오는 상황. 서호가 재빨리 뒤돌아보자 아카는 이미 각오를 다졌는지 큰 눈망울로 거미인간을 노려보면서 지팡이를 꽉 움켜잡았다.

언제든지 지팡이에 새겨진 주문을 외칠 기세였다. 그렇다면 그 역시 물러설 수 없었다. 아래팔에 차고 있는 방패의 고정 가죽을 왼손으로 꽉 쥐었다.

"하아압!"

서호가 목청껏 기합을 질렀다. 거미인간이 지른 비명 소리에 휩쓸려 단번에 잡아먹힐 것 같은 기분이 들어서였다. 또한 가만히 서 있다가는 거미인간의 돌격에 치여 같이 나뒹굴 뿐이었다. 용기를 내서 앞으로 달리기 시작했다.

방패로 전방을 막고, 그 방패 위로 부서진 검을 치켜들어 찌르기를 구사했다. 하지만 검선이 예리한 것도 아니고, 강렬한 것도 아니었다. 흔들리는 칼끝에 겁을 먹을 정도로 거미인간은 만만치 않았다.

"케케케!"

비웃는다. 마물 제작자의 정신 상태까지 의심하게 만들 정도로 비열한 웃음소리를 흘린 거미인간이 서호의 검 앞에서 도약을 했다.

찌르는 칼날을 가볍게 피하고는 서호의 얼굴과 어깨를 걸어차며 뒤쪽으로 넘어갔다.

"크윽!"

상상도 못한 도약력이었다. 골이 흔들리는 충격 속에서도 서호는 뒤로 넘어간 거미인간 때문에 얼른 돌아섰다. 거미인간은 처음부터 그보다는 약해 보이는 아카를 노렸던 것이다.

아카가 지팡이에 새겨진 마법 주문을 재빨리 읽으려고 했지만 거미인간의 움직임이 월등하게 앞섰다. 당황하는 아카의 눈빛을 본 서호는 검을 쥔 오른팔을 뒤로 쭉 뺐다.

단번에 적의 강함과 약함을 판별해 내고 바로 약자를 죽일 수 있는 인공지능. 이미 여러 게임에서 구현이 된 적 있었으니 이것으로 냉정을 잃어선 안 되었다. 무엇보다 여기서의 실수는 죽음으로 이어졌다.

"여기다! 멍청아!"

늑대처럼 날카롭게 소리친 서호가 오른발을 앞으로 디디면서 뒤로 빼었던 오른팔까지 크게 휘둘렀다. 손에 쥐어져 있던 부서진 검이 거칠게 회전하면서 거미인간에게 날아갔다.

휘익휘익—!

고함 소리를 듣고 살짝 뒤돌아보았던 거미인간의 옆구리에 검이 깊숙이 박혔다.

푸욱—!

서호는 검을 거의 투척용으로만 쓰고 있었지만 그 나름대로 잘 활용하고 있었다.

"끼이익!"

밤공기를 가른 칼날에 옆구리가 관통당한 거미인간은 바로 앞에 있던 아카의 귀청을 찢어놓을 기세로 비명을 질렀다. 그러더니 몸을 완전히 틀어서 서호를 노려보았다. 그를 먼저 죽이겠다는 투지가 느껴졌다.

분노와 증오가 새겨진 눈빛으로 서호를 쏘아보며 달려오는 거미인간, 도발은 성공을 했지만 중요한 건 지금 그에겐 방패밖에 없다는 사실이다.

거미인간의 벌어진 턱 사이로 살벌한 송곳니가 드러났다. 내뿜는 살기에 온몸이 굳어졌다. 무섭지 않다면 거짓말이었다. 아마도 그때 아카의 마법이 없었다면 위험했을지도 몰랐다.

"황혼의 숲에서 부르노라! 시냇가의 처녀들아! 나뭇가지에 걸린 아이들아! 그대들의 권능을 빌리길 청하노라!"

그녀가 지팡이를 치켜들면서 주문을 외쳤다. 처음으로 외치는 마법의 주문이었지만, 서호의 걱정과는 달리 막 그에게 달려드는 거미인간의 앞 다리에 '얼음꽃'을 피어냈다.

갑작스럽게 피어난 얼음꽃 덕분에 앞다리와 땅이 붙어버린 거미인간은 가속도를 감당하지 못하고 몸통이 그대로 뒤집혀 버렸다.

서호의 바로 앞에서 배를 드러낸 채 꼭 바퀴벌레처럼 다리를 마구 버둥거렸다. 부서진 검이라도 있으면 좋으련만 그 모습이 너무 혐오스러워 옆구리에 꽂혀 있는 검을 뽑을 엄두가 나지 않았다.

'뭔가…….'

지금 그에게는 왼팔에 차고 있는 방패밖에 없었다.

'이거라도…….'

폐 깊숙이 숨을 들이켰다가 힘주어 잡은 방패로 거미인간의 머리통을 강하게 후려쳤다.

퍼억—!

치는 순간 거미인간의 머리통이 폭발할 정도로 강렬한 충격이 일어났다. 그의 육신에도 그 충격이 고스란히 전해졌다. 주춤거리면서 녹슨 방패를 들자 핏자국이 진득하게 묻어 나왔다.

스스로가 일으킨 강력한 힘에 놀라웠지만, 감탄만 하고 있을 순 없었다. 거미인간의 발버둥이 점점 약해지며 축 늘어지는 이때 끝장을 내야 했다.

"아카!"

혹시라도 발악하면 지원을 부탁한다는 뜻으로 그녀의 이름을 부르자, 아카도 이해했는지 언제든지 마법을 쏠 준비를 했다.

경계를 하면서 거미인간의 옆구리에 박힌 부서진 검을 뽑아 들은 서호가 우선 숨통부터 끊었다.

피식―!

목을 꿰뚫자 핏물이 시야를 가릴 정도로 터져 나왔다. 아무리 가상공간이라고 하더라도 검붉은 핏줄기가 분수처럼 솟구치는 광경은 생생하기 그지없었다.

부들부들!

여전히 신경은 살아서 떠는 거미인간을 보면서 그는 목에서부터 아랫배까지 검으로 쭉 그었다. 살결을 긋는 감촉에 온몸에 소름이 돋았다. 경련조차도 약해지는 것을 보고 그는 배를 가르기 시작했다.

허연 내장이 '쑤욱' 하고 빠져나오면서 김이 모락모락 피어났다. 역겨울 정도로 지독한 현실감이었다. 서호는 인상을 쓰면서도 내장을 두 손으로 잡아서 쭉쭉 뽑아내었다.

너바나에 존재하는 마물에게서 아이템을 얻는 방식은 독특했다. 바로 마물의 몸속을 직접 해부해서 맹장을 끄집어내야 했다. 김을 모락모락 흘리는 맹장을 쥐고 칼로 끊었다. 뒤집자 구릿빛 주화가 두 개밖에 나오지 않았다. 2페니였다.

조금 더 크고 강력한 마물이었다면 통째로 인간을 삼키기 때문에 그 인간이 입고 있던 갑옷이나 무기 따위도 입수할 수 있었다. 하지만 인간 크기의 마물에게서는 고작 해야 얻을 수 있는 건 반지나 장신구 따위가 전부였다.

어차피 여기서 사는 마물에게서 특별한 것을 얻을 거란 기대는 없었으니 일단 주화를 아카와 하나씩 나눠 가졌다.

마물 하나를 처리하고 1페니를 얻은 셈이었다. 서호가 계산을 해봤다. 20페니가 1실링이었다. 그리고 12실링이 1파운드였다.

너바나에서 최상급의 무기나 방어구가 6백만 파운드에 거래되고 있었으니, 거미인간만 잡는다면 대략 14억 마리 넘게 잡아야 된다는 말이었다.

상상을 초월하는 수였다. 물론 앞으로 나아갈수록 마물들이 광포해지는 만큼 보상도 좋아지기에 여기서 계산을 하는 건 무의미했지만 그래도 현재로선 괴리감이 느껴지는 건 어쩔 수 없었다.

"그럼 다시 출발할까?"

"네."

우여곡절 끝에 겨우 거미인간 한 마리를 처치한 서호와 아카는 그제야 악운의 산 초입에 들어설 수 있었다.

하늘을 황금빛으로 물들였던 태양은 서산으로 숨어들었고, 숲의 어둠이 짙게 드리워졌다. 여기저기서 흘러드는 불온한 기운에 서호와 아카는 조심스럽게 발을 내디뎠다.

그렇게 10여 분을 초조하고 긴장된 마음으로 걸어갈 때였다. 갑자기 지진이라도 일어난 것처럼 그들이 걷고 있는 산중이 덜덜 떨려왔다.

쿠쿠쿵—!

시커먼 어둠 속에서도 저 뒤쪽에서부터 흙먼지가 자욱하게 일어나는 것이 보였다. 뭔가 거대한 것이 빠른 속도로 서호와 아카가 있는 곳으로 달려오고 있었다.

"크로님, 저기!"

"웅!"

아카의 부름에 대답을 한 서호가 피에 젖은 방패를 비스듬히 들었다.

'마물몰이' 라는 것이 있다.

비교적 가벼운 옷차림과 빠른 발을 가진 도적이나 궁수가 마물의 인지거리 안으로 들어가면, 마물은 그 도적이나 궁수를 죽이기 위해서 달려든다.

이 경우 도적이나 궁수의 발이 마물보다 빠르다면 어느 정도 간격을 둔 채로 끌고 다닐 수가 있다. 이를 반복하여 다수의 마물을 꽁무니에 달고 다니는 기술을 마물몰이라고 한다.

마물몰이는 본디 마물들을 한꺼번에 함정에 빠뜨려서 도살하기 위해 만들어진 기술이지만 악용되는 사례가 있었다.

바로 마물들을 끌던 도적이나 궁수가 사냥을 하고 있는 다른 파티를 지나갔을 경우, 이때 마물들은 더 이상 재빠른 도적이나 궁수를 쫓지 않고 사냥을 하고 있던 파티를 덮치게 된다.

당연히 파티 중에 발이 느린 마법사나 성직자, 혹은 무거운 갑옷을 입은 기사나 전사가 있다면 그 마물들로부터 도망치지 못하고 죽게 된다.

자신의 손에는 피 한 방울 묻히지 않고 다른 유저를 학살하는 이 기술을 시체작업과는 달리 몰이작업이라고 불렀다.

그러나 이 기술을 활용할 수 있는 직업과 마물의 종은 정해져 있고, 상당히 까다로운 작업인 데 반해서 유저가 떨어뜨리는 무기나 방어구를 수거하기도 번거로워서 자주 활용되는 기술은 아니었다.

다다닥ㅡ!

흙먼지를 일으키면서 서호와 아카가 있는 곳으로 달려오는 건 다름 아닌 나프카였다.

"아저씨, 뭐예요!"

갑자기 달려오는 나프카를 보고 서호가 소리쳐 물었다. 진땀을 흘리면서 달리던 나프카도 전방을 바라보았는데, 그들이 서 있는 것을 발견하고는 대번에 인상을 구겼다.

"아, 젠장! 호래들! 왜 여기 있냐!"

험한 인상으로 욕까지 하고 있었다.

"뭘 멍하니 보고 있어! 튀어!"

실은 나프카도 묻고 싶었다. 어째서 그들이 이곳에 있는지. 중요한 건 서호의 물음에 대답할 여유도, 물을 여유도 없었다. 그로서는 튀라는 말밖에 할 수가 없었다.

그 원인은 곧바로 밝혀졌다. 그들이 있는 곳으로 나프카가 거의 달려왔을 쯤에 대략 스무 마리쯤 되는 거미인간들이 징그러운 여덟 다리를 놀리면서 쫓아왔다.

'몰이작업?'

서호도 몰이작업에 관해선 알고 있었기에 제대로 당했다고 생각했다.

나프카의 몸은 가볍고 **빠른** 반면 아카는 여자였고 달리기에는 로브 자락이 너무 길었다. 서호도 부서진 검과 방패의 중량을 무시할 수 없었다.

"크로님, 어떻게 해야 해요?"

"일단 뛰자!"

그렇게 대답한 서호가 아카의 손을 잡아끌며 달리기 시작했다. 최선을 다해서 달렸지만 나프카에게 따라잡히기까지는 그리 오랜 시간이 걸리지 않았다.

"아저씨! 생각했던 것보다 훨씬 악독하군요! 이상하게 쉽게 물러난다고 했어요!"

빠르게 달려오는 그에게 서호가 따지고 들었지만, 진땀을 훔쳐 낸 나프카의 표정은 지금 말이 아니었다.

"아냐! 고의가 아냐!"

"누가 봐도 고의잖아요!"

"내가 생각해도 그렇긴 한데, 정말 고의는 아냐!"

사실 지금 달리고 있는 셋 중에서 가장 속이 타는 건 나프카였다. 한마디로 미칠 지경이었다. 먼저 간 그들을 뒤쫓기 위해서 숲으로 들어갔는데 거미인간과 마주치게 되었다.

한 마리 정도는 손쉽게 죽일 수 있었다. 아니, 죽일 가치도 없었다. 그보다 달리기도 느렸으니 굳이 상대하지 않았다.

그냥 무시하고 달렸는데 또 한 마리가 붙었다. 그때까지도 그다지 신경을 쓰지 않았다. 오늘따라 유난히 거미인간과 자주 마주친다는 생각을 할 뿐이었다.

그랬는데 미처 두 마리를 따돌리기도 전에 시체 하나를 뜯어 먹고 있는 거미인간 무리와 마주치게 된 것이다.

단번에 일곱 마리로 붙어났다. 욕이 나왔다. 욕밖에 나오지 않았다. 그때부터 뭔가 좀 틀어지는 느낌이 왔다.

희한하게도 그 이후로 따돌릴 틈도 없이 가는 곳마다 거미인간들이 버티고 있었다. 시간이 갈수록 점점 불어나더니 뒤쫓는 수가 대략 스무 마리에 달했다.

걱정이 되었다. 혹시라도 이대로 그들과 다시 만나게 된다면 그야말로 몰이작업을 한 꼴이었다. 그래서 산을 바로 오르지 않고 방향을 틀었는데 하필 그곳에서 마주친 것이다.

환장할 노릇이었다. 진정 그가 천하에 둘도 없는 악당이 되는 순간이었다.

"하악, 학! 크로님, 너무 나프카님을 나무라지 마세요."

"응? 무슨 뜻이야?"

"정말 고의는 아닐 거예요."

로브 자락을 무릎 위쪽까지 끌어올려서 뽀얀 허벅지를 드러내며 달리던 아카가 숨을 헐떡이면서도 힘겹게 입술을 떼었다. 서호는 그녀가 어떤 점을 두고 나프카의 행동이 고의가 아니라고 확신하는지 궁금했다.

"도적은, 도적은 한낮에도 주변의 지형지물을 이용해서 숨을 수 있다고 하잖아요."

"그렇긴 하지."

"이런 밤중이라면, 자신의 몸 정도는 쉽게, 쉽게 감출 수 있잖아요. 하지만 숨지 않고 같이 달려주고 있잖아요."

"……"

그 말에 서호의 고개도 끄덕여졌다. 하긴 이렇게 같이 달릴 이유가 나프카에겐 없었다. 전력을 다했다면 벌써 따라잡고도 저 앞으로 뛰쳐나갔을 것이다.

의혹이 뒤섞인 눈으로 째려보자 나프카는 아카의 얘기를 듣고서야 뭔가 깨달았는지 자신의 이마를 쳤다.

'왜 그 생각을 하지 못했지?'

아카의 말처럼 굳이 이렇게 도망가지 않고 그들을 만나기 전에 그림자 속에 숨어서 마물들을 따돌릴 수가 있었다. 그 사실을 지금 깨달은 것이다.

"머리가 나쁘면 영락없이 손발이 고생하는군."

스스로를 질책하는 도리밖에 없었다. 그건 그렇다 치더라도 어찌 되었든 자신을 믿어주는 아카 덕분에 양심은 갈기갈기 찢어지는 듯했다.

'이대로 달리다가 만에 하나?'

불길한 생각을 지우기 위해 고개를 가로저은 나프카가 끝없이 이어지는 숲길을 바라보았다. 산중에 있는 마을은 보일 기미가 없고, 눈앞에는 타기 힘든 언덕이 나왔다. 돌아보자 뒤에서 쫓아오는 거미인간들은 점점 가까워졌다.

'이대로라면 필시!'

선택해야 했다, 옳은 선택을. 나프카는 달리던 걸음을 천천히 늦추기 시작했다.

앞에서 달려가던 서호도 뒤돌아보면서 멈췄고, 아카도 더 이상은 힘든지 등을 굽힌 채 숨을 헐떡였다.

"왜 멈춰요?"

서호의 까칠한 말을 듣고 나프카가 입술을 비틀었다.

"고슴도치, 네 녀석 때문에 멈춘 건 아냐. 네 녀석은 지금이라도 당장 저것들한테 먹잇감으로 던져 주고 싶다. 다만 저 애가 죽으면 꿈자리가 엄청 사나울 것 같단 말이야."

"그래서요?"

"여긴 내가 처리할 테니까 너희는 빨리 도망이나 가."

나프카는 막아서는 게 낫다고 판단한 것이다. 스무 마리라고는 하나 마물들도 여기까지 달려오느라고 지쳐 있기는 마찬가지였다.

도망치면서 한 마리씩 상대한다면 시간은 걸리겠지만 불가능한 일은 아니었다. 정 안 되면 전력으로 도망을 치거나 그림자 사이로 숨으면 되었다.

"빨리 안 가고 뭐 해?"

나프카가 재촉했지만, 서호는 미간을 잔뜩 찌푸린 채 그의 얼굴을 뜯어보고 있었다.

"너 지금 속으로 내 욕하고 있지?"

"정답이에요."

친절하게 답을 준 서호가 녹슨 방패와 부서진 검을 들고 나프카의 앞으로 걸어나오며 막아섰다.

"뭐야? 인마! 빨리 안 가고!"

"아저씨, 호들갑 떨지 마세요. 기사가 전방을 마크하는 건 기본 상식이에요. 파티나 받아요."

"도망가라니까! 값싼 의리나 동정 같은 걸 믿고 까불다간 여기선 그냥 죽어, 이 멍청아!"

"시끄러워요. 그 정도는 저도 알아요. 아저씨가 생각하는 것만큼 저도 세상을 쉽게 살아온 건 아니거든요."

이미 서호의 눈빛은 달려오는 거미인간들을 찢어놓을 것처럼 노려보고 있었다.

실제로 죽음이 이뤄지는 이 세계, 위험한 곳이라는 건 접속을 하는 순간부터 알고 있었다. 그 점 때문에 두려움에 떨었다면 여기까지 오지도 못했다.

무엇보다 그가 살았던 세계는 이곳보다 거칠면 거칠었지 순탄하진 않았다. 시속 250㎞로 달리면서 액셀러레이터를 밟아본 적이 있는가?

미친 듯이 떨리는 차체는 1㎝라도 더 깊게 밟았다가는 영혼이 떨어져 나갈 것 같다. 1초라도 늦게 브레이크를 밟았다가는 육신은 튕겨져 나갈 것 같다.

말 그대로 한 치의 실수도 용서받을 수 없는 음속의 세계에서 그는 살고 있었다. 항상 차에 올라탈 때마다 이번에야말로 죽을지도 모른다고 스스로에게 유서를 남기며 살아왔다.

솔직히 거미인간이 너무 흉측하게 생겨서 소름이 끼치는 건 사실이다. 하지만 그건 생명의 위협으로 두려운 것이 아니라 마치 바퀴벌레를 보고 징그러워하는 것과 흡사했다.

"뭔가 착각하시는데요, 저도 아저씨 때문에 이러는 건 절대 아니거든요? 아카도 지쳐서 더 이상은 못 달릴 것 같으니까, 여기서 막는 거예요. 뭐, 전부 죽여 버리면 되는 거 아닌가요?"

말은 참 간단하다. 서호가 어떤 생각을 가졌는지는 몰라도 나프카가 생각할 때 그의 반응은 예상 밖이었다. 어떤 의미로는 죽음을 함께하겠다는 뜻으로 해석될 수도 있었다. 묵묵히 파티를 받은 나프카의 얼굴이 조금 묘한 표정으로 일그러졌다.

"호래자식아, 나 아저씨 아냐!"

괜히 뜬금없는 말을 내뱉는다. 그러면서 뒷주머니에 꽂아두었던 도적의 단검을 뽑아 드는 그의 얼굴은 든든하다기보다는 어떤 면에선 거미인간보다 더 무서웠다. 인상이 더러운 건 어쩔 수 없었다.

"그럼 얼굴이 삭은 건가요?"

"뭐? 나 이제 겨우 서른이거든?"

"서른이면 아저씨 맞잖아요."

그리 말하며 서호도 방금 전처럼 방패를 비스듬히 세우면서 달려오는 거미인간들을 격퇴할 준비를 했다.

한편 그들을 뒤에서 지켜보고 있던 아카만이 솔직하게 미소를 짓고 있었다. 둘의 나이 차이는 아홉이었다. 그런데도 허물없이 막말을 주고받는 모습은 서로를 못 잡아먹어서 안달이 난 것이라기보다는 오히려 친근하게 느껴졌다.

'이들과 함께라면⋯⋯.'

잠시 동안이었지만 숨을 충분히 고른 아카는 조심스러운 바람을 접어둔 채 지팡이를 힘주어 잡았다.

거미인간의 수는 대략 스무 마리였다. 하지만 그들은 그 속에서 절망을 보지 않았다. 새로운 결속과 희망을 보고 있었다.

"하아압!"

서호의 기합이 격전의 서막을 열었다.

＊　　　＊　　　＊

서호의 눈동자에 흐릿한 세상이 새겨졌다.

열차 안은 조용하고 감미로운 피아노 독주곡이 흘러나왔고, 열차 밖은 주룩주룩 떨어지는 빗방울 합주곡으로 젖어갔다.

그가 RX-11을 타지 않고 도시를 순회하는 자기부상열차에 몸을 실은 것은 비단 비가 내렸기 때문만은 아니다. 목적지가 도시의 번화가인 이유가 컸다.

지금으로부터 2년 전 열아홉의 나이로 이 도시에서 열리는 불법 레이스에 처음으로 참가하면서 서호의 RX-11은 사람들의 입에 오르내렸다.

시간이 지날수록 유명세는 점점 짙어졌고, 2년이 지난 지금에 와서는 스크래치가 난 은빛의 RX-11은 레이싱을 좋아하는 사람들의 시선을 단번에 사로잡는 차가 되었다.

그렇다 보니 RX-11을 타고 도심으로 들어가는 것만으로도 때때로 귀찮은 시비에 말려들 때가 있었다. KGTC에서 드리프트 킹이 된 이후로는 시비가 더욱 빈번하게 이뤄진 탓에 요즘에는 마음 편하게 대중교통을 이용하는 형편이었다.

오늘은 번화가에 있는 '테레사'란 이름의 조그마한 카페에 가는 길이었다.

서호는 어젯밤에 쌓였던 무거운 피로에 손가락 하나 까딱거리는 게 귀찮아 의자 깊숙이 몸을 묻고 눈을 감았다. 자연스럽게 어제 일이 머릿속에 그려졌다.

너바나, 그 속에서 스무 마리의 거미인간에게 쫓겨서 도망가던 그들은 돌아서서 대항하기로 마음을 먹었다.

어둠 속을 꿰뚫으면서 그가 먼저 달려나가려 했다. 하지만 갑작스럽게 뒤쪽에서 나프카가 옷깃을 잡아당기는 바람에 하마터면 넘어질 뻔했다.

"아저씨, 무슨 짓이에요?"

"고슴도치, 일반적으로 기사가 전방에 서는 건 맞아. 하지만 전방에 서는 기사는 그 어떤 마물이라도 도발로 끌어들일 수 있는 노련한 기사의 경우야. 네 녀석 같은 풋내기에게는 해당되는 얘기가 아니란 거지."

"뭐라고요?"

"만약 우리가 저것들을 상대하는 사이에 수풀에 숨어서 돌아간 거미인간 하나가 아카를 공격하면 어떻게 될까? 아카는 마음 놓고 우리를 지원해 줄 수 있을까? 그리고 이것들의 인공지능은 말이야……."

뒷말까진 듣지 않아도 짐작할 수 있었다. 눈앞에 거미인간 스무 마리가 버티고 있다. 이들이 서로 공격을 하지 않는 이유는 동족의식을 가지고 있어서다.

동족의식을 가지고 이렇게 무리를 이룰 수 있다면 피할 수 없이 존재하는 것이 있었다. 바로 우두머리였다.

"뒤로 몰래 빠져서 아카를 공격하는 거미인간이 있다면, 그 거미인간이 우두머리일 확률이 높다는 건가요?"

이성을 가진 인간이라면 우두머리가 후방에서 지휘를 하겠지만, 본능이 우선시되는 마물은 직접 작전을 수행하는 편이었다.

"그래, 분명 적들은 아카부터 죽이려고 수를 쓸 거야. 그러니까 네가 아카를 잘 지킨다면 나도 마음껏 날뛸 수 있고, 그녀도 널 믿고 지원을 해줄 수 있어. 무슨 말인지 알겠지? 지금 네 녀석의 최우선 역할은 아카를 지키는 거야."

확실히 나프카의 말은 틀리지 않았다. 방금 전 그를 만나기 전 거미인간을 상대했을 때 만약 서호의 도발이 실패했다면 아카의 목숨은 거기서 끝이었다.

나프카가 그의 방패를 단검으로 '탕' 소리가 나도록 치더니 자세를 숙인 채 어둠 속으로 달려갔다. 지금으로서는 두고 볼 수밖에 없었다.

"아카!"

"네!"

이름을 불렀을 뿐인데도 이미 작전을 이해했는지 그녀는 따스한 체온이 닿을 정도로 그의 등에 바짝 붙어서는 지팡이를 들고 견제에 들어갔다.

방패와 부서진 검을 쥔 서호도 주변을 묵묵히 살펴보았다. 눈 깜짝할 사이에 어둠 속에서 뭔가가 튀어나올지 몰랐기에 잔뜩 긴장이 되었다.

그 와중에 저편에선 핏물이 하늘 높이 치솟고 있었다. 높이 뛰어오른 나프카가 거미인간의 등에 올라타서는 단검으로 목덜미를 끊어놓은 것이다.

이리 뛰고 저리 뛰며 혼자서 거미인간들 사이를 미친 듯이 누비는 모습을 보고 서호와 아카의 눈빛은 깊은 의혹으로 물들었다. 나프카가 강하다는 것 정도는 알고 있었지만 저 정도일 줄은 몰랐다.

어쩌면 정말로 혼자서 거미인간 스무 마리를 상대할 수 있을

지 모른다는 생각까지 들었다. 그리고 이어진 사고는 저토록 강한데 오후에는 왜 그리도 쉽게 물러섰는가에 대한 의문이었다.

'저 아저씨는 무슨 생각을 하는 거지?'

그때였다. 수풀을 헤치는 소리가 귓가를 스쳐 갔다.

사삭—!

나프카의 활약으로 잠시 긴장의 끈을 늦춘 사이 그들이 논했던 사태가 여지없이 벌어진 것이다. 수풀 뒤쪽으로 돌아온 거미인간 하나가 모습을 드러냈다.

서호는 직감할 수 있었다.

다른 거미인간들과 비교도 안 될 정도로 덩치가 커다란 점만 보더라도 지금 그들의 앞에 나타난 녀석은 스무 마리 남짓 되는 거미인간들 중에서 우두머리가 분명했다.

"고슴도치! 그 녀석이다!"

"알고 있어요!"

네 발로 버티고 서서 앞의 네 발을 휘젓는 모습은 위용스럽기보다는 징그러웠다.

서호는 눈을 가늘게 떠서 거리를 잰 뒤, 앞으로 한 걸음을 내딛는 동시에 부서진 검을 아래에서 위로 힘껏 쳐올렸다.

사악—!

밤바람을 예리하게 베어내는 칼날에 거미인간은 꿈쩍도 하지 않았다. 발끝에 달린 발톱 같은 것에 부딪쳐 불꽃이 번쩍이며 어둠을 부술 뿐이었다.

반면 거미인간이 찌르는 발톱은 살벌했다. 방패를 치켜들어막았지만 충돌의 여파는 고스란히 그의 육신을 뒤흔들었다. 두 번째로 막을 때는 속까지 울렁거렸다.

"케케케!"

단번에 서호가 약하다는 사실을 눈치챈 거미인간이 기분 나쁘게 비웃는다. 그도 알고 있었다. 그는 분명 약했다, 아직까지는.

'하지만!'

약하다고 해서 곱게 당할 생각은 추호도 없었다. 사신의 낫처럼 번쩍이며 그어지는 발톱을 노려본 서호는 녹슨 방패를 세워서 쳐내는 동시에 시계방향으로 한 바퀴 돌면서 거미인간의 가슴 밑으로 파고들었다.

순식간에 간격은 좁혔지만 우위에 서진 못했다. 또 다른 발 하나가 파고든 그의 등을 후려쳤다.

"크윽!"

등이 부서지는 것 같았다. 서호는 어금니를 꽉 물고 기운을 일으켰다. 그 모든 힘을 오른손에 담아 부서진 칼날로 어둠을 그었다.

철썩ㅡ!

땅을 딛고 있던 다리 하나가 핏줄기를 뿌리며 허물어졌고, 균형을 잃은 거미인간은 남은 발로 버티고 서서 서호를 필사적으로 공격했다. 방패를 들어서 공격을 막아낸 그가 힘껏 소리쳤다.

"아카! 부탁해!"

아카는 이미 지팡이로 거미인간을 겨냥한 채 언제든지 마법을 발할 준비를 하고 있었다.

"네, 알겠어요!"

얼음꽃, 마법 자체만으로 본다면 아무짝에도 쓸모없는 마법이다. 하지만 가속도가 가해진 상대의 앞발을 맞췄을 경우엔 관성의 법칙에 의해서 넘어뜨려 2차적으로 물리적인 충격을 줄 수 있었다.

즉, 아무리 약한 마법이라고 하더라도 활용하기에 따라서 치명적인 마법이 될 가능성은 있다는 얘기였다.

그녀가 들고 있는 지팡이의 머리에서 갑작스럽게 회오리가 일어났다. 거친 바람에 주변에서 숨죽이던 수분이 일어나고 중심으로 이끌려 소용돌이치더니 그대로 발사되었다. 그녀의 투지가 맺힌 곳으로.

막 서호의 어깨를 강하게 후려치고 잡아먹을 듯이 입을 크게 벌린 거미인간의 안면부에 얼음꽃은 피어났다.

'시야?'

바로 앞에 있던 서호는 처음엔 얼음꽃이 시야를 가린다고 생각했다가 곧바로 고개를 가로저었다. 얼음꽃은 눈을 가리지 않았다. 대신 코와 입을 틀어막은 채 피어났다.

'호흡인가?'

모든 생명체가 힘을 내는 근원에는 기(氣)가 있다. 자의가 아닌 타의에 의해서 갑작스럽게 그 기가 막히면 아무리 강한 생명체라고 하더라도 제대로 힘을 쓰지 못할뿐더러 착란 상태에 빠져들게 된다.

거미인간도 예외가 아니었다. 무참히 흔들렸다. 얼굴에 붙어

버린 얼음꽃을 떼어내기 위해서 발악을 했다. 너무도 큰 빈틈을 드러낸 채.

서호의 입꼬리가 슬며시 올라갔다. 나프카가 작전을 세우고, 아카가 기회를 마련해 주었다. 이미 거미인간의 가슴 안쪽에서 방패를 세워 버티고 있던 그는 날카롭게 부서진 칼날에 다시금 힘을 담아서 바람을 찢고 어둠을 찔렀다.

퍼억—!

칼날이 거미인간의 가슴을 정확히 관통했다.

"끼에엑!"

부서져 가는 얼음 조각 사이로 거미인간이 지른 비명 소리가 새어 나왔다.

서호가 재빨리 방패를 찬 왼팔까지 가세해 두 손으로 검의 손잡이를 움켜잡았다. 그대로 힘의 방향을 하늘로 치켜세웠다.

"하아압!"

주변에 도사리는 불온한 어둠을 섬멸하듯이 눈부신 기합을 지른 서호가 가슴에 박힌 검을 온 힘을 다해서 끌어올렸다. 가슴에서 쇄골 부위까지 도륙해 내자 더러운 핏물이 거침없이 폭발했다.

폐를 찢어낸 서호는 거기서 멈추지 않고 검을 뽑아낸 뒤 다시 한 번 더 쓰러지는 거미인간의 목을 향해 그었다. 치명타였다.

"됐다!"

저편에서 용케도 버티고 있던 나프카가 소리쳤다.

"뭐가 돼요?"

"무리를 이루고 있던 우두머리가 당하면 그 무리는 와해되는 게 자연의 법칙이잖아!"

"아!"

그럴듯한 말이었다. 일리가 있다고 생각하면서 서호는 주변을 둘러보았다. 하지만 예상과는 달리 거미인간들은 여전히 기세등등하게 나프카에게 덤벼들었다.

"아직 그 본능까진 구현되지 않은 것 같은데요?"

"크윽!"

잠시 방심을 한 탓에 거미인간 하나에게 왼팔이 깊이 뜯긴 나프카가 얼굴을 험하게 찡그리며 물러섰다.

"그, 그런 것 같군."

지금 나프카의 몰골은 말이 아니었다. 서호와 아카가 거미인간 하나를 죽이는 사이에 그는 혼자서 둘을 죽였고, 셋에게 깊은 상처를 입혔다.

놀라운 활약이었지만 그만큼 그가 얻은 상처도 컸다. 방금 왼팔에 새겨진 상처뿐만 아니라 오른쪽 어깨와 옆구리에서도 출혈이 있었다.

"조금 더 도망쳐야 될 것 같지 않아요?"

서호의 제안에 나프카가 힘겹게 고개를 끄덕였다. 또다시 도망을 가다 보면 다친 거미인간들은 따라오지 못하고 간격이 벌어질 것이다. 그때 기회를 봐서 상대를 하는 편이 나을 듯했다.

그렇게 판단한 셋은 다시 산길을 오르려고 했다. 앞엔 조금 전 그들을 멈추게 만들었던 높은 언덕이 기다리고 있었다. 그 언덕을 넘자마자 나온 광경에 서호는 허탈한 한숨을 쉬었다.

언덕 너머에는 바로 악운의 산을 넘는 여행자들이 잠시 쉬었다가 갈 수 있는 작은 마을이 있었던 것이다. 마물은 접근할 수 없는 결계까지 있었다.

"아저씨……."

슬쩍 째려보았다.

"으, 응?"

"아저씨가 조금 전에 멈추지만 않았어도 이런 개고생은 안 했겠죠?"

"어? 그, 그게 말이야."

"뭐요?"

"고, 고의는 아닌 거 알지?"

"네, 그러시겠죠."

여러모로 미안했는지 얼굴을 붉힌 나프카는 더 이상 말을 잇지 못하고 묵묵히 달릴 뿐이었고, 아카 역시 미묘한 미소를 지으면서 달렸다.

그렇게 그들은 거미인간들로부터 벗어날 수 있었다. 나프카의 몰골을 본 서호는 이틀 정도 쉬고 저녁에 다시 접속을 해서 만나자는 약속을 했다.

부상당한 만큼 퓨어에서 전기 충격이 가해진다. 접속을 끊고 현실로 돌아가더라도 고통의 잔향에 시달릴 것이 분명했던 까닭이다.

"그럼, 3일 뒤 저녁 여섯 시쯤에 여기서 볼까?"

"네, 크로님. 그때 뵈어요."

거기까지가 어제 겪은 일의 전부였다. 때마침 열차가 목적지에 도착했다. 회상을 접은 서호는 방진 마스크를 쓰고 열차에서 내렸다. 비가 내리고 있었기에 우산을 펼쳐서 거리로 나온 그는 곧바로 카페 테레사로 향했다.

테레사는 도시에서 일어나는 모든 정보가 공유되는 곳으로 유명했다. 이곳의 카페 주인도 본래는 형을 알고 있던 사람이었다. 하지만 이전에 물어보았을 때는 기억을 하지 못했다.

'이건 어떨까?'

지금 서호의 품에는 겨울의 왕국에 도착한 인물들이 찍힌 사진 한 장이 있었다. 형은 모른다고 하더라도 형과 닮은 캐릭터는 찾아낼 수 있을지도 몰랐다.

끼익―!

우산을 접은 그가 카페 문을 당기자 낡은 신음 소리가 진실에 다가왔음을 환영했다.

천장에서 뿜어지는 공기 멸균 장치의 바람을 맞으며 카페 안으로 들어서자, 손을 뻗어와 가슴을 직접 어루만지는 것 같은 아름다운 노랫소리가 그를 반겨주었다.

중앙에 마련된 무대에서 기타 치는 무명 여가수의 보이스가 매혹적으로 카페 안을 잠식하고 있었다. 어깨에 묻은 빗물을 털어내며 바 체어에 앉은 서호는 바텐더로 있는 카페 주인에게 눈인사를 했다.

"왔어? 퍼스트타임?"

퍼스트타임은 마약의 이름이다. 환각 성분이 약한 만큼 중독성이 낮아서 젊은 층에서 유행하는 신종 마약이었다.

"아뇨. 괜찮아요. 레모네이드로 주세요."

방진 마스크를 벗고 마실 것을 시킨 서호는 주머니에서 담뱃 갑을 꺼냈다. 담배 한 개비를 물고 지포라이터로 불을 붙였다. 깊이 들이마시고 내뿜는 담배 연기는 노랫소리에 미려하게 부서졌다.

　"휴우!"

　쓰린 연기를 내뿜은 서호가 품속에 넣어두었던 사진을 조심히 내밀었다. 이미 사진에는 형광펜으로 동그라미까지 그려놓은 뒤였다.

　"거기 표시한 캐릭터의 신원을 알고 싶은데요. 가능할까요?"

　사진을 받아 든 카페 주인은 조금 곤란한 표정을 지었다. 실제로 존재하는 사람의 사진도 아니고, 게임 속의 사진을 보고 캐릭터의 주인을 추적해 달라는 말은 아무리 도시의 정보를 쥐고 있는 이곳이라도 쉬운 의뢰가 아니었다.

　"너바나라는 게임이에요."

　"너바나? 그렇다면 생각했던 것보단 쉽겠군."

　너바나라는 말을 듣자마자 카페 주인의 얼굴이 눈에 띌 정도로 밝아졌다.

　"그나저나 이 사람, 너랑 좀 닮은 것 같은데?"

　"저랑 닮았다고요?"

　사진을 다시 건네받아서 바라보았다. 형과 닮은 캐릭터라는 생각은 했는데 자세히 보니 그를 닮은 것 같기도 했다. 그들은 형제였으니 어쩌면 당연한 얘기인지도 몰랐다.

　"저번에 말했던 형이라는 사람이야?"

　"글쎄요."

금세 나온 레모네이드를 한 모금 마신 서호는 그렇게 얼버무리며 카페 안을 슬쩍 둘러보았다. 카페 한쪽에는 남자들이 제법 많이 모여서 웅성거리고 있었다.

니켈금속이 뜯겨지고 진동하는 소리는 따스하고 애절하게 카페 안을 감돌았지만 어떤 화제에 집중하고 있는지 그들에게는 닿지 못했다.

그러나 거추장한 이펙터 없이 바로 앰프와 연결된 일렉트릭 기타의 맑은 소리는 쉽게 포기하지 않았다. 그들의 관심을 조금이라도 끌어보려고 밴딩 이후에 애달픈 비브라토로 애교를 부렸다.

"얼마 정도 걸릴까요?"

카페 안을 둘러보던 서호가 무심한 말투로 물었다.

"다른 날이었다면 일주일 정도? 하지만 오늘은 30분에서 한 시간 정도면 될걸?"

"네? 그 정도나 차이가 나요?"

"저기 모인 사람들 있지? 저들 중의 한 명이 너바나의 정보를 잡고 있는 녀석이거든."

"진짜요?"

"그래."

"대단한 우연이군요."

감탄하는 서호의 눈빛과 마주친 카페 주인은 고개를 가로저었다.

"우연? 지나친 우연을 세상은 필연이라고도 하지."

"필연이라? 그것도 괜찮은 표현이군요."

"그럼 잠시만 기다려 봐."

카페 주인이 미소를 지으며 저편에 있는 남자들 중의 하나를 불렀다. 다가온 남자에게 사진을 건네주면서 조사를 부탁했다.

"옷차림이 럭셔리한데요?"

사진을 받아간 남자는 금으로 된 체인 목걸이와 번쩍이는 시계, 큼지막한 보석이 박힌 반지를 끼고 있었다.

"저 사람은 너바나에 접속은 하지만 모험가라고는 볼 수 없어. 굳이 분류를 하자면 장사꾼이라고 할까?"

"장사꾼이라고요?"

"너바나도 다른 게임처럼 도시 안은 안전하잖아. 유저들이 정리하는 아이템을 싸게 사서 비싸게 팔면서 그 이득만으로 먹고사는 녀석이지."

"오호, 그래요?"

왠지 알아두면 편리할 것 같다는 생각도 들었다.

"너바나의 경우엔 다른 게임보다 거래 수는 적지만 실제로 목숨이 걸린 만큼 좋은 무기나 방어구의 경우 수익이 제법 짭짤한가 봐. 그건 그렇고, 어떻게 할래? 여기서 기다릴래? 오래 걸리면 30분이 넘을 수도 있는데?"

"뭐, 여기서 기다리고 있죠."

담배를 비벼 끄고 레모네이드를 한 모금 더 마신 서호는 바 구석에 놓인 외눈 안경 하나를 빼어 들었다.

마이크로퓨어다. 귀 위쪽과 콧잔등에 걸어서 쓰는 이 마이크로퓨어는 무선 통신이 가능한 휴대용 전자 기기였다.

2010년에 개발된 마이크로퓨어는 2013년에 정식으로 상용화

되면서 한국이 가진 테크놀로지를 전 세계에 알린 기기가 되었다.

현재에 이르러서는 이렇게 카페 같은 곳에서도 널리고 널릴 정도로 흔했다. 마이크로퓨어를 쓴 서호는 화면의 오른쪽 가장자리를 바라보았다.

동공의 움직임을 인식해서 음성이 알맞게 조절되었다. 아래쪽을 바라보아서 TV로 전환하고 채널을 돌렸다. 한동안 돌린 끝에 볼만한 채널이 나왔다.

너바나에 관한 방송이었다. 갈색 머리카락을 어깨까지 늘어뜨린 아리따운 여성이 나와서 너바나의 세계관을 친절하게 설명해 주었다. 솔직히 말하면 세계관보다는 그녀의 외모가 시선을 잡아끌었다.

"그럼 지금부터 체험해 볼까요?"

그녀가 직접 4월의 도시로 들어가 지나가는 유저들과 인터뷰를 했다. 방송 날짜를 확인해 보니 어제였다.

'어제?'

유난히도 3월의 도시에 사람이 많았던 이유가 바로 여기에 있었다. 게임 전문 방송 중에서도 너바나는 사람들에게 인기가 상당히 많은 편이었다.

사람들이 실제로 죽어나갔으니 참여하는 건 꺼린다고 하더라도 구경을 하기에는 최고의 스릴을 주었던 까닭이다. 하지만 문제는 너바나의 비협조성에 있었다.

그들은 너바나를 광고해 주는 방송 쪽에 대해서 일절 시스템적인 지원을 해주지 않았다. 그렇다 보니 중계를 하기 위해선 직접 시계대륙으로 뛰어들어야 했는데 언제 죽을지 모르는 그곳에 기존의 게임 MC들은 들어가는 것조차 꺼렸다.

아무리 많은 돈을 주더라도 목숨보다 소중한 건 세상에 없었으니 당연한 일이었다.

방송 측은 어쩔 수 없이 공개로 MC를 뽑을 수밖에 없었다. MC를 뽑는 광고를 거의 모든 매체를 통해 올려서 지원자를 찾은 것이다.

결국 레이싱걸 출신의 '유라'라는 이름을 가진 여성이 뽑히게 되었는데 그녀는 참으로 솔직했다. 다른 사람들과는 달리 자신은 목숨보다 돈과 명예가 우선이라고 떳떳하게 밝혔다.

가식이 없는 그 모습을 좋게 본 기존의 유저들로 인해서 지금은 '봄의 여왕'이라고 불릴 정도로 유명해져 있었다. 지금 TV에 나오는 여성이었다.

그녀는 주로 4월의 도시에서부터 6월의 도시를 순례하면서 사람들의 모험과 죽음의 이야기를 다루었다.

상당히 전략적으로 움직인다는 평도 있었다. 인맥을 활용해 시계대륙에서 알아주는 실력자들을 섭외하여 파티를 대규모로 구성한 덕분에 위험요소도 최소화하였다.

그녀와 함께라면 스릴 넘치는 죽음을 현장에서 구경할 수도 있고, 죽을 확률도 제로에 가까웠으니 평소에 관심을 가지고 있던 사람들도 무리를 이뤄 그녀를 따랐다.

때문에 시계대륙에서는 전례가 없을 정도의 큰 무리가 이뤄졌는데, 이들이 바로 '순례자들'이었다.

순례자들의 인원이 만만치 않으니 극소수의 무리는 터치할 생각조차 못했고, 마물들마저 순례자들의 덩치를 보고 쉽게 덤벼들지 않았다.

―봄의 여왕을 따르면 아름다운 지옥을 볼 수 있다.

그녀는 시청하는 사람들의 마음을 함정 아닌 함정으로 이끌고 있었다. 너바나 자체는 두려워하면서도 그 무리에는 들어가기를 원하게 만든 것이다.

다만 그들 순례자들에게도 한계는 있었다. 여름의 왕국이 있는 7월의 도시가 섬에 있었던 까닭에 7월의 도시로 가기 위해선 6월의 도시에 있는 항구에서 배를 타야만 했다.

여기서 문제는 아무리 큰 무리를 이룬다고 하더라도 배 한 척에 타는 인원은 최대 30명으로 정해져 있었기에 기존의 인해전술에 기댈 수 없다는 점이었다.

거기다가 폭풍과 거대한 문어괴물인 크라켄을 만날 경우엔 꼼짝없이 익사를 하게 되었으니 제아무리 영리하고 결단력있는 그녀라고 하더라도 칭호처럼 영원히 봄의 여왕으로 남을 수밖에 없었다.

어쨌든 그녀의 섹시하고 뇌쇄적인 몸매가 너바나 방송에 활력을 주고 있는 것만은 분명했다.

그들도 4월의 도시에 도착해서 타이밍만 맞으면 만날 수 있을 것이다. 그런 생각을 하면서 방송을 보고 있던 사이에 생각했던 것보다 빨리 서호가 가져온 사진 안에 있는 인물에 대한 판독이 끝났다.

"정확하게 알아보려면 상당한 시간이 걸리거든요. 이건 마이크로퓨어로 사진을 전송해서 연락 온 사람들의 의견을 종합해본 결과인데요. 몇 사람이 공통적으로 스프린터(Sprinter)일지도 모른다고 하더군요."

사진을 들고 갔던 남자가 다가오면서 그에게 해준 얘기였다. 카페 한쪽에 있던 남자들도 그가 앉아 있는 곳을 바라보고 있었다.

"스프린터요?"

"네, 이름이 아니라 별명이에요. 이 사람, 유명했거든요. 뭐, 너바나를 하는 사람들 중에서 2월의 도시에 도착한 인물 중에 유명하지 않은 사람은 없겠지만요. 이 사람은 2월의 도시에 도착한 것에 만족하지 않고 겨울성좌까지 도전했다고 해요. 도전했던 사람들 중에 단 한 명이 살아남아서 성좌에 앉았다는 이야기는 아시죠?"

"네."

"정확히 그 인물이 누구인지는 밝혀지지 않았어요. 하지만 이 남자가 가장 유력한 인물로 추측되고 있죠."

"그런데 왜 별명이 스프린터죠?"

"이 사람의 직업과 관련이 있다고 하던데요. 며칠 뒤에 다시 오시면 좀 더 자세한 정보를 알 수 있을 거예요."

정보는 거기까지였다. 레모네이드 한 잔 값인 3만 원을 바에 놓고 일어선 서호가 그 남자와 카페 주인에게 인사를 했다.

"그럼 다음에 또 올게요. 수고하세요."

스프린터라고 하면 흔히 단거리 육상선수를 말한다. 하지만 이 도시에는 스프린터라고 불리는 또 다른 자들이 있었다.

　바로 불법 레이스에 참가해서 단 한 번이라도 그 위상을 떨쳤던 레이서들을 스프린터라고 부르고 있었다.

　'이게 열쇠가 될까?'

CHAPTER 03
말은 입에서 나오지 않는다

금지된 세계
FORBIDDEN
WORLD

서호의 눈앞에 낯선 세계가 펼쳐졌다.

오렌지 빛깔로 물든 하늘 아래, 울창한 수풀은 불어오는 바람에 활을 켠다. 청중처럼 늘어선 숲의 그림자가 다가와 그의 얼굴에 닿는다. 시원한 그늘이었다.

죽음의 세계라고 하나 아름다운 건 부정할 수 없었다. 어쩌면 세상 만물이 진정으로 아름다운 이유는 언젠가는 끝이 있기에 가능한 이야기인지도 몰랐다. 적어도 지금 그에게 자연은 지독스러울 만치 선연하게 다가오고 있었다.

"끼아악!"

그때 등골이 오싹할 정도로 소름 끼치는 비명 소리가 어디선가 들려왔다. 그에게 이제 긴장을 하라고 일러주는 친절한 경고였다.

"크로님, 안녕하세요."

비명 소리에 이어 그를 부르는 목소리가 등을 붙잡는다. 돌아서자 미지근하게 풍겨오는 피비린내와는 어울리지 않는 새하얀 로브를 정갈하게 차려입은 소녀가 바로 앞에 서 있었다.

봉긋 솟은 가슴에 지팡이를 품고 있는 아카의 모습은 정말이지 살벌한 이곳과는 어울리지 않았다.

고작 해야 그의 가슴까지밖에 오지 않는 작은 키에 긴 머리카락은 오히려 그녀의 키를 더욱 조그맣게 보이는 역할을 했다. 큰 눈동자를 깜빡이더니 반가움이 깃든 미소를 짓는다. 순수하게 말하건대 귀여웠다. 혹여 그 생각이 들통날까 봐 시선을 돌리자 나프카의 모습도 눈에 들어왔다.

"제가 가장 늦게 온 건가요?"

서호의 말에 하늘마저 찢을 것 같은 날카로운 눈매로 바라보던 나프카가 말없이 일어서서 목을 꺾으며 몸을 풀었다.

"고슴도치도 도착했고, 그럼 출발할까?"

나프카가 마을 남쪽으로 걸어가며 자연스럽게 앞장섰다. 아카와 다시 눈이 마주친 서호도 고개를 끄덕이며 남쪽 출구로 향했다.

정보에 의하면 그들은 오늘 밤 정상에 있는 마을까지 올라야 했다. 정상은 정말이지 까마득했다. 지금부터 서두르더라도 새벽에나 도착할 수 있을 듯했다.

그렇게 마을을 나가려고 남쪽으로 향하던 그들의 시야에 하나의 인영이 잡힌 건 채 몇 걸음도 가지 않아서였다.

처음에는 귀신인 줄 알았다. 허름한 건물 앞에 쪼그리고 앉아 있는 소년의 모습은 음침한 분위기를 흘리고 있었다.

"사람… 인가?"

인형일 수도 있었기에 서호가 물었지만 앞에서 걷던 나프카도 모르겠다는 제스처를 취했다. 아카도 마찬가지였다.

찝찝한 마음을 무시하고 그냥 지나치려는데 옆에서 걷던 아카가 조심스럽게 다가가 소년에게 말을 걸었다.

"저기……."

조그마한 소녀가 말을 거는데도 움찔거리면서 더욱 움츠러드는 것으로 보면 사람인 것 같았다.

어지간히 겁을 먹은 모양이다. 잠시 떨다가 고개를 드는데 눈빛이 몹시 어두웠다. 꼭 세상의 모든 불행을 혼자서 다 떠안은 것 같은 얼굴이었다.

소년은 볼품없는 옷과 나무로 만들어진 활을 지니고 있었는데, 허리에 걸린 화살 통에는 화살이 다섯 발밖에 들어 있지 않았다. 행색을 볼 때 지금 소년은 이 마을에서 오도 가도 못하는 처지인 듯했다.

"무슨 일 때문에 여기 있으세요? 저희가 도와드릴 일이라도……?"

아카의 물음에 고개를 들었던 소년의 눈빛이 떨렸다.

"4월의 도시까지 가려고 하는데, 저한테는 역시 무리인 것 같아서요."

그 말을 들은 서호가 소년을 직시했다. 딱 보아도 너바나에 들어올 정도로 심성이 강해 보이진 않았다. 무슨 사정이 있는 것 같았지만 묻고 싶진 않았다.

냉정하게 말해서 그들의 입장에선 소년을 쉽게 믿을 수가 없었다. 나프카를 바라보자 그 역시 고개를 끄덕였다.

약한 척하면서 실은 뒤에서 활을 당길지도 모를 일이었다. 하지만 아카는 아무런 의심도 하지 않고 소년에게 말을 걸고 있었다. 그러니 그들이라도 바짝 정신을 차려야 했다.

"저희들도 4월의 도시에 가거든요. 같이 가면 되겠네요."

"그, 그래도 되나요? 하, 하지만 전 아무런 도움도 못 드릴 거예요. 분명 폐만 끼치게 될 거예요."

소년의 사고는 무척이나 비관적이었다.

"그건 저도 마찬가지인 걸요."

"네?"

"저도 여기 있는 크로님과 나프카님에게 폐만 끼치고 있어요. 중요한 건 조금이라도 도움을 드리려고 노력을 하려는 마음이 아닐까요?"

"그래도 저는……."

솔직히 서호는 대화를 나누는 둘을 이해할 수 없었다. 그들의 입장에서는 소년을 믿을 수 없었고, 소년의 입장에서도 그들을 믿지 못하는 게 당연했다.

이곳에선 아무에게나 손을 뻗어선 안 되고, 누군가 손을 뻗어주었다고 해서 함부로 붙잡아서도 안 되었다.

"크로님, 괜찮을까요?"

아카가 물어온다. 여기선 솔직하게 말해주는 것밖에 도리가 없었다.

"무슨 사정 때문에 4월의 도시에 가야 하는지 이유를 들을 수 있을까요?"

딱 잘라 말해서 소년의 눈빛과 행동으로 볼 때 너바나를 지금이라도 당장 나가야 옳았다. 하지만 이곳에서 떨고 있다는 건 그만큼 중요한 목적이 있다는 얘기였다.

만약 그 목적이 타당하지 않다면 소년의 유약한 모습은 위장으로 의심해 볼 수 있었다. 소년은 서호의 강인한 눈빛에 주눅이 들어 기어들어 가는 목소리로 대답했다.

"반 아이들과… 담력 내기를 했어요. 4월의 도시까지 가기로요. 아이들은 전부 파티를 이뤄서 갔지만… 전 파티를 구하지 못했어요. 혼자서라도 어떻게 해야 해서 여기까지 왔지만, 역시 저한테는 무리였나 봐요."

만약 이유가 타당했다면 카르마를 확인하는 게 순서였다. 하지만 타당하기는커녕 어이없는 답이 소년의 입에서 나왔다.

"굳이 갈 필요가 없잖아? 잘못하면 죽을 수도 있는데?"

가만히 듣고 있던 나프카도 답답한 표정으로 소년의 말을 따지고 들었다. 무섭게 찢어진 눈으로 소년을 추궁했다.

"하지만 4월의 도시까지 가지 못하면 괴롭힘과 따돌림을 당할 거예요. 내일도 이대로 넷스쿨에 접속하면 분명 아이들이……."

"……."

서호는 뭐라고 해줄 말이 없었다. 정말 어리석었다.

넷스쿨의 한계 전류는 최대 6mA다. 그곳에서 괴롭힘을 당한다고 해봤자 따끔한 통증으로 끝이 난다.

물론 진짜 문제는 육체적인 고통이 아니라 정신적인 고통이겠지만, 그렇다고 해도 언제 죽을지 모를 이 길을 걸을 바엔 그냥 괴롭힘이나 따돌림을 당하는 게 나았다. 속으론 지금 당장에라도 이곳을 나가라고 일러주고 싶었다.

그러나 아카는 달랐다. 남다른 출생 배경과 성장 환경 때문에 그녀에게도 죽는 것보다 혼자가 되는 것이 두려웠던 까닭이다. 그렇다 보니 소년이 철없다고 생각하면서도 그녀는 이해한다는 눈빛을 했다.

서호와 같은 의견을 가진 건 오히려 나프카였다. 그가 한쪽 입꼬리를 올리며 소년을 비웃었다.

"어리석어. 분위기를 보니까 벌써 따돌림을 당하고 있는데 4월의 도시에 간다고 해서 달라질 게 있을까? 그곳에 가서도 다른 이유로 따돌림을 당할 거다. 어쩌면 걔들은 또 5월의 도시까지 파티를 해서 가고, 너 혼자 오라고 할지도 모르지. 아마 네 녀석이 죽을 때까지 반복될걸."

나프카의 말은 잔인했지만 진실과 가장 가까웠다. 소년도 아카도 아무런 대꾸를 하지 못하는 것이 그 증거였다.

"고슴도치, 어떻게 할 거냐? 설마 이런 녀석도 데려가는 건 아니겠지?"

"……."

이왕 가는 길이기에 같이 갔으면 하는 아카와 두려움에 떨면서 도와주길 바라는 소년, 그리고 그들을 비웃고 있는 나프카, 전부 다 제각각의 사고와 행동을 하고 있었다. 결정권은 그에게 던져 준 채.

"가죠."

"뭐? 이 녀석 때문에 더 위험해질지도 몰라. 앞으론 장난이 아니라니까."

"같이 간다고 하진 않았어요."

"그럼 뭔데?"

"어차피 이곳은 무엇을 하든, 무엇을 당하든 자유 아닌가요? 그러니 저희들은 그에게 같이 가자고 할 수도, 이 세계를 나가라고 할 수도 없는 거겠죠. 사는 것도 죽는 것도 스스로 결정해야 하는 거니까요."

모든 결정권은 소년에게 맡긴다는 뜻이었다. 그렇게 결론을 내린 서호가 먼저 마을 밖으로 발을 내디뎠다.

나프카와 아카도 그를 따라서 마을을 나가자 소년의 눈동자는 더욱 심하게 흔들렸다. 고민과 갈등이 깊게 새겨졌다.

소년의 입장에서는 그들은 어둠 속에서 내린 한줄기의 빛이었다. 겁은 났지만 놓쳐선 안 된다는 것을 소년도 알고 있었기에 일어서서 그들을 따를 수밖에 없었다.

"이름은?"

뒤에서 조심스럽게 따라오는 소년의 발걸음 소리를 들은 서호가 물었다.

"초코라고 합니다."

"스스로 선택한 길이다. 죽어도 원망하지 마라."

그 말이 끝이었다. 더 이상 붙일 말은 없었다. 만약 그들에게 위기가 닥친다면 서호는 가장 먼저 아카를 구할 것이다. 여유가 된다면 나프카도 구해볼 것이다.

초코라는 이 소년은 마지막으로 구하게 될 자였다. 정을 붙일 필요는 없다고 생각했다.

저벅저벅―!

마을 밖으로 나와서 조금 걸어가자 그들의 눈앞에 표지판 하나가 나왔다. 안전한 길과 위험한 길로 나눠진 표지판이었다. 상당히 극단적인 갈림길 앞에서 나프카가 불평을 늘어놓았다.

"이건 또 뭐야? 어디로 갈 거냐?"

이 역시 고민할 필요가 없는 문제였다.

"안전한 길로 가야죠."

서호가 발을 내디뎠고, 그를 따라가는 일행을 뒤에서 지켜보던 나프카가 묘안이 떠올랐는지 표지판 쪽으로 다가갔다.

"뭐 하게요?"

"응? 표지판을 반대로 꽂아놓아야지. 그래야 뒤에서 오는 녀석들이 위험한 길로 들어가서 죽을 거 아냐. 이것으로 다른 유저들이 뒤에서 습격을 할 위험도 없어지는 셈이지."

나프카가 악의 가득한 얼굴로 표지판을 뽑아서 거꾸로 설치하고 있었다. 그 장면을 가만히 보고 있던 서호와 표지판을 막 박으려던 나프카가 순간 멈칫했다.

둘은 지금 똑같은 생각을 하고 있었다. 방금 나프카의 행동처럼 그들의 앞을 지났던 사람들 중에 표지판을 바꾼 사람이 있다면 그들이 가는 안전한 길은 실은 위험한 길이 된다.

혹은 한 번 더 바뀐 거라면 표지판대로 안전한 길이 될 수도 있었다. 즉, 표지판은 믿을 수 없다는 것을 뜻했다. 서호의 눈치를 본 나프카가 입술을 떼려고 했다.

"고······."

"네, 고의는 아니시겠죠."

"그, 그래. 잘 아는군."

"아셨으면 괜히 이상한 짓 해서 고민거리 만들지 마세요."

서호가 주변을 둘러보았다. 지금 그들이 가고자 하는 길은 경사가 높아 험준해 보였다. 이곳만 본다면 필시 이쪽이 위험한 길처럼 보였지만 이것조차도 갈림길이 가진 속임수인지도 몰랐다.

"어디로 갈 거냐?"

"그냥 가기로 했던 길로 가죠."

"험난할 것 같은데?"

"상관없잖아요?"

대수롭지 않다는 듯 서호는 걸어가기 시작했다. 아카와 초코도 말없이 뒤를 따랐다. 물론 나프카는 내키지 않는 표정이었다.

"뭐가 상관이 없어, 위험한 길보단 안전한 길로 가는 게 정상이잖아?"

"아저씨, 어차피 산의 정상은 정해져 있어요. 이 길이 위험하다고 해서, 혹은 안전하다고 해서 정상이 바뀌는 건 아니잖아요?"

"그렇지."

"그럼 된 거죠."

"뭐? 그럼 된 거라니? 어째서? 뭔가 납득할 만한 이유를 제시해야 될 거 아냐!"

"그 정도는 스스로 생각해 보세요."

중요한 건 그들이 가는 길이 안전한 길이냐, 위험한 길이냐가 아니었다. 어떤 길이 되더라도 끝까지 갈 의지가 있느냐 없느냐 하는 거였다.

서호가 혀를 찼다.

거미인간의 징그러움이 어느 정도 적응이 되자 세심하게도 새로운 마물이 튀어나왔다.

한 걸음 움직일 때마다 땅이 진동할 정도로 거대한 곰과 마주쳤다. 신장이 서호의 네 배는 되었다. 아가리를 크게 벌린 곰이 두 팔을 활짝 펼치자 웬만한 나무의 키보다 높았다.

그 곰을 어떻게 죽이냐는 문제가 되지 못했다. 지금 서호의 시선을 끄는 것은 곰의 가슴 부분이었다. 살갗이 뜯겨져서 갈비뼈가 훤히 드러나 있는데 그곳이 약점인가 하면 그것도 아니었다.

갈비뼈 사이로 보이는 끊어진 내장이 제멋대로 춤을 췄다. 정확하게 말하면 갈비뼈 사이로 삐져나온 내장이 벌레처럼 꿈틀거렸다.

내장의 단면 부위는 꼭 개불처럼 입을 벌리고 있었는데 이빨까지 돋아나 있었다. 그 모습이 꺼림칙해서 접근조차 쉽지가 않았다. 보는 것만으로도 얼굴에 소름이 끼쳤다.

"저렇게 흉측하게 디자인할 필요가 있을까?"

나프카가 인상을 찌푸리며 지껄였다. 확실히 생명의 위협보다 혐오감이 더욱 강렬하게 그들을 압박했다.

"뭐, 좋게 생각하자고요. 저렇게 큰 놈은 무기를 줄 확률이 높잖아요. 그렇다면 거미인간들이랑 노는 것보단 백배 났죠."

긍정적인 눈빛을 한 서호가 머리카락을 휘날리며 달려나갔다. 이 파티에서 유일하게 방패를 들고 있었으니, 적이 하나일 경우엔 선두에 서는 건 당연했다.

"아저씨, 시작할게요!"

이미 나프카와는 첫 번째 마을에서 여기까지 오면서 어느 정도 손발이 맞았다.

문제는 아카와 초코였다. 연약한 아카가 초코를 보호해 주고 있는 형편이었다. 그 증거로 초코의 허리춤에 걸린 화살통의 화살은 그대로였다.

초코는 아무것도 하지 않았다. 아니, 아무것도 하지 않았다면 눈감아줄 수 있겠지만 마치 저주라도 걸 듯 위급한 순간마다 자신은 아무것도 못한다는 말만 반복했다.

나프카가 한마디 주의를 준 뒤로는 완전히 얼어붙어 버렸다. 때문에 죽어나는 건 아카였다.

그녀의 로브는 이미 땀에 젖어서 축축했다. 산을 오르는 것도 고역(苦役)이었지만 초코를 지키느라 그녀의 정신력과 체력은 상당히 고갈되어 있었다. 지금도 지팡이로 땅을 짚고 겨우 서 있었다.

"크로님, 저도 준비되었어요!"

힘겨울 텐데도 짚고 있던 지팡이를 치켜들어 전투태세가 갖춰졌음을 알린 그녀의 목소리에 곰에게 달려가던 서호도 고개를 끄덕였다.

몇 걸음 앞으로 다가서자 두 발로 선 곰이 배를 내밀었다. 그러자 갈비뼈 사이로 꿈틀거리던 내장이 마치 뱀의 머리처럼 쏟아졌다.

내장 하나는 검을 휘둘러 목을 끊었지만 또 다른 하나가 그의 오른쪽 옆구리로 재빠르게 파고들었다. 피하거나 막을 수 없다는 생각에 몸으로 버티려고 했다.

지직—!

그때 다행히도 아카의 마법이 내장 머리에 적중했다. 갑작스럽게 얼음꽃의 무게가 더해지자 쏟아지던 내장은 쉽사리 방향을 잃었다.

파앙—!

그 틈을 놓치지 않고 서호가 한 바퀴를 돌면서 방패로 그 내장을 후려쳤다. 충격에 땅바닥에 떨어진 내장을 짓밟아 버리고는 곰과의 간격을 좁혔다. 하지만 다가갈수록 더욱 위험해지는 건 피할 수 없는 사실이었다.

곰의 몸속에 있는 내장이 쑥쑥 튀어나왔다. 하나같이 흉측한 입을 벌리고 덮쳐 왔다.

"뒤로 물러서!"

혼자서는 도저히 막아낼 수 없을 것 같아서 주춤한 서호의 옆으로 나프카가 따라붙으며 소리쳤다.

그가 땅을 박차고 서호의 앞으로 뛰어오르더니 공중에서 힘차게 몸을 회전시켰다. 잔상이 맺힐 정도로 빠르게 돌아가는 나프카의 신형에서 빛살이 뿌려졌다.

그윽한 달빛 아래 단검이 그어진 궤적이었다. 내장이 겁없이 회전하는 나프카의 몸을 덮쳤지만 그의 단검에서 뻗어 나온 섬광의 제물이 될 뿐이었다.

"지금이다!"

'우두둑' 소리를 내며 떨어지는 내장 사이로 땅바닥에 착지한 나프카가 한쪽 무릎을 꿇었다. 밟으라는 얘기였다.

"알았어요!"

망설일 것 없이 나프카의 어깨를 밟고 높이 도약한 서호, 공중에 붕 떠오른 그가 방패를 꽉 움켜쥐고 곰의 무릎을 향해 강렬하게 떨어졌다.

파악—!

방패와 곰의 무릎이 충돌하는 소리가 거세게 울렸다. 부딪치는 순간 그곳에선 공간까지 일그러지는 파장이 일어났다.

살점이 뜯겨지고 드러난 무릎 뼈가 '파직' 소리를 내며 부서진다. 다리 하나를 순식간에 잃은 곰의 거대한 덩치가 그들의 앞으로 주춤거렸다.

"키키킥!"

이때 나프카가 뒤쪽에서 다시 서호의 등을 밟으면서 뛰어올라 곰의 목을 향해 단검을 그었다.

사악—!

하나 단검의 짧은 리치 덕에 살갗을 살짝 스치는 정도로 끝이 났다. 극소의 핏방울만 떨어지며 달빛에 반짝였다.

화난 곰이 팔을 마구잡이로 휘두른다. 재빨리 텀블링을 하면서 피하는 나프카를 보고 이번엔 서호가 달려들었다.

기이하게 구부러진 곰의 무릎을 밟고 뛰어오른 그가 검을 곰의 옆구리에 깊숙이 박아 넣었다. 그리고는 두 손으로 검의 손잡이를 붙잡고 매달려 몸무게의 힘으로 옆구리를 쭉 그었다. 검붉은 핏물이 폭포수처럼 그의 몸으로 쏟아졌다.

"크아아아!"

곰이 미친 듯이 고함을 지르면서 옆구리에 매달려 있던 서호의 몸을 떨쳐 내었다. 공중으로 날아간 서호의 몸을 향해 곰의 팔이 휘둘러졌다.

퍼억—!

미처 피할 틈은 없었다. 강렬하게 휘둘러진 곰의 손톱을 급하게 방패로 막았지만 서호의 몸은 한참을 날아가서는 땅바닥을 구른 뒤 나무 하나에 처박혔다.

"쿨럭! 쿨럭!"

기침을 하는데 피가 섞여 나왔다. 방패를 들었던 왼팔은 마치 살덩이가 떨어진 것처럼 저릿저릿했다.

곰의 목표는 정해진 것 같았다. 절뚝거리면서도 서호를 향해 달려와서는 거대한 팔을 번쩍 들어 올렸다. 위기에 처한 그를 도와주기에는 나프카는 너무 멀리 떨어져 있었고, 초코는 그저 두려움에 떨고 있었다.

지직—!

이번에도 아카의 마법이 그를 도와주었다. 다른 곳도 아닌, 서호가 왼팔에 차고 있는 방패에 얼음꽃을 피워낸 것이다. 날카로운 가시처럼 피어난 얼음꽃을 보고 서호가 두 손으로 방패를 들어 전방을 가로막았다.

곧바로 곰이 팔을 내려쳤지만 날카롭게 피어난 얼음꽃 때문에 손바닥만 찢어진 채 괴로워하며 물러섰다. 물론 곰이 팔을 회수했다고 하더라도 잠시나마 짓눌린 충격은 서호에게 진한 고통을 심어주었다.

"헉, 헉……."

거미인간과 서식지와 비슷하다면 그보다 조금 강하다는 말이었는데 이토록 강할 줄은 꿈에도 몰랐다. 서호가 비틀거리며 일어서는 동안 나프카가 시간을 끌었다. 장신을 살려서 높이 뛰어오른 그의 신형이 우아한 몸짓으로 공간을 긋는다.

그러나 단검으론 치명상을 줄 수가 없었다. 자꾸 자신의 공격이 허탕으로 돌아가자 송곳니를 드러낸 나프카가 아예 단검을 던져 버렸다.

푸욱—!

그의 솜씨는 신묘하리만큼 정확했다. 공중에서 떨어지는 와중에 던진 단검이 곰의 한쪽 눈알을 관통한 것이다. 이제 곰은 주변에 모든 것을 부숴 버릴 듯이 발광을 했다.

"아카, 한 번 더 부탁할 수 있을까?"

수줍거리면서 일어선 서호가 구부정한 자세로 방패를 들면서 소리쳤다. 아카가 지친 나머지 숨을 거칠게 쉬면서도 고개를 끄덕였다.

"네! 잠시만 기다려 주세요!"

그녀가 주문을 외친다. 한계인 듯했다. 모든 힘을 짜낸 것처럼 기운이 빠져나가는 게 육안으로 선명히 보였다. 그 기운이 방패에 깃들며 얼음꽃을 피어냈다.

지금까지 본 얼음꽃 중에서 가장 크고 날카로웠다. 어쩌면 얼음꽃보다는 얼음가시라고 불러야 될지도 몰랐다. 얼음가시 하나하나가 나프카가 들고 있는 단검 크기와 맞먹었다.

가진 힘을 모두 소진하여 그 자리에 힘없이 주저앉은 아카에게 고맙다는 말을 남긴 서호는 또다시 달려나갔다.

땅을 있는 힘껏 짓밟으면서 뛰어올라 구부정하게 서 있는 곰의 나머지 한쪽 무릎을 향해 방패를 휘둘렀다.

파파박—!

얼음가시가 무릎을 꿰뚫고 부서지면서 곰의 멀쩡했던 한쪽 다리마저 작살을 내버렸다. 두 무릎을 전부 잃어버린 곰은 더 이상은 서 있는 것조차 불가능했다.

곰의 육중한 체구가 쓰러진다. 거대한 나무가 쓰러지듯 앞으로 넘어가는데 그 와중에서도 나프카의 눈빛이 매서운 빛을 발했다.

곰의 몸을 암벽처럼 타고 오른 그가 한쪽 눈알에 박힌 단검을 뽑아 들더니 다른 손으로는 곰의 목을 잡고 원심력을 살려서 목 뒤로 올라탔다.

마무리를 가할 태세였다. 뒷목에 단검의 칼날을 무자비하게 박기 시작했다.

푸쉬—! 피익—!

분수처럼 정신없이 터져 나오는 핏물에 한 치 앞조차 보이지 않을 텐데도 나프카는 감각적으로 단검을 써서 뒷목의 치명적인 부위를 난도질했다.

그것으로 끝이었다. 산을 뒤흔들 정도로 무겁게 땅바닥으로 쓰러진 곰은 더 이상 움직이지 못했다. 모두가 힘겹게 숨을 내쉬면서 주저앉았다. 초코 혼자만 멀찌감치 떨어져서 여전히 떨고 있었다.

"고슴도치, 수고했다!"

"휴, 아저씨는 그런 말을 하는 캐릭터는 아니잖아요?"

서호의 태클에 나프카의 얼굴이 울긋불긋해졌다.

"시끄러! 인마! 아참! 아카도 수고 많았다!"

그 말에 땅바닥에 앉아서 숨을 고르면서도 아카가 맑은 미소를 지었다. 가장 연장자였기에 나프카 나름대로 일행을 챙기고 있었지만 사뭇 낯선 광경임에는 분명했다.

"이제 어떻게 할까?"

나프카가 한참 동안 숨을 고른 뒤에 말을 이었다. 정상은 아직도 많이 남아 있었다. 달빛이 아무리 환해도 정상에 있는 마을은 보이지 않았다.

서호와 아카가 고민을 하는 사이, 뒤쪽에서 고개를 푹 숙이고 있던 초코가 조심스럽게 입을 열었다.

"운이 좋았을 뿐이잖아요. 다음에 곰을 만나면 그땐 정말로 전부 죽을지도 몰라요. 다시 돌아가죠, 첫 번째 마을로요."

초코의 말은 비관적이었지만 그만큼 현실적이었다. 하지만 실언임을 의심할 여지는 없었다.

참을 만큼 참았던 나프카의 눈에서 기어코 불똥이 튀었다. 누구는 생사를 넘나들고 있는데 뒤에서 가만히 지켜보는 것도 신경이 쓰였다. 거기다가 저주라고 할 만한 말을 서슴없이 내뱉고 있었다.

"이 개새끼! 아까부터 보자 보자 하니까!"

곰의 뒷목에 박혀 있던 단검을 뽑아 들은 나프카가 당장에 초코를 죽일 기세로 걸어갔다.

"나프카님, 진정하세요."

아카가 깜짝 놀라서 일어섰다. 힘겨운 몸을 끌고 초코의 앞에 선 그녀가 나프카의 화를 누그러뜨리려 갖은 노력을 했다. 하지만 나프카의 눈에 맺힌 살기는 쉽게 지워지지 않았다.

조금 더 화가 났다면 여기 있는 모두를 죽여 버릴지도 모른다는 생각이 들 정도로 그의 몸에서 뻗어 나오는 살기는 지독했다.

"아저씨, 뭐 하세요? 도와요."

그때 곰의 몸 위로 올라간 서호, 그가 곰의 등가죽을 뜯고 살점을 가르며 무관심한 말을 내뱉었다.

덩치가 큰 만큼 맹장의 크기도 상당히 클 터였다. 살점과 내장을 파헤치자 기대했던 것 이상으로 큰 맹장이 얼핏 보이는 듯했다.

"구경만 하면 저 혼자 다 먹을 거예요."

곰의 뱃속에서 칠흑빛의 검신이 번쩍이는 단검과 잿빛의 종 모양 귀고리가 나왔다. 그믐의 단검과 강철의 귀고리였다. 그 외에 쓸모없는 금속 조각을 추리자 20페니 정도가 전부였다.

단검을 쥔 서호가 나프카를 응시하자, 그의 눈동자가 하늘에 걸린 달처럼 환하게 빛났다.

"이거 하실래요?"

마치 주인을 잘 따르는 강아지처럼 고개를 힘차게 끄덕인다.

어지간히 가지고 싶은 모양이다.

미련없이 나프카에게 단검을 주고, 귀고리는 아카에게 건네주었다. 그들의 정산 방식대로라면 20페니는 서호가 가지는 게 옳았다.

그러나 그는 뒤쪽으로 걸어가서 아직도 덜덜 떨고 있는 초코의 손에 10페니를 쥐어주었다.

"저, 전 받을 수 없어요."

"응?"

"제가 겁을 먹는 바람에 여러분에게 폐만 끼치고 있는 걸 알고 있어요. 사기도 저 때문에 많이 떨어졌다는 것을 아니까… 이건 받을 수 없어요."

"알면 됐어. 그냥 넣어둬."

쓸쓸한 미소를 지은 서호가 초코의 옆에 앉았다.

"10분 정도만 쉬어가죠?"

그 말에 고개를 끄덕인 나프카는 주변에 아무렇게나 자리를 잡고 앉더니 방금 얻은 단검을 달빛에 이리저리 비춰보고 있었다.

"하실 말씀이라도……?"

초코가 눈치를 보면서 묻는다. 해줄 말이 있긴 있었다.

"너, 뭔가 착각하고 있는 모양인데, 네 녀석의 반응은 지극히 정상이야. 그러니까 미안해할 필요는 없어."

"네?"

"이곳에서 죽으면 현실에서도 죽어. 애당초 목숨을 걸고 싸운다는 게 쉬울 리가 없잖아."

"하지만 크로님과 나프카님도 그렇고, 아카님까지……."

"아니, 우린 달라. 우리에겐 싸워 나갈 만한 이유가 있어. 목숨을 걸 만한 가치가 있어. 하지만 네 녀석에겐 그 이유가 없어. 치기 어린 내기 때문에 이곳에 온 것뿐이잖아."

"……."

"그러니까 싸우지 못하는 건 당연한 거야. 솔직히 말하면 지금 당장에라도 로그아웃하고 다시는 이런 곳에는 오지 말라고 얘기해 주고 싶어."

"죄, 죄송해요."

"네 녀석을 나무라는 게 아냐. 나 같아도 너 같은 상황에 처했다면 쉽게 못 싸웠을 거라는 거지."

"하지만 제가 강했다면 조금이라도 도움이 됐을 건데, 제가 도움이 안 되는 것도 약하기 때문에……."

자책하는 그 말을 듣고 서호의 씁쓸한 미소가 더욱 짙어졌다.

"네 녀석, 뭘 하기도 전에 항상 안 된다고 말하는 버릇이 있더라?"

"네?"

"무슨 일이든 해보지도 않고 난 안 된다든지, 난 될 리가 없다든지 이런 말을 하잖아. 그럼 될 일도 안 되는 거야."

"저, 정말 죄송합니다."

"나한테 죄송할 필요는 없다니까. 어차피 네 녀석의 인생이니까. 하지만 단 한 번도 반대로는 생각해 본 적 없어?"

"반대로요?"

"아무리 어려운 일이라고 하더라도 난 된다거나, 난 될 거라는 생각을 하면 정말로 이뤄질지도 모르거든. 그게 진정 헛된 희망이라고 할지라도 말이야."

이것만큼은 자신있게 말할 수 있었다. 지금으로부터 2년 전, 열아홉에 처음으로 불법 레이스에 나갔을 때만 하더라도 절망적이다 싶을 정도로 수많은 패배를 경험하게 되었다.

힘들지 않았다면 거짓말이다. 하지만 힘든 현실은 그를 발전시키는 거름이 되어주는 반면 힘든 생각은 그에게 아무런 도움도 되지 못했다.

할 수 있다는 마음가짐으로 수없이 지면서도 독하게 오기를 품었다. 도로와 차에 대해서 더 깊이 파고들고 애착을 가졌다.

결국엔 자신을 패배로 몰아넣었던 사람들 하나하나를 꺾을 수 있었다. 정신을 차려보니 그는 정상에 서 있었다. 고작 해야 2년이라는 시간밖에 걸리지 않았다. 그 모든 것이 할 수 있다고 외치면서 시작되었다.

"이건 듣기 좋으라고 하는 말이 아니라 지극히 상식적인 얘기야. 어떤 일을 하기 전에 포기를 한다면 거기서 끝이겠지?"

"네……."

"하지만 할 수 있다 믿고 말을 하는 것만으로도 교감신경은 자극을 받아서 아드레날린을 분비해. 아드레날린이 분비되면 심박 수가 증가하고 분압이 상승하잖아. 당연히 상승한 분압 때문에 헤모글로빈이 더욱 빨리 몸속을 돌아다니면서 근육 구석구석에 산소를 공급하겠지. 할 수 있다고 생각하고 말하는 것만으로도 정말로 집중력과 근력, 체력 같은 게 평소보다 높아진다는 거야."

"……."

"그러니까 말이 입에서 나온다고 생각하면 안 돼."

"그럼?"

초코의 물음에 서호가 손가락을 천천히 들어서 자신의 가슴 왼쪽을 찔렀다.

"말은 심장에서 나오는 거야."

"네?"

"너의 의지에서 시작되는 거야."

"제 의지요?"

"믿어봐. 된다고 생각하는 것만으로 분명 되는 날은 올 거야. 당장은 익숙하지 않아서 어렵고 실패하더라도 언젠가는 반드시 이뤄지는 날이 올 거야. 적어도 나는 그랬거든."

고마운 얘기였다. 하지만 초코로서는 아직 단 한 번도 경험해 보지 못한 일이었기에 실감은 할 수 없었다.

"말씀, 고마워요. 하지만 제가 그렇게 바뀐다고 하더라도 반 아이들은 여전히… 저를……."

초코가 진솔한 넋두리를 풀어놓았다. 어쩌면 그에겐 무엇인가를 이루는 멋진 사람이 되고 싶다는 욕심은 없는지도 몰랐다. 그는 그저 친구들과 함께 평범한 삶을 살고 싶은 것이었다.

"그건 내가 말해줄까?"

저편에 앉아 있던 나프카가 일어섰다. 푸른 달빛에 번뜩이는 눈동자는 정말로 교활한 여우를 닮았다. 단검을 던졌다가 받는 것을 반복하며 이야기를 이어갔다.

"내 직업은 기타리스트다. 그러니까 이쪽 계통으로 얘기를 해주지."

"네……."

"커트 코베인이라는 사람을 알려나?"

"잘……."

"기타를 치는 사람들에게는 아직까지 전설이 되어버린 사람이야. 1980년대 세상은 헤비메탈과 팝이 정말이지 역겨울 정도로 넘쳐 났어. 파워풀하고 달콤한 사운드가 최고인 줄 알았던 시대였지. 하지만 한 남자에 의해서 그 세상은 작살이 났어. 그 남자의 이름이 바로 커트 코베인이야. 1990년대 얼터너티브록으로 세상을 뒤집어 엎어버린 기타리스트지."

"네……."

"하지만 그의 학창 시절은 불행했어. 왜냐면 학생들에게 지독스런 따돌림을 당했거든. 악취도 심했고, 약 때문에 정신병까지 앓고 있어서 미친놈 취급을 당했지. 그런 그였지만 단 한 가지는 알고 있었어."

"어떤?"

"자신이 가장 잘하는 것, 그것을 알고 있었어."

"자신이 가장 잘하는 거라고요?"

"남들보다 잘할 필요도 없어. 그냥 자신에게 있어서 가장 잘하는 것이야. 그에게는 기타를 치는 거였지. 비록 동시대에 그보다 기타를 잘 치는 사람은 많았어. 하지만 커트는 그 점을 중요하게 생각하지 않았지. 세상에게 외면을 받은 그는 스스로를 깊이 관찰할 수 있었던 거야. 그렇게 자신 속에서 가장 잘하고,

가장 즐길 수 있는 것이 있다는 게 중요하다는 것을 알게 된 거지. 그리 믿고 계속해서 나아갔던 거야. 그런지(Grunge) 정신이라고 할까?'

"……."

"결과 그는 전설이 되어버렸어."

나프카는 그를 떠올리는 것만으로도 오한이 밀려오는지 단검을 힘껏 던져서 다시 낚아챘다.

"그를 싫어했고 따돌리던 친구들도 전부 그의 팬이 되어버렸어. 그를 진심으로 사랑하게 되었지. 열렬하게. 뭐, 고슴도치 녀석이 한 말하고도 상통할 거야. 물론 네 녀석은 커트처럼 전설이 될 필요는 없어. 그저 네 녀석의 속에 있는 것을 발견하고 나아갈 권능은 다름 아닌 네 녀석에게 있다는 거야. 그리고 그것을 믿고 나아가다 보면 주변에서도 알아준다는 거지. 언젠가는."

초코의 고개가 떨어졌다. 솔직히 말하면 그들이 하는 이야기의 내용보다는, 누군가가 그를 위해서 이렇게 이야기를 해준다는 사실 자체가 고마웠다.

전염병이 두려워 집 안에서만 생활할 수밖에 없는 폐쇄적인 삶에서, 잠을 자는 시간을 제외하면 나머지 시간은 거의 퓨어로 넷스쿨에 접속하는 삶이 전부였다. 그런 그에게 이런 얘기를 해주는 사람은 지금껏 단 한 명도 없었다.

'심장이라고?'

천천히 손을 들어서 가슴 왼쪽을 짚어보았다. 분명 뛰고 있었다, 두근거리며. 지금 심장이 그에게 말하고 있었다.

이런 얘기를 해준 사람들에게 잘 보이고 싶다고. 누군가가 듣는다면 하찮은 마음이라고 비웃을지 모르지만 초코는 심장이 하는 말에 전신이 아련하게 떨리는 걸 느낄 수 있었다.

"그럼 정상으로 가볼까?"

초코의 어깨를 토닥이며 일어선 서호, 그가 주변을 둘러보았다. 그의 검은 방금 전 곰의 몸을 해부할 때 부서져 버렸다. 처음 들었을 때부터 멀쩡하지 않았으니 아까울 것은 없었다.

손잡이만 남은 검을 미련없이 던져 버린 그는 주변에 떨어져 있는 나무 작대기 하나를 주워 들었다.

"그걸로 뭐 하게?"

나프카가 그에게 묻는다.

"없는 것보단 낫겠죠."

"그런 나무 작대기보다는 내 단검이 나을 것 같은데? 하나 줄까?"

새로운 단검을 얻게 된 나프카는 지금 두 자루의 단검을 가지고 있었다.

"됐어요. 안 그래도 제대로 휘두르지도 못하는데 그렇게 짧은 건 쓸 자신이 없어요. 이거면 충분해요."

나무 작대기가 밤공기를 가르는 소리는 힘찼다.

"뭐, 좋을 대로 해라."

"그건 그렇고, 아저씨 직업이 기타리스트였어요?"

"응? 그냥 열차 역에서 연주하는 수준이야. 그래도 고정 팬들도 제법 있지."

"그 말을 믿으라고요?"

"시끄러!"

금방이라도 치고받을 듯이 서로에게 시비를 걸면서 서호와 나프카가 앞장을 섰다. 그 뒤를 아카와 초코가 나란히 걸어가며 정상으로 향했다.

"저기……"

아카에게 말을 거는 초코의 얼굴은 어둠 속에서도 눈에 띌 정도로 붉어져 있었다.

"고마웠어요."

"네?"

"저도 노력할게요. 최선을 다해서 여러분에게 폐가 되지 않도록, 그리고 아카님도 지켜 드릴 수 있도록……"

부끄러웠다. 초코에게는 처음이었다. 누군가를 지켜준다고 말을 한다는 것 자체가. 조심스럽게 바라보자 아카는 밤의 어둠을 물리칠 정도로 환한 미소를 짓고 있었다.

"휴……"

드디어 정상에 있는 마을이 그들의 시야에 들어왔다.

이제 쉴 수 있다는 생각에 서둘렀는데, 마을 입구를 200미터 정도 남기고 잠시 멈춰 서게 되었다.

한 남자가 그들의 앞에 나타난 것이다. 남자인데도 머리카락을 어깨까지 늘어뜨리고, 얇은 셔츠와 바지 위에 긴 천을 치렁치렁 달고 있었다.

고개를 들어 달빛을 바라보고 있는 모습이 중성적인 이미지가 강했다. 하지만 손에 쥐어진 은빛으로 번쩍이는 장검은 그를 쉽게 볼 수 없음을 무언으로 말해줬다. 쉽게 보기는커녕 악운의 산과 하나가 되어 그들에게 불길함을 안겨주고 있었다.

준수한 외모에 눈매는 선해 보였지만 그들을 바라보며 비틀어지는 입술만큼은 나프카보다 더욱 야비한 냄새가 풍겼다. 그가 한숨을 내쉬더니 천천히 검을 겨누었다.

"뭐죠?"

서호가 경계하며 물었다.

"저 아래에서부터 올라오는 게 보여서 기다렸는데 너무 늦잖아."

"그러니까 뭐냐고요?"

"한 사람당 5실링씩만 받을게. 20실링만 주면 마을까지 안전하게 모셔주지."

20실링, 환산하면 400페니다. 호위 같은 게 필요없는 건 둘째 치고 마을까지라고 해봤자 고작 해야 200미터 앞이었다. 남자의 말은 한마디로 지나가고 싶으면 통행료를 내놓으라는 뜻이었다.

"정말 이곳엔 별의별 인간들이 다 있네."

대번에 반말로 불평을 늘어놓는 서호를 보며 남자는 어쩔 수 없다는 표정과 제스처를 취했다.

"뭐, 그런 거지. 결국 이곳은 철저하게 약육강식에 지배되는 곳이니까."

"하지만 어쩌지? 그런 돈은 없는데?"

"그럼 벌어와야지. 근처에 곰이 많이 서식하는 곳이라도 가르쳐 줄까?"

건방진 남자의 말을 들은 서호의 눈빛이 가늘게 떠졌다. 여기선 쉽게 행동할 수 없었다. 현실도 크게 나을 건 없었지만 이곳에서 무엇보다 우선시되는 것이 있다면 남자의 말대로 힘이었다.

강할수록 겸손해야 된다는 말이 있다. 이 말이 생긴 이유는 다름 아니라 강한 자일수록 교오한 까닭이다. 즉, 남자의 오만한 콧대는 그들이 전부 덤비더라도 이길 수 있다는 자신감의 반증이었다.

물론 넷의 손발이 잘 맞아서 남자를 이긴다고 하더라도 문제는 있었다. 최소한 넷 중에 하나에서 둘 정도는 죽을지도 몰랐다. 나프카를 바라보자 그도 고심에 빠진 듯했다.

"어째서 그냥 죽이지 않지? 그냥 죽이고 빼앗으면 간단하잖아?"

왼손에는 도적의 단검을, 오른손에는 그믐의 단검을 빼어 든 나프카가 남자를 노려보며 물었다.

"네 녀석들에게 돈이 없으면 헛고생을 하는 거잖아. 쓸데없는 곳에 노동력을 낭비하는 것만큼 어리석은 것도 없지."

"그게 아니고, 넷이면 아슬아슬한 수라서 그런 거 아냐?"

나프카의 눈동자가 예리한 빛을 발했다.

"아슬아슬한 수라니?"

"네 녀석, 우리 넷한테 반드시 이긴다는 보장은 있냐?"

"우습지."

남자가 한 손을 들어서 앞 머리카락을 뒤로 넘겼다. 이마에는 카르마가 찍혀 있었다. Thirty Five, 실제로 사람을 35명이나 죽인 증거를 보였다.

허세를 부리는 건 아니었다. 그렇다면 가장 현명한 선택은 남자가 원하는 20실링을 구해다 주는 것이었다.

문제는 시간도 상당히 늦었고, 여기까지 오는데 이미 지칠 대로 지쳐서 그들에겐 더 이상 마물을 상대할 여력이 없다는 것이다. 한시라도 빨리 마을로 들어가서 휴식을 취하고 싶었다.

그가 요구하는 20실링은 현재 그들에게는 큰돈이었지만, 막상 현금으로 따진다면 그리 큰돈도 아니었다. 단지 현금을 실링으로 전환하기 위해선 최소 4월의 도시까지는 가야 구할 수 있다는 게 난건이었다.

남은 방법은 현명하다고는 할 수 없지만 남자와 싸워서 이기는 것밖에 없었다. 결정은 서호가 내리는 편이 나았다. 남자에겐 들리지 않을 정도로 그가 나직이 속삭였다.

"아카, 초코, 싸움이 시작되면 빙 둘러서 마을 쪽으로 달려가. 혹시라도 나나 아저씨 둘 중에 하나가 죽으면 바로 마을 안으로 도망쳐."

"크로님!"

등 뒤에서 아카가 걱정이 되는지 그를 불러 세웠다.

"마을 안으로 도망가라는 건 최악의 사태일 경우야. 이길 수 있을 테니까 걱정할 필요는 없어."

"하, 하지만……."

아카가 그의 소매를 붙잡는다. 고개를 돌리자 달빛을 맞아서 아름답게 반짝이는 심연의 눈동자가 그를 관통했다. 그 눈을 보고 거짓말은 할 수 없었다.

"최선을 다해볼 테니까 믿어봐."

그 말을 들은 아카가 갑자기 새끼손가락을 내밀었다.

"믿을게요. 하지만 저희도 마을 쪽으로 가면서 지원을 해드릴게요. 그러니까 목숨까진 걸지 않겠다고 약속을 해주세요."

별것 아닌 말과 행동인데도 참 묘한 기분이 들었다.

"아, 알았어."

그녀가 내민 손가락에 손가락을 걸고 난 뒤 초코를 바라보았다. 그도 마음을 단단히 먹었는지 서호의 눈빛을 받으면서도 시선을 피하지 않았다.

"초코, 아카를 잘 부탁한다. 할 수 있겠지?"

"네, 저도 최선을 다해볼게요."

"그래, 그럼 됐어."

나무 작대기와 녹슨 방패를 힘주어 잡으면서 서호는 무겁게 돌아서서 남자가 기다리는 곳으로 걸어갔다.

마물과는 다르게 이 모든 승부는 순식간에 결정이 날 확률이 높았다. 나프카도 그의 뒤를 바짝 쫓아오면서 각오를 다지는 듯했다.

"곰 있는 곳 가르쳐 줄까?"

그들의 대화를 듣지 못한 남자의 물음에 서호는 고개를 가로저었다.

"그쪽 이름이?"

"이름은 왜?"

"묘비는 만들어주는 게 예의잖아."

"뭐? 미친 거 아냐? 고작 20실링 때문에 죽겠다고?"

"지금 네 녀석이 우릴 미치게 만들고 있잖아."

달빛을 받아서 윤기를 흘리는 칠흑의 머리카락 사이로 서호의 눈빛은 피로가 쌓여서 붉게 충혈되었으면서도 남자를 강렬하게 노려보고 있었다.

이미 싸움은 시작된 것이다. 그의 눈은 기사만이 가질 수 있는 눈으로, 마물과 유저를 불문하고 자신을 먼저 공격하게끔 만드는 도발의 힘을 가지고 있었다.

"뭐, 좋아. 이카드다. 좋은 이름이지?"

"아까운 이름이군. 약속은 지켜주지."

"그럴 필요는 없을걸? 여기서 다 죽을 테니까. 한 가지 미안한 건 네 녀석들의 이름은 전부 못 외울 것 같으니까, 그냥 묘비에는 '20실링에 목숨 건 병신들'이라고 적어줄게."

"지랄하고 자빠졌네."

서호가 욕설을 낮게 지껄이며 달리기 시작했다. 이미 깊은 호흡으로 힘을 끌어올린 뒤였다. 땅을 거칠게 밟고 달리던 서호가 팔을 힘껏 휘둘러 쥐고 있던 나무 작대기를 던졌다.

휘익―!

어차피 나무 작대기로 경합을 벌여봐야 칼날에 부서지는 건 한순간이었다. 그렇다면 투척으로 활용하는 편이 조금이라도 나았다.

차가운 밤공기를 가르는 나무 작대기, 그것을 이카드는 가소로운 눈빛으로 쳐다보고 있었다.

퉁―!

달빛을 베어내는 은빛의 호에 너무도 힘없이 튕겨 나갔다. 거기까진 서호도 예상하고 있었다. 그사이 그가 이카드의 바로 앞까지 당도했다. 고작 해야 세 걸음 앞이었다.

"하아압!"

무기가 없으니 오직 방패에 모든 기운을 싣는다. 높이 치켜들은 방패를 이카드의 바로 앞에서 맹렬하게 내리찍었다.

"멍청한!"

이카드가 한 걸음 슬쩍 물러서면서 그의 방패를 흘리는 동시에 검을 휘둘렀다. 어둠의 공간에 기다랗고 잔인한 선이 그어졌다.

치잉—!

방패를 끌어당겨 그 잔인한 선을 막아내는 순간 서호의 몸이 크게 휘청거렸다. 모든 힘을 오직 방패에 집중했는데도 검이 가볍게 휘둘러지는 것조차 제대로 막지 못한 것이다.

"어라? 막아냈네?"

이카드의 경탄에는 비꼼이 묻어 있었다. 일격을 막은 것만으로도 의외라는 것이다.

"오호, 하긴 그 수밖에 없겠지?"

약자가 자신의 공격을 막아냈다면 그것은 모든 것을 방어에 걸었다는 뜻이다.

"네 녀석이 방어만 하기로 마음을 먹었다면, 진짜 공격은 다른 녀석이 하겠군. 이를테면 등 뒤에서 오는 건가?"

이카드의 말대로다. 서호는 처음부터 방패 역할에 충실했고, 어둠 속에 물들어 있던 나프카가 갑작스럽게 이카드의 등 뒤에서 나타났다.

자신의 기운을 완벽하게 감추고 있다가 순식간에 나타나서는 양손에 쥔 단검으로 이카드의 등을 노리며 파고들었다.

"방법은 좋아. 하지만 네 녀석들, 날 너무 물로 보는 거 아 냐?"

방패를 쥐고 있던 서호는 그 말을 듣고 불길한 기분이 들 수 밖에 없었다.

"자! 가르쳐 주지!"

단검을 귀신처럼 홀린 이카드가 서호를 향해 찌르기를 구사 했다. 찌른 칼날이 놀랍게도 녹슨 방패의 금이 간 틈으로 파고 들어 왔다.

찌익―!

방패를 차고 있던 왼팔의 살점이 찢겨지며 그의 오른쪽 쇄골 부근을 꿰뚫었다가 빠져나갔다.

"커헉!"

이카드는 서호를 일격에 제압하면서도 기습이 실패하면서 자 세가 무너진 나프카의 가슴에 발차기까지 먹였다.

퍄악―!

그들 중에서 최고의 방어력을 가진 서호와 최고의 공격력을 가진 나프카가 한순간에 깨져 버렸다.

서호는 고통보다 정말로 무모한 싸움을 걸었는지도 모른다는 의심에 흔들렸다. 이카드가 그런 그를 비웃더니 검을 하늘 높이 들었다가 빠르게 내려쳤다.

"잘 가라!"

지금 이 순간 서호는 아무런 대처도 할 수 없었다. 아마 이번에도 아카가 없었다면 꼼짝없이 죽었을 것이다.

마을 쪽으로 달려가면서도 전장을 주시하고 있었던 아카가 지팡이를 재빨리 땅에 박으며 얼음가시를 날렸다.

지지직―!

아슬아슬한 순간이었다. 이카드의 오른쪽 겨드랑이에 날카롭게 피어난 얼음가시는 그의 팔이 휘둘러지는 것을 물리적으로 막아내었다.

"크윽!"

이카드도 마법까진 예상 못해 팔을 내리다가 날이 선 얼음가시에 찔려 신음했다. 거기에 입술을 질끈 깨문 초코가 화살까지 쏘았다. 눈부시게 번쩍인 화살이 이카드의 심장을 향했다.

'어쩌면'이라는 생각이 들 정도로 상황은 급박하게 돌아갔다. 다만 이카드의 상황 판단력이 날아오는 화살보다 더욱 빨랐던 게 비운이었다.

그가 허리를 급하게 틀더니 날아오는 화살이 겨드랑이 쪽에 핀 얼음가시를 부숴놓도록 유도했다.

콰지직―!

요란한 소리를 내면서 얼음가시가 산산조각 났다. 분명 충격을 받았을 텐데 이카드는 주춤거리지도 않았다. 자유를 되찾은 팔을 몇 번 휘둘러 보더니 한쪽 입꼬리를 비릿하게 올릴 뿐이었다.

"자, 그럼 누구부터 죽을래?"

오만에 찬 미소를 지은 이카드의 물음이었다.

월화(月華)가 살갑게 피어 있었다.

그 달빛을 베어내는 검호는 차가웠다.

한쪽 무릎을 꿇은 채 방패로 막은 서호는 버티지 못하고 튕겨 나갔다. 거대한 곰이 휘두른 팔을 맞은 것과 다를 바가 없었다.

"크윽!"

왼팔과 오른쪽 쇄골 부근에 난 상처가 욱신거리더니 핏물이 터졌다. 전신이 몸살을 앓았다. 하지만 주저앉아서 쉴 틈은 없었다. 지금 서호의 눈앞에선 나프카가 사력을 다하면서 이카드와 싸우고 있었다.

'아저씨⋯⋯.'

지금껏 단 한 번도 본 적이 없는 광경이다. 마물과 싸울 때만 하더라도 집요하리만큼 공격만 고집했던 나프카가 지금은 온 신경을 세우고 이카드의 검을 피해내기에 급급했다.

'정말 어려운 싸움일까?'

모든 힘을 회피에 쏟으면서도 나프카는 이카드의 검을 완벽하게 피해내지 못했다. 팔뚝과 어깨, 종아리의 옷감이 뜯겨 나가고 핏물에 젖어들었다.

무엇보다 충격적인 광경은 쉴 새 없이 검을 휘두르는 이카드의 표정이었다. 그는 웃고 있었다. 그들에게 절망적인 이 상황을 즐기고 있었다.

'가지고 놀고 있다는 거냐?'

서호의 눈동자에 분(忿)과 원(怨)의 불길이 치솟았다. 오만하고 건방진 자를 꺾을 수 없는 힘없는 자신에게 향한 불길이었다.

"빌어먹을! 여기다!"

어차피 기습 따위는 먹히지 않았기에 서호가 소리를 지르며 덤벼들었다. 녹슨 방패를 비스듬히 세워 휘둘렀다.

"네 녀석들이 아무리 발악해 봐야!"

잔상을 남길 정도로 빠르게 이동하면서 서호의 방패를 피한 이카드는 귀찮은 표정으로 나프카의 가슴을 향해 검을 내찔렀다.

현란한 발놀림으로 이카드의 검을 피하면서 조금이라도 접근하려던 나프카의 동공이 순간 멎었다.

처억ㅡ!

칼날이 오른쪽 가슴 아랫부분을 관통해 버렸다. 검이 뽑혀지자 나프카는 그 자리에서 무릎을 꿇으며 허물어졌다.

나프카를 가볍게 제압한 이카드가 발목을 노리며 다시금 휘둘러져 오는 서호의 방패마저 검으로 후려쳤다.

"이 몸에게 작은 상처도 주지 못한다니까!"

서호가 쥐고 있던 녹슨 방패가 검에 담긴 강력한 힘 앞에 꽹음을 터뜨리며 산산조각이 나버렸다. 흩날리는 파편은 그들의 미래를 암시하는 듯했다.

"개소리!"

그러나 서호의 눈빛은 쉽게 포기를 논하지 않았다. 공중에서 폭사한 파편 중에서 가장 날카롭게 깨진 조각 하나를 움켜쥐었다.

손바닥을 찢는 화끈한 아픔은 무시한다. 조각을 쥔 손가락 사이에서 핏물이 영글어지는데도 오직 이카드를 향해 찌르기를 구사한다.

이카드도 검을 세워서 서호의 심장을 향해 찔렀다. 그 찰나의 순간, 분명 상식대로라면 이카드의 검이 서호의 심장을 꿰뚫었어야 했다.

하나 서호의 신형이 순식간에 흔들리더니 찌르는 검을 옆구리로 흘려버렸다. 한 바퀴 회전하면서 간격을 더욱 좁힌 그가 쥐고 있던 조각으로 도리어 이카드의 허벅지를 꿰뚫었다.

푸욱─!

고통과 놀람에 이카드의 얼굴이 기이하게 뒤틀렸다.

"이런 버러지 같은!"

이카드가 바로 앞으로 온 그를 왼손으로 후려치려 했다. 하지만 이미 서호는 뒤로 텀블링을 하면서 멀찍이 물러난 뒤였다. 믿기 힘든 반응 속도였다.

그것은 어찌 보면 이변(異變)이었다. 상식적으로는 도저히 일어날 수 없는 일이었다.

흔히 세상은 이변이란 게 일어나는 곳으로 알고 있다. 하지만 이는 잘못된 얘기다. 이 세상에 이변은 없었다.

한 가지 예로, 많은 사람이 카오스 이론을 알 것이다. 나비의 날갯짓이 지구 반대편에서는 폭풍으로 거듭날 수 있다는 나비효과로 유명하다.

그리스어로 혼돈을 뜻하는 카오스는 이 세상에서 이변이 일어날 수 있는 곳으로 생각하게 만든다. 하나 나비효과가 뜻하는 진의는 폭풍이 생겨난 원인에는 나비의 날갯짓과 같은 변수가 존재한다는 것을 말한다.

즉, 카오스 이론은 혼돈이 아니라 질서를 의미하기에 코스모스 이론이라 해도 옳았다.

그럼 어째서 이 이론을 카오스 이론이라고 이름을 붙이게 된 것일까? 이는 관찰자의 한계를 말한 것이다.

흔히 세상을 이루는 최소 단위의 입자를 원자(原子)라 한다. 원자야말로 더는 쪼개지지 않는 궁극적인 입자라고 배웠다.

이 말을 만약 사실로 둔다면 인간이 이 세상에 존재하는 모든 원자의 성격과 진동을 읽고 방향성마저 읽을 수 있다면 이 세상에 변수는 사라지게 된다.

물론 이것이 인간에게는 불가능한 얘기였다. 인간이 원자의 움직임을 관측하려는 순간 그 행위 자체가 영향을 주는 까닭이다. 게다가 원자는 아쉽게도 원자핵을 이루는 중성자(中性子)와 양성자(陽性子), 그리고 껍질이라고 할 수 있는 전자(電子) 구름으로 형성되어 있다. 또한 중성자와 양성자는 쿼크(Quark)라고 불리는 소립자(素粒子)로 이루어져 있었다.

딱 잘라 말해서 인간은 이런 소립자에게 영향을 주지 않으며 관측을 할 수 없을뿐더러, 설사 영향을 주지 않는다고 해도 세상에 존재하는 모든 소립자를 관측할 수는 없다.

소립자를 읽지 못하기에 원자의 움직임도 알 수 없다. 결과는 사라지고 확률만이 남게 된다. 그렇다 보니 모든 질서의 사건이 코스모스가 아닌 카오스로 설명이 되는 것이다.

즉, 간단하게 말해서 인간이 세상 만물을 볼 수 없기에 이변이라고 할 뿐이지, 그 모든 일에는 반드시 원인이 존재했다.

이 점은 비단 세상뿐만 아니라 가상공간에서도 마찬가지로 적용이 되었다. 쿼크라고 볼 수 있는 입자가 가상공간에도 엄연히 있었다.

그것은 0과 1의 선택이 만들어낸 가장 작은 단위인 도트였다. 인간이 쿼크를 읽지 못하는 것과는 달리 도트는 읽을 수 있었다.

하여 이곳에선 모든 사건에 수치를 부여할 수 있었다. 그랬는데도 지금 그들의 눈앞에서는 이변이 벌어지고 있었다.

방금 전부터였다. 이카드의 검은 정말이지 살벌하게 휘둘러졌다. 나프카로서는 접근조차 하지 못할 정도였다. 아카의 마법과 초코의 화살이 이따금씩 지원을 해주고는 있었지만, 고작 해야 생명을 연장하는 수단밖에 되지 못했다.

특히나 아카의 마법이 한 번 적중한 뒤로는 방심도 하지 않은 탓에 빈틈은 더욱 찾기가 힘들었다. 당연히 이카드에게 단신으로 저항하고 있는 서호는 죽었어야 옳았다. 일격에 심장이 꿰뚫린 채.

"하아압!"

그러나 그는 살아 있었다. 살아 있을 뿐만 아니라 방패의 부서진 파편을 쥐고 이카드의 허벅지를 꿰뚫었다.

찬란하게 휘둘러진 검에 상처를 입어 입술 사이로 붉은 핏방울을 터뜨리면서도, 서호는 파편 하나를 주워 들어 악을 품은 공격을 펼쳤다.

그의 활약, 결단코 잠재력 따위로는 설명할 수 없었다. 잠재력이라는 것은 본디 겉으로 드러나진 않으나 속에 품고 있는 힘을 말한다. 너바나에 접속한 지 며칠 되지도 않는 그가 잠재력을 가지고 있을 리는 만무했다.

푸욱—!

설명할 수 없는 활약의 원인을 찾아 헤매던 나프카의 눈동자가 거칠게 떨렸다. 휘둘러지는 칼날을 다시금 피해내고 파고든 서호가 이카드의 허벅지에 파편 하나를 더 박은 것이다.

'도대체 어떻게?'

처음에는 이카드가 그들을 가지고 놀고 있다는 느낌이 강했다. 일부러 그들에게 치명적인 상처를 주지 않고 몸 여기저기를 그어놓으며 서서히 죽여가고 있었다.

그랬는데 시간이 갈수록, 그리고 피를 흘리면 흘릴수록 이카드에게 대항하는 서호의 눈이나 몸에서 뿜어져 나오는 기운은 죽어가기는커녕 더욱 강렬한 빛을 터뜨렸다.

눈이 부실 정도로 이리 뛰고 저리 뛰어다니는 모습은 흡사 광월(狂月) 아래 늑대였다.

번쩍이는 송곳니로 인간의 몸을 찢어놓듯, 땅바닥에 떨어진 조그마한 파편 하나를 들어서 달려가더니 이카드의 발등에 찍는다.

"크아악!"

늑대를 가지고 놀았던 이카드도 분노로 이글거리는 눈빛으로 필살의 찌르기를 구사한다. 암흑의 공간을 산산이 부서뜨린 검극이 가슴에 닿으려는 찰나 정말로 귀신처럼 서호의 신형은 사라져 버렸다.

더 이상 이카드는 비소(非笑)를 짓지 못했다. 당황한 표정이 역력했다.

'어떻게 저렇게 움직일 수 있지?

뒤쪽에서 큰 상처를 입고 지켜보는 나프카도 그 광경을 보는 순간 소름이 끼쳤다. 목 뒤쪽에서 일어난 서늘한 기운에 등골이 오싹했다.

싸움이 시작될 때만 하더라도 아무것도 하지 못하고 죽을 것 같던 서호가 지금은 전력을 다하는 이카드를 압도하고 있었다.

이카드가 들고 있는 검과는 비교도 안 되는 조그마한 파편 하나를 들고서. 그 말은 무기를 초월할 정도로 이카드보다 강하다는 것을 의미했다.

'말이 안 되잖아!'

너바나에 제일 처음 접속할 때는 살아가면서 쌓은 근력이나 민첩함, 체력, 정신력, 지성, 지혜 등이 어느 정도 반영된다.

그래서 처음으로 같이 접속을 한 사람이라도 10년간 무예를 쌓아왔던 사람과 평범한 사람이 곧바로 싸운다면 10년간 무예를 쌓아왔던 사람이 반드시 이긴다.

이러한 페널티 때문에 남성 유저보다 일반적으로 불리할 수밖에 없는 여성 유저에겐 무기나 장신구를 수여하는 것이다.

다만 이 특징은 기본적인 능력에 지나지 않았다. 만약 10년간 무예를 쌓아왔던 자가 가만히 있고, 평범한 사람이 너바나에서 일주일 정도 마물을 잡으면서 강해졌다면 둘이 다시 싸웠을 때는 평범한 사람이 반드시 이기는 것이다.

다시 말해 초기에 주어진 능력의 차이는 있지만 그 차이는 미미하였고, 결국엔 이곳에서 쌓은 경험과 숙련도가 절대적인 영향을 준다는 뜻이었다.

그렇기에 지금 그가 이카드를 희롱하듯 파편 하나로 유린할 수 있는 이유는 단 하나밖에 없었다.

'고슴도치, 네 녀석은 이곳 너바나가 처음이 아니라는 거냐?'

그가 말했다. 형이 사라지기 전 퓨어의 데이터베이스에 너바나의 로그가 남아 있는 것과 사진에서 형과 닮은 캐릭터를 보게 되어서 이곳에 오게 되었다고.

현실에서 찾는 게 빠르지 않느냐는 나프카의 질문에 형의 존재를 아는 사람이 현실에선 없다고 했다.

그를 제외한 모든 사람의 기억이 조작된 건지도 모르겠다며 씁쓸하게 말하였다. 산을 오르면서 했던 대화를 떠올린 나프카는 지금 묘한 생각에 사로잡혔다.

기억 조작이 정말로 있다면, 그는 인정하지 않겠지만 모든 사람의 기억이 조작되기보다 그의 기억만 조작되었을 가능성이 훨씬 높았다.

'네 녀석, 정체가 뭐냐?'

그들의 수는 넷이었다.

기사와 도적, 마법사와 궁수로 성직자가 없었다. 제법 구색은 나왔지만 완벽한 조합이라고는 할 수 없었다. 게다가 그들의 얼굴에는 하나같이 지친 기색이 역력했다.

그런 그들이 저항을 한다는 건 생각지도 못했다. 무엇보다 그들 중에 날카로운 눈매와 야비한 인상을 가진 도적만 제외한다면 전부 시계대륙의 생리도 모르는 초보자로 보였다.

나름 그들의 처지를 읽고 어느 정도는 감안해 주었다. 저렴하다고 할 수 있는 20실링을 불렀는데도 그들은 어리석게도 스스로의 무덤을 팠다.

'미친 새끼들, 전부 지옥 맛을 보고 싶다는 거냐?'

저항을 한다면 철저히 짓밟아줄 생각이었다. 이카드에겐 이 세계를 지배하는 법칙인 힘이 있었다.

처음에는 그들을 가지고 놀았다. 하지만 어느 순간부터 분위기가 요상하게 돌아갔다. 검과 방패를 잃은 기사가 미친 듯이 날뛰기 시작한 것이다.

보름달을 만난 늑대처럼 활개를 쳤다. 정신을 차렸을 때는 그의 두 다리는 병신이 되어 있었다.

고작 해야 손바닥 크기의 방패 파편에, 달빛을 그어내는 섬뜩한 빛줄기에 그의 간담은 서늘하게 식어갔다.

"빌어먹을 자식!"

달려드는 기사를 향해서 검을 휘둘렀다.

쉬익─!

교활하게도 기사는 자세를 바짝 숙이면서 검을 피해내더니 그의 가슴으로 파고들었다. 거리를 두어야 했지만 병신이 된 두 다리가 패배의 구렁텅이로 빠뜨렸다.

푸욱─!

가슴에, 가슴에 방패 파편이 깊숙이 박혔다. 왼쪽 가슴이었다. 심장이 있는 곳이었다. 동공이 크게 떨린 이카드는 지금 정해진 현실을 쉽사리 받아들일 수 없었다.

"쿨럭!"

기침이 나왔다. 핏물이 터졌다. 턱을 타고 흘러내리는 핏물을 손으로 닦아보았다. 검붉은 핏자국이 진하게 그어져서 죽을지도 모른다고 경고를 했다.

'설마 내가? 이곳에서? 그럴 리가!'

의지와는 달리 다리의 힘은 풀렸다. 두 무릎을 꿇은 이카드는 생각보다 깊은 상처를 얻었다는 사실에 고개를 가로저었다. 그때 뒤에서 도적이 덮쳐 들었다.

처억―!

살기 어린 단검이 뒷목을 깊숙이 찔렀다. 화끈거리는 통증과 오르가즘이 느껴질 정도로 짜릿한 쾌감이 동시에 온몸으로 퍼져 갔다.

"아아! 아! 아아악!"

단 하나의 사고가 뇌리를 스쳐 갔다. 여기서 죽을 수 없다는 생각이었다.

가상공간이다. 심장 부근과 척추 근처를 찔렸다고 하더라도 정말로 찔린 건 아니다. 실제로는 부상당한 부근에 강렬한 전기충격만이 가해질 뿐이었다. 이 정도는 정신력으로 버틸 수 있었다.

"크아악!"

미친 듯이 비명을 지르며 일어선 이카드는 눈에 불을 켜고 기사를 찾아 나섰다. 땅바닥에 떨어진 방패 파편 하나를 막 주워 든 기사가 자신을 노려보고 있었다. 두 다리가 후들거렸지만 악을 품고 달려갔다.

"이 개자식! 너만큼은 죽인다!"

사력을 다해 검을 휘둘렀다. 하지만 이미 이카드가 보는 세상은 정상이 아니었다. 땅이 출렁거리더니 갑작스럽게 그의 왼쪽 뺨을 후려쳤다.

달려가면서 검을 휘둘렀다고 생각했는데, 그의 사고와는 다르게 검을 휘두르는 순간 중심을 잡지 못하고 땅바닥으로 넘어진 것이다.

그런 그에게 천천히 다가오는 기사가 눈에 들어왔다. 시리고 전율이 일어날 정도로 무시무시한 눈빛으로 그를 내려다보고 있었다. 손에는 방패 파편이 들려 있었다.

"아! 안 돼! 사, 살려줘!"

급박하게 불리해진 상황에 그 말밖에 나오지 않았다. 이카드는 감각이 사라진 두 다리는 포기하고 두 팔만으로 마을 쪽으로 기어가기 시작했다.

한시라도 빨리 마을로 들어가 로그아웃을 해야 했다. 여기서 허망하게 죽을 정도로 그의 인생은 미천하지 않았다.

"이제 알겠지?"

기사가 허스키한 목소리로 말을 걸어왔다.

"20실링에 목숨을 건 병신이 누구인지……?"

무리한 움직임을 펼친 덕분에 숨을 헐떡거리면서도 기사는 그에게 현 상황을 친절히 짚어주며 미소를 지었다.

"살, 살려줘! 내가… 커헉!"

차마 뒷말은 하지 못했다. 기도를 통해서 핏물이 거칠게 폭발한 까닭이다.

"허억! 컥! 커헉!"

숨을 쉬는 것조차 여의치 않았다.

"주, 죽을 것 같아. 제발 날 마을로… 마을로… 돈이라면… 은행에… 도시에 가서 다 줄게……. 제발……."

이카드의 머릿속엔 초보자로 생각하고 있던 기사가 어떻게 해서 갑자기 강해진 것인지 의문을 품을 여력도 없었다. 오직 이곳에서 살아남을 수 있는 방법에 쏠려 있었다. 돈을 쓴다면 살아남을 수 있을지도 모른다는 생각이 들었다.

"미안하지만 난 네 녀석처럼 돈 따위에 목숨을 거는 병신이 아니라서. 아저씨는 어때요?"

기사의 물음에 도적이 잔인한 표정을 지으며 내려다본다. 가슴 오른쪽 아래에 깊은 상처를 입어서 원망이 가득한 눈빛을 하고 있었다.

"그냥 죽이는 게 나아. 언제 뒤에서 칠지 모르는 녀석을 살려둘 수는 없어."

"그렇죠."

그들의 대화는 지금 이카드에게 깊은 절망감과 살 떨리는 공포를 안겨다 주었다. 그를 죽이느냐 살리느냐 하는 대화를 무척이나 진지하게 논하더니 죽인다는 쪽으로 의견을 기울이고 있었다. 살기 위해선 협박이라도 해봐야 했다.

"야! 이 개새끼들아! 날 죽이면 어떻게 되는 줄 알아? 내가 누구의 동생인 줄 알아? 날 죽이면, 날 죽이면 너희들을 추적해 낼 거야! 그리고 전부 죽일 거야! 쿨럭쿨럭! 알았어? 죽고 싶어?"

"……."

"어때? 겁나지? 장난 아냐! 빨리 날 마을로! 마을로! 커헉! 쿨럭! 쿨럭!"

"방금 한 말로 정말 살려줄 수 없게 돼버렸군."

그의 협박에도 기사의 입술 사이에서 들려온 대답은 냉정했다. 돈도, 협박도 통하지 않았다. 그렇다면 무엇으로.

"아, 제발, 제발, 방금 말은 실수였어. 실수였어요. 죄송합니다. 용서해 주세요."

정신착란증 환자처럼 그의 말투는 시시각각 변했다.

"살려주세요. 살고 싶어요."

무슨 말이라도 해야 했다. 아부를 해서라도 동정을 얻어내야 했다. 발가락이라도 핥고, 멀쩡한 집안 사정을 안타깝게 만들 수도 있었다. 살아남을 수만 있다면.

그러나 기사의 눈빛은 급속도로 시린 빛을 띠었다. 입김이 나올 정도로 주변의 대기가 싸늘하게 얼어붙어 갔다.

"오늘 새로 사귄 친구에게 얘기를 해준 게 있어."

"네, 네?"

"그 녀석에게 말은 심장에서 나온다고 했어."

"그, 그게?"

"그러니까 실언을 했다면 그 책임은 심장이 지어야 하는 거야. 이게 순리다."

"아, 아니!"

"네 녀석은 우릴 죽인다고 말했어. 그리고 방금 한 말로 볼 때 네 녀석을 살려주면 반드시 후환이 따를 거라는 것도 알게 됐지. 그러니까 우리 입장에선 죽일 수밖에 없어."

기사가 천천히 다가왔다. 이카드는 뒤로 기면서 도망칠 수밖에 없었다. 어이가 없었다. 그가 죽어야 하는 결정적인 원인이 그들을 죽이려 했다는 것보다 실언을 했다는 것이다.

"이! 이! 이 미친!"

방금 전까지도 존댓말을 했다가 또 욕설을 내뱉으며 물러서는 이카드. 뒤쪽에 있던 도적이 그의 오른쪽 어깨를 짓밟아서 자세를 무너뜨렸다.

"아악!"

도적이 결박 아닌 결박을 하는 사이 기사가 그의 왼 손가락을 무참히 짓밟았다.

두 다리에는 감각이 없었으니 이것으로 꼼짝도 할 수 없는 처지가 되었다. 이제 이카드는 눈물까지 쏟았다. 눈물뿐만 아니라 콧물까지 질질 흘리며 애원을 했다.

"제, 제발……."

"미안."

짧게 대답한 기사가 그의 긴 머리카락을 움켜쥔다. 그리고 돼지의 멱을 따듯이 목 살갗에 파편을 붙였다가 단번에 쑤셔 넣었다.

"커어헉!"

숨이 막힌다. 치명적인 상처 앞에 뇌는 공황 상태에 빠져들고 시끄러운 울림이 귓속을 가득 채웠다. 시야에 들어오던 세상이 파르르 떨렸다.

달빛이 내리쬐던 새파란 산중도, 핏물을 뚝뚝 흘리던 기사의 모습도, 날카롭고 야비하게 보였던 도적의 모습도 전부 흔들려서 그 무엇도 분간을 할 수가 없었다.

그저 마지막으로 기사가 남긴 말이 그 시끄러운 잡음 속에서도 메아리가 되어서 울려왔다.

말은 심장에서 나온다. 그러므로 실언에 대한 책임도 심장이 지는 거다. 그럴 각오가 없다면 말을 함부로 지껄여선 안 된다. 그 사실을 모르고 함부로 지껄인다면 그 말에 대한 대가는 치명적인 칼날이 되어서 숨통을 조일 것이다.

그 사고를 마지막으로 경련하던 이카드는 멈춰 버렸다. 그를 죽인 기사의 복부에 'One' 이라는 낙인을 찍은 채.

"죽었군요."

아무리 가상공간이라고 하더라도 처음으로 사람을 죽인 서호. 잠시 낙인이 찍히는 고통에 인상을 찌푸려졌지만 눈빛만큼은 여전히 차가웠다.

묘한 기분이다. 장난이 아니다. 진짜로 죽인 거다. 방금 그의 손에 의해서 생명 하나가 떨어져 나갔는데 나오는 건 한숨뿐이었다. 살인에 대한 죄책감도 들지 않았다. 살인을 하면서 느껴지는 흥분이나 쾌감도 없었다.

무미건조한 눈빛으로 죽은 이카드를 바라보던 서호는 미련없이 발길을 돌렸다. 그런 그에게 이카드가 쓰던 검을 주워 든 나프카가 건네주었다. 은랑(銀狼)의 검이었다.

"써라. 설마 무기 없이 4월의 도시까지 갈 생각은 아니겠지?"

"그렇군요."

나프카가 건네주는 검을 받아 든 서호는 검에 묻은 핏물을 털어내고는 아카와 초코가 기다리고 있는 마을 입구로 걸어가기 시작했다.

지금 그의 속에서는 누구에게도 말할 수 없는 기묘한 감각 하나가 고개를 들며 심장을 긁었다.

'어째서 살인에 대한 감각이 이렇게 무딘 거지? 아무리 가상 공간이라고 해도 한 사람을 죽였는데? 뭐지, 이 감각은?'

쉽게 이해되지 않는 감각이 심장에서 일어나 온몸을 지배해 갔다. 그 감각의 정체는 바로 '익숙함'이었다.

CHAPTER 04
각성(覺醒)

금지된 세계
FORBIDDEN
WORLD

회의실의 분위기는 침중했다.

창가에 설치된 블라인드 사이로 햇볕이 조심스레 내리쬔다. 시리게 빛나는 유리 테이블을 둘러앉은 사람의 수는 여덟이었다. 그중에 가장 눈에 띄는 인물이 있다면 문 쪽에 앉아 있는 젊은 여성이었다.

야구 모자를 편하게 눌러쓴 채 고개를 숙이고 있어서 얼굴은 보이지 않았다. 하지만 어깨까지 내려오는 갈색 머리카락 사이로 보이는 가느다란 목선과 셔츠 사이로 드러난 쇄골은 여인의 성숙미를 강조했다.

그녀가 고개를 든다. 긴 속눈썹이 천천히 떠지자 진한 쌍꺼풀이 자리한 눈동자가 빛살에 매혹적으로 반짝였다. 살짝 올라간 눈꼬리와 높은 콧대는 그녀의 자신감을 대변했고, 붉은 입술은 그녀의 정열을 논했다.

그녀의 이름은 유라였다. 전직 레이싱걸로 현재는 너바나 방송의 MC로 활약하며 시계대륙 안에서는 봄의 여왕이라고 칭송될 정도로 높은 인기를 누리고 있었다.

그런 그녀의 표정이 그리 밝지 못했다. 불만이라도 있는지 한쪽 볼에 바람을 가득 불어넣고 있었다.

"생각은 해보셨어요?"

유라의 맞은편에 앉아 있는 PD가 눈치를 보면서 묻는다. 불만의 원인은 바로 PD의 계획에 있었다.

시계대륙에 있는 7월의 섬을 넘어서 가을과 겨울의 왕국까지도 중계를 해보면 어떻겠냐는 제안을 일주일 전에 받았다. 높은 수당과 여러 가지 이로운 조건이 제시되었다.

PD의 의견은 이러했다. 그들의 중계는 매번 4월의 도시에서 시작해서 6월의 도시에서 끝이 났다. 배를 타고 7월의 섬을 가는 것이 너무 위험한 이유였다. 하지만 이번 기회에 그 한계를 깨보자는 것이다.

"지금도 시청률은 높지 않나요?"

굳이 모험을 할 필요가 있냐는 유라의 질문에 PD는 고개를 끄덕였다. 고작 해야 동시 접속자 수가 5천을 기록한 적이 딱 한 번 있을 정도로 유저가 적은 게임인 너바나. 그럼에도 불구하고 너바나는 다른 게임과는 비교도 안 될 정도로 높은 시청률을 기록하고 있었다.

1년 전에 제일 처음 너바나가 방영될 때는 케이블 게임 방송 사상 최초로 시청률이 15%가 넘는 기염을 토한 적도 있었다. 그랬는데 현재는 시청률이 점점 하락해 3.5%를 기록 중이었다. 물론 지금도 결단코 낮은 시청률이라고는 할 수 없지만 하향세를 타고 있는 것만은 분명했다.

시청자들도 4월에서 6월의 도시는 지겹도록 보았기에 새로운 모험가가 시계대륙에 발을 딛고 죽어가는 과정에 더 이상 호기심을 느끼지 못한다는 뜻이었다.

이 난국을 해결하는 방안은 하나밖에 없었다. 바로 미지의 세계를 모험하고 취재하는 것이었다.

이 계획이 성공하기 위해선 봄의 여왕이라고 불리는 유라의 협조가 절대적으로 필요했다.

그러나 이는 그녀의 생사가 걸려 있는 일이었다. 잘못하면 시청률이 사람을 사지로 몰았다는 비난의 손가락질을 당할 수도 있었기에 그녀에게 무리한 강요는 할 수 없었다.

"그래도 지금 시점이 고비라고 생각됩니다."

난처한 표정을 지은 PD가 유라의 표정을 살폈다. 그녀의 표정은 부정적이었다. 여전히 한쪽 볼에 바람을 불어넣고 대답을 미루고 있었다.

째깍째깍—!

무심하게 울리는 시계의 초침 소리에 PD의 속이 바짝바짝 타들어갔다. 그녀만 7월 이후로 모험을 하기로 결심을 한다면 그 역시도 함께 갈 생각이었다. 이미 죽음 따위는 안중에도 없었다.

오직 성공과 실패만이 있을 뿐이었다. 시청률이 5% 이상을 치느냐, 1% 미만으로 떨어지느냐 하는 문제만이 그의 머릿속에 자리했다.

"며칠만 더 생각해 볼 시간을 줄 수 있으세요?"

오랜 침묵 끝에 유라의 고운 목소리가 회의실 안의 긴장을 깨뜨렸다. 우선 그 말만으로도 PD는 안도하며 한숨을 쉬었다. 그녀의 표정으로 봐선 거절을 할 거라고 예상을 했는데 생각해 볼 시간을 달라면 아직 기회는 있다는 얘기였다.

"그럼요. 쉬운 문제도 아니고, 신중하게 생각을 해보세요. 오늘 회의는 여기까지 하죠."

회의라고는 했지만 특별한 논의는 오가지 않았다. 오직 7월의 섬, 그곳에 관한 문제만 거론되었다. 유라가 부담스러운 분위기에 먼저 일어나서 고개를 깊이 숙이자 회의실에 있던 모두가 일어섰다.

"그럼 내일 촬영 때 뵐게요."

"네."

유라는 무거운 공기를 뒤로 하고 회의실을 빠져나왔다. 그녀에겐 매니저가 따로 없었다. 회의실 밖에서 기다리고 있던 매니저와 코디 역할을 소화해 내는 친한 동생이 일어서며 그녀에게 물어왔다.

"언니, 어떻게 됐어?"

"응?"

대답을 해주려다가 슬쩍 주변을 둘러본 유라가 심각한 표정을 유지하면서 동생의 손을 잡았다.

"차에 가서 얘기하자."

동생과 함께 바로 방송국의 지하 주차장으로 향했다. 엘리베이터를 타고 주차장에 도착하자 저편에서 그녀의 생체 반응을 센서로 읽은 RX─13이 헤드라이트를 켜고 다가왔다.

레이싱걸이었던 그녀는 원래 도로 주행용으로 만들어진 맥라렌 RS─F를 탔다. 하지만 올 봄 KGTC에서 RX─11의 한계를 이끌어내며 우승한 경기를 굉장히 인상 깊게 본 탓에 RX─13으로 바꾸게 되었다.

도로의 지리적인 한계 때문에 오리지널 클래식으로 평가받는 RX─11과 같은 로터리엔진을 쓰는 RX─13이었지만 그녀의 기대와는 달리 구동 방식은 완전히 달랐다. 거의 모든 시스템이 자동화였다.

유라는 차에 올라타자마자 들려오는 친절한 목소리에 목적지를 말하고 편하게 몸을 묻었다.

"이제 말해줘."

옆에 앉은 동생이 궁금한지 재촉했다.

"생각해 본다고 했어."

"어제는 하겠다고 하지 않았어?"

"그랬는데, 분위기가 생각했던 것보다 심각하더라."

지금 유라의 얼굴은 조금 전 회의실에 있을 때와는 딴판이었다. 심각한 표정은 온데간데없이 사라지고 교묘한 미소를 짓고 있었다.

"PD가 생각보다 이 일에 얽매어 있다는 생각이 들었어."

"그래서?"

"시간을 조금 더 끌면 가치를 지금보다 더 올릴 수 있을 것 같아."

그랬다. 유라는 이미 이번에 4월의 도시에서 출발하면 겨울의 왕국까지 가보겠다는 다짐을 마친 상태였다. 이유는 비단 커리어 때문만은 아니었다.

시계대륙에선 봄의 여왕이라고 칭송을 받는다고는 하나 아쉽게도 그 칭송은 언제나 봄으로 끝날 뿐이었다.

자존심과 명예욕이 강한 그녀에겐 봄의 여왕이라는 말이 마치 안주하고 있다는 느낌으로 다가왔다. 만족해선 안 된다는 채찍으로 여겨졌다. 그녀는 이미 오래전부터 여름과 가을을 넘어서 겨울의 여왕이 되고 싶다는 욕심을 품고 있었던 것이다.

유라도 PD처럼 죽을 거라는 걱정 따위는 없었다. 누가 본다면 어리석다고 말할지도 모르지만 그녀 나름대로 철저한 계획을 세우고 있었다.

어제만 하더라도 그녀는 너바나에서 2월의 도시까지 갔다가 4월의 도시에 돌아온 기사를 만나서 섭외를 마쳤다. 차창 밖으로 빠르게 스쳐 가는 도시를 바라보며 유라는 어제 기사를 서면으로 만난 일을 떠올렸다.

퓨어의 지속적인 전기 자극과 충격은 실제로 근력을 상승시켜 주는 효과라도 있는 건지 어제 유라와 만난 남자는 무척이나 탄탄한 몸을 가지고 있었다. 하지만 눈빛만큼은 부드러웠다. 든든하면서도 자상한 분위기가 정말로 중세의 기사를 현실로 소환한 느낌이었다.

"혹시 당신이 스프린터인가요?"

그들이 만난 장소가 우연히도 레이서들이 즐겨 찾는 클럽이었기에 물어보았지만 그는 고개를 가로저었다.

"스프린터라고 불리는 자의 직업은 슈바리체리터입니다."

"흑기사요?"

그에게서 생각지도 못한 정보를 접하게 되었다.

"네, 어둠의 기술과 암살까지 능통한 기사들이 받는 칭호죠."

"흑기사라… 거기까진 몰랐네요."

뭔가 다르다는 생각이 들었다. 유라는 스스로 너바나에 깊이 관련되어 있다고 생각했지만 그녀가 가진 정보의 한계는 역시나 봄이었다. 스프린터라는 존재를 얼핏 들었을 뿐 스프린터의 직업까진 모르고 있었다.

"저기, 한 가지만 물어봐도 되나요?"

왠지 그라면 알고 있을지도 모른다는 생각이 들었다.

"혹시 겨울의 왕이 누구냐는 질문입니까?"

남자는 유라의 질문을 이미 예상하고 있었다. 그도 그럴 것이, 남자가 2월의 도시에 갔다 온 이후로 유저들에게 가장 많이 듣게 된 질문이 바로 겨울성좌에 누가 앉았냐는 것이었다. 때문에 유라가 이 질문을 할 거라고 쉽게 예측할 수 있었다.

"네, 그 점이 궁금했어요."

"아쉽게도 저도 겨울의 성 앞까지만 가봐서 모른답니다. 다만 그들이 겨울의 성에 들어가는 장면은 봤습니다."

"그들이라면?"

"겨울에 같이 도착한 자들이죠."

"당신은 왜 가지 않았죠?"

"전 갈 수 없는 직업을 가졌기 때문이라고 할까요?"

"그게 무슨 뜻인지……?"

유라가 호기심을 참지 못하고 묻자 남자가 느긋하게 설명을 해주었다.

시계대륙의 직업은 현실과 마찬가지로 정해져 있지 않았다. 그저 발을 내디딘 그 시점부터 차곡차곡 쌓인 경험 그 자체로 직업이 결정되었다.

기사를 예로 마물 스무 마리가 눈앞에 버티고 있다고 가정을 해보자.

누군가는 그 스무 마리의 마물 속으로 뛰어들어서 막대한 혼란을 주는 동시에 공격과 방어를 미친 듯이 해댈 것이다. 또 누군가는 그 스무 마리를 한 방향으로 유도해서 방패의 효율을 극대화해 동료를 안전하게 지키며 싸울 것이다.

이렇게 다른 방식으로 전장을 겪다 보면 전자의 경우에는 전(全) 방위 방패방어 기술이 숙련된다. 후자의 경우에는 전(前) 방위 방패방어 효율이 숙련된다.

여기서 같은 기사라도 개성과 특징이 나타나고 다르게 불리는 것이다.

흑기사라고 불리는 '슈바리체리터'의 경우엔 전자라고 볼 수 있었다. 마물들의 틈으로 파고들어서 혼란을 야기하고 마물의 시체를 이용해서 독을 퍼뜨리거나 폭파시키기도 한다.

반면 남자는 '슈네바이스리터'였다. 눈처럼 흰 기사라는 뜻으로 흑기사와는 정반대의 성격을 가진 백기사였다.

"그럼 겨울의 도시까지 가더라도 흑기사 없이는 성에 못 들어간다는 말씀이신가요?"

"그건 아닙니다. 말씀드린 대로 시계대륙의 경험과 가치관이 그 직업을 만들어낼 뿐입니다. 제가 들어가지 못했던 결정적인 이유는 겨울의 성 앞에 있는 경고문 때문이었습니다."

"어떤 경고문이 있었는데요?"

유라가 남자를 다그쳤다.

"성문이 열리고 들어온 자들 중에 겨울성좌에 앉을 수 있는 사람은 단 하나라는 문구가 있었습니다. 그 말뜻은 성좌의 앞에 선 결국 시계대륙에서 지금껏 생사고락을 같이한 동료들과 싸워 살아남은 단 한 명만이 생존한다는 뜻이죠."

"그, 그런……."

"증거로 내성까지 들어갔던 그들 중 단 한 명도 돌아오지 않았습니다. 성좌에 앉은 당사자만 살아남았으니 이런 정보화 시대에 누가 성좌에 앉았는지도 밝혀지지 않은 거죠."

"……."

"시계대륙의 겨울은 그런 곳입니다."

*　　　*　　　*

악운의 산 정상에 있는 마을에서 3일 뒤에 보기로 약속을 했다.

퓨어에서 나왔을 당시 서호는 곧바로 무너졌다. 전신에 남아 있는 충격이 장난이 아니었다. 나프카의 상처가 가장 극심했기에 과연 3일 안에 완쾌가 될까 하는 걱정도 들었지만, 그는 용케도 가장 먼저 접속을 해서 그들을 기다리고 있었다.

아카도 들어오고, 뒤를 이어서 초코까지 합류해 다시금 완성된 파티는 첫 번째 최종 목적지라고 할 수 있는 4월의 도시를 향해서 산을 내려가기 시작했다.

"저건 좀 너무한 거 아냐?"

나프카가 석양이 내린 산중에 나타난 마물을 보고 투덜거렸다. 일행도 하나같이 고개를 끄덕였다. 정말이지 마물 제작자의 정신 상태는 한 번 감정을 받아봐야 했다.

지네가 나왔는데 족히 5미터는 넘을 것 같은 신장을 가진 거대한 녀석이었다. 덩치보다는 백여 개의 다리가 거슬렸다. 그 다리 하나하나가 작은 지네들로 구성되어 있었다. 그래서 생물학적으로 보면 지금 나타난 지네의 다리 수는 만여 개가 넘어갔다.

그만큼 징그러운 것도 없다며 여겼는데 가면 갈수록 더하였다. 4월의 도시에 거의 도착했을 때쯤에는 그나마 사람하고 똑같이 생긴 마물이 튀어나와서 안도했다. 하지만 옷을 입지 않은 전신에 사람 얼굴이 수두룩이 박혀서 입을 뻐끔거렸다.

그 외에도 기상천외한 마물들이 4월의 도시 근처에서 서식하고 있었다. 그래도 다행이라면 나프카가 걱정하던 산의 주인과는 조우하지 않고 무사히 4월의 도시에 도착했다는 거였다.

여왕의 도시라고 불릴 만큼 4월의 도시는 웅장했다. 입구로 들어서자마자 쭉 늘어선 상점가 뒤로 거대한 성당이 밤하늘 높이 고개를 들고 있었다. 어둠 속에서도 환하게 빛나는 십자가가 인상적이었다.

지금 4월의 도시는 시각이 의심스러울 정도로 활기찬 사람들의 물결로 넘실거렸다. 분명 깊은 밤이었는데 화젯거리라도 있었는지 북새통을 이루고 있었다.

"3월의 도시와는 정말 비교도 안 되네."

서호의 감탄에 옆에서 걷고 있던 아카도 고개를 끄덕였다.

"아마도 봄의 여왕 때문이 아닐까요?"

"너바나 방송의 MC?"

아카의 예상은 정확했다. 그날 밤에도 이곳에서 인터뷰가 있었다. 간단하게 말해서 봄의 여왕 근처에만 있어도 게임 방송 중에서 가장 높은 시청률을 자랑하는 방송에 나올 수 있었다.

인간은 허영(虛榮)을 쫓는 동물이라는 말이 있다. 그처럼 자신이 가진 무기나 갑옷이 값비싼 것이라면 무리를 해서라도 이곳에 와서 시청자들에게 자랑을 했다. 그들을 노리는 사냥꾼들과 장사꾼들까지 더해져 봄의 여왕이 가는 곳은 일시적으로 상업도시로 둔갑했던 것이다.

"저는 저쪽 방패 전문점에 가볼게요."

대략 일주일 만에 도착한 도시이기에 각자 필요한 물품들을 사고 정비를 할 시간을 가지기로 했다.

시계대륙에서의 매매는 일반적으로 전문점을 통해서 이루어졌다. 대부분의 장사꾼들이 약간의 수수료를 주고 전문점에 물건을 맡겨두면 필요한 사람이 사가는 방식이었다.

"어서 오세요."

방패 전문점 안으로 들어가자 상냥한 미소를 짓고 있는 여성이 서호를 반겼다. 유저가 아니라 인형이라는 사실을 알면서도 아직 익숙하지 않아서 그는 고개까지 숙이며 인사를 했다.

전문점 안에는 수십 종류의 방패가 전시되어 있었다. 그중에서도 단번에 서호의 시선을 끄는 방패는 하나였다.

아가리를 크게 벌리고 있는 사자의 얼굴이 조각되어 있는데, 사자의 날카로운 이빨이 살벌하게 튀어나온 방패였다. 이빨은 마치 피가 달라붙은 것처럼 붉은빛으로 번뜩이고 있었다.

'괜찮은데?'

저 방패라면 막는 것뿐만 아니라 휘두르는 것만으로도 강력한 공격이 가능했다. 보다 공격적으로 활동할 수 있을 것 같다는 생각에 시선을 뗄 수가 없었다.

"이거 얼마예요?"

여성에게 조심스럽게 물어보았다. 처음으로 인형과 대화를 하는 거라서 서호는 그녀를 유저처럼 대할 수밖에 없었다. 천천히 다가온 여성이 미소를 지으면서 가격을 책정해 주었다.

"18실링입니다."

"18실링이라고요?"

상당히 비쌌다. 그의 주머니에 들어 있는 돈이라고 해봐야 고작 해야 5실링 남짓이었다. 턱없이 부족한 금액 앞에 시선을 다른 곳으로 돌려야만 했다. 하지만 마음은 이미 사자방패에 끌려서 다른 방패가 쉽사리 눈에 들어오지 않았다.

"저기, 5실링으로 살 만한 건 없을까요?"

"잠시만 기다려 주세요."

"네."

"이건 어떠십니까?"

사자방패 때문에 지금 여성이 보여주는 방패는 뭔가 조잡해 보였다. 철이 아니라 가죽으로 만들어진 방패에 긴 깃털이 박혀 있었다. 몇 번 거칠게 싸우다 보면 떨어져 버릴 정도로 깃털은 힘없이 하늘거렸다.

"이 방패는 질긴 가죽에 그리핀의 몸에서 떨어진 깃털을 엮어서 만든 것으로, 방패가 가진 치명적인 약점인 회피 활동을 도와주는 장점이 있습니다."

한마디로 가볍다는 얘기다.

"하지만 결국 가죽 아닌가요?"

"네, 가죽입니다. 이 방패의 단점은 동급의 방패가 가져야 할 방어력을 제대로 못 내는 것입니다."

"그럼 방패라고 부를 수 없는 거 아닌가요?"

서호의 미간이 눈에 띌 정도로 찌푸려졌다.

"그래서 세일 중입니다. 2실링 10페니입니다. 사시겠습니까?"

여성은 방패라고 부를 수 없음을 인정하면서도 세일을 강조했다. 하지만 중요한 건 2실링 10페니라면 고민해 볼 만한 가격이었다.

일단 그의 빈곤한 지갑으로도 살 수 있고, 방패가 아예 없는 것보단 가죽 방패라도 있는 편이 나았다.

"다른 건 없나요?"

"5실링으로는 이보다 괜찮은 방패는 구하기 힘드실 겁니다."

"DC는요?"

"현재 매각주가 로그아웃 상태이므로 불가능합니다."

"그럼, 그걸로 주세요."

"네, 여기 있습니다."

지불을 하고 받은 깃털 방패를 아래팔에 차보았다. 망설임은 있었지만 놀라울 만한 경량에 후회는 되지 않았다.

"수고하세요."

그렇게 방패 전문점을 나와서 주변을 둘러보자 아카의 모습이 맞은편 지팡이 전문점 유리창을 통해서 보였다.

그녀는 지팡이에 새로운 주문을 새기고 있었고, 저편에서 아무것도 살 것이 없는 나프카가 어슬렁거리며 걸어왔다.

"뭐냐, 그 꼴 같지도 않은 건?"

그의 방패를 보고 나프카가 여지없이 비꼬았다.

"전설의 방패예요. 보기에는 우습게 보이지만 이 방패를 차고 전투에 임하게 되면 용을 소환할 수 있죠."

"뭐? 헛소리하지 말고, 너 돈은 남아 있냐?"

"왜요?"

"기사라면 방패도 중요하지만 갑옷도 사야 하는 거 아냐? 언제까지 그런 누더기나 입고 있을래?"

"아!"

뭔가 잊고 있었다고 생각했는데 결정적으로 갑옷이 없었다. 나프카의 말대로 허름한 누더기가 그가 입고 있는 전부였다.

"뭐, 어떻게든 되겠죠."

대충 얼버무린 서호는 씁쓸한 표정으로 아카와 초코의 볼일이 끝나기를 기다렸다. 잠시 후 아카가 새로 새긴 주문이 마음에 드는지 밝은 미소를 지으며 지팡이 전문점을 나왔다. 하지만 초코가 어디까지 갔는지 나타나질 않았다.

"아마 녀석은 오지 않을걸?"

나프카가 조용히 뇌까렸다.

"아, 초코는……."

그때야 서호도 고개를 끄덕였다. 초코는 이곳에서 무엇인가를 사거나 정비를 할 필요가 없었다. 그의 목적지는 바로 4월의 도시였고, 더 이상 이곳에 머무를 이유가 없었다.

"그래도 마지막 인사는 하러 오겠죠?"

아카가 자신있게 입술을 떼었다. 확실히 초코는 소심한 편이었지만 아무 말도 없이 접속을 끊을 정도로 냉정하진 않았다. 일단은 기다려 보기로 했다.

한편 일행이 초코를 기다리는 사이 당사자는 지금 생전 처음으로 보는 4월의 도시를 힘없이 걷고 있었다.

그도 알고 있었다. 이제 곧 그들과는 헤어져야 했다. 하지만 아무리 짧은 만남이었다고 하더라도 인연을 깊이 겪어보지 못했던 초코로서는 이 헤어짐마저도 아쉬운 마음으로 가득했다.

헤어지기 싫었다. 헤어짐을 늦추고 싶었다. 그래서 일행이 기다리는 곳으로 바로 가지 않고 볼일도 없으면서 상점가를 배회했다. 그때였다, 갑작스럽게 걸어가고 있던 그의 눈앞이 번쩍였다.

탁―!

누군가가 그의 뒤통수를 친 것이다. 인상을 쓰며 뒤돌아보자 같은 반이었던 남학생 하나가 그곳에 서 있었다. 비웃음을 지으면서.

"꼴통, 너 어떻게 왔냐?"

"으, 응……."

"야! 애들아! 꼴통 왔다! 여기 와봐!"

남학생이 흩어져 있는 아이들을 부르기 시작했다. 그들은 오늘 너바나 방송을 직접 구경하기 위해서 4월의 도시에 있다가 이제 막 자러 갈 참이었다. 가기 전 우연히 초코와 마주친 것이다.

"뭐야, 돈이라도 쏜 거야? 어떻게 온 거야?"

"그러게 혼자 왔을 리는 없잖아?"

"정말이네. 혼자서 왔어? 미친 거 아냐?"

초코를 둘러싼 아이들이 마음껏 떠들었다. 그들에겐 초코를 놀리는 데 있어서 죄책감은 없어 보였다.

"약속이었잖아. 4월의 도시에서 보자고."

초코의 자신없는 말을 듣고 남학생들이 눈치를 주고받았다.

"그럼 이렇게 하자. 4월의 도시는 너무 쉬웠잖아. 5월의 도시에서 보자. 그럼 꼴통 널 진짜 인정해 줄 테니까."

역시나 아이들은 나프카의 말대로 행동했다. 그들에게 있어서 초코는 아무런 저항도 하지 못하는 장난감이었던 것이다.

"5월?"

"그래, 5월까지는 와야지! 안 그래?"

그 말을 들은 초코의 어깨가 부르르 떨렸다. 아이들은 초코가 겁에 질려서 떤다고 생각했다. 하지만 정작 그가 떠는 이유는 두려움 때문이 아니었다.

분명 섭섭한 마음은 있다. 기대와는 달리 지극히도 현실적인 모습을 아이들은 보여주었다. 그리고 그를 얕보고 비방하기도 했다.

그러나 이상하게도 예전처럼 그들이 두렵지 않았다. 적어도 이런 아이들에게 두렵다는 말은 쓰는 게 아니라는 것을 배운 것이다.

두렵다는 말을 쓸 상대를 굳이 뽑으라면 바로 나프카였다. 아이들은 그를 놀리고 있다는 느낌을 주었지만, 나프카의 눈빛과 몸에서 뿜어져 나오는 살기는 진짜로 그를 죽일지도 모른다는 두려움을 줬다.

그렇기에 지금 초코의 떨림, 이건 절대 두려움에서 나온 건 아니었다. 이대로 끊어지기에는 아까운 이들과의 인연을 5월의 도시까지 유지할 수 있을지도 모른다는 기대감이 부른 떨림이었다.

이미 그를 따돌리고 놀리는 아이들의 반응 따위는 초코의 마음에 어떤 영향도 줄 수 없었던 것이다. 어쩌면 초코는 자신도 모르는 사이에 조금은, 아주 조금은 강해진 건지도 몰랐다.

"이만 해산할까?"

묵묵히 기다리고 있던 서호가 입술을 떼었다. 아무래도 오지 않을 것 같았다. 그렇다면 여기서 쓸데없이 시간을 허비하는 것보단 그만 현실로 돌아가는 게 나았다.

그리 판단하고 계단에 앉아 있던 몸을 일으켰는데, 그때 저편에서 한 소년이 헐레벌떡 뛰어왔다. 기다리고 있던 초코였다.

이마에 땀방울이 송골송골 맺힐 정도로 뛰어와선 숨을 몰아쉬느라 말도 제대로 못한다. 상체를 한껏 숙이고 어깨만 거칠게 들썩이고 있었다.

나프카의 평소 성격대로라면 왜 이렇게 늦었냐고 한마디 추궁을 할 만도 한데, 날카로운 눈매로 초코의 차림새를 훑어본 그는 의외로 침묵을 지켰다.

"죄, 죄송합니다. 늦어서……."

"초코님, 괜찮아요. 그보다 초코님은 여기까지였죠?"

그를 배려해서 아카가 먼저 이야기를 꺼냈다.

"네?"

"짧은 시간이었지만 정말 즐거웠어요."

아카의 인사를 받은 초코가 당황한 표정을 지었다. 꼭 똥마려운 강아지마냥 우물쭈물했다. 아카의 배려와 초코의 소심함이 오해를 빚고 있었다. 그들을 가만히 지켜보고 있던 서호가 그 오해를 풀어주기 위해 입을 열었다.

"후회는 없는 거냐?"

"네?"

초코가 서호 쪽으로 고개를 돌리며 되물었다.

"같이 간다는 뜻 같은데, 처음 만났던 마을에서도 말했지만 정말 죽어도 모른다."

"어, 어떻게 아셨어요?"

놀란 초코의 물음에 이번엔 한쪽 입꼬리를 비쭉이 올린 나프카가 답을 주었다.

"네 녀석, 허리에 차고 있는 화살통, 도시에 도착할 때만 하더라도 비어 있었잖아. 나무 화살뿐만 아니라 그 푸른 화살도 없었어."

"아!"

서호가 눈치챘듯 나프카도 이미 화살통을 보고 초코가 어떤 마음으로 이곳에 왔는지를 알고 있었다. 그래서 한마디의 추궁도 하지 않았던 것이다. 좋은 화살을 사기 위해서 늦은 것이다. 탓할 이유가 없었다.

그들의 생각처럼 초코는 동급생들의 놀림을 받는 와중에서도 못난 마음을 품기보다는 어서 화살 전문점에 들어가서 화살을 사야 된다는 생각만 가지고 있었다.

"알았어. 그럼 5월의 도시에서 보자."

비웃는 아이들에게 건성으로 대답을 하고 화살 전문점으로 재빨리 들어간 초코는 곧장 나무 화살 스무 개와 기름 화살 열 개, 독 화살 열 개를 사서 이곳으로 뛰어왔다.

"네, 나프카님의 말씀대로 이곳에서 우연히 반 아이들을 만났어요. 그들이 여기까지는 너무 쉬웠으니까 5월의 도시에서 보자고 했어요."

"5월의 도시까지 가면 6월의 도시가 되어버릴 약속이겠군."

나프카가 단칼에 초코의 어리석음을 비웃었다. 단지 그것 때문에 또다시 따라올 필요는 없다는 것을 가르쳐 주고 있었지만 초코는 무슨 생각에선지 고개를 가로저었다.

"알고 있어요. 오히려 그래 주었으면 했어요."

"그래 주었으면 한다니, 무슨 말이지?"

나프카가 나직이 따지고 들었다.

"무, 물론 죽을지도 모른다는 건 알고 있어요. 하지만 그래도 괜찮다고 생각해요. 왜냐면 여러분이랑 모험을 하는 게 정말로 즐거웠거든요. 좋은 얘기도 많이 들을 수 있었고……."

초코는 지나친 외톨이였다. 죽을지도 모를 길이라도 혼자가 아니라면 괜찮다고 여겼던 것이다. 어리석은 생각이었다. 하지만 그 가치관을 두고 이래라저래라 간섭할 수는 없었다.

서호가 초코를 직시하였다. 시선을 피하지 않고 정면에서 응시한다. 그 의지가 확연히 느껴진다. 마음이 약한 초코가 이 정도까지 각오를 하고 따라오겠다고 말한다면 굳이 말릴 필요가 없었다.

"그럼 도시나 조금 구경하고 헤어질까?"

조금이라도 추억을 만들어주는 게 그 마음에 대한 보답이었다. 서호가 갑작스럽게 한 제안이지만 모두가 이해하고 있었기에 반대는 없었다.

이곳 4월의 도시는 지금 사람들이 이룬 물결이 거대한 강줄기처럼 흐르고 있었다. 그 물결을 따라가자 광장이 나왔고, 높은 단상 위에 올라가 있는 한 여성을 볼 수 있었다.

"이야!"

앞에서 걷던 나프카가 어울리지 않게 감탄사를 내뱉었다. 단상 위에 올라가 있는 여성이 무척이나 빼어난 미모를 가진 까닭이었다.

웨이브 진 머리카락이 불어오는 바람에 찰랑거렸고, 끝이 살짝 올라간 눈매는 강인해 보이면서도 뇌쇄적이었다. 특히나 옷차림이 나프카를 포함한 뭇 남성들의 마음을 설레게 만들었다.

견갑(肩甲)과 흉갑(胸甲), 그리고 요갑(腰甲)만 입고 있어서 사실상 비키니 차림이나 마찬가지였다. 허리에 걸려 있는 실크 소재의 천이 바람에 휘날릴 때마다 그녀의 빼어난 각선미가 여지없이 남자들의 눈을 즐겁게 해주었다.

방송은 끝났지만 남아 있던 봄의 여왕 유라였다. 그녀가 단상에 올라가서 사람들의 앞에서 출발 일정을 발표하고 있었다.

"저희는 일주일 뒤에 출발할 계획입니다. 이번 여정은 처음으로 겨울의 도시까지 갈 생각입니다. 기존과는 달리 위험한 여정이기 때문에 여러분 모두의 안전은 보장해 드릴 수 없습니다."

그녀가 이번만큼은 정말 위험할지도 모른다고 경고를 했다. 하지만 지금껏 그녀를 따랐던 사람들은 이번에도 따를 기세였다. 그들 모두가 숙지하고 있었다. 출발하기 전 언제나 이런 애기를 해왔다는 사실을.

"괜찮아요! 여왕님을 따르겠습니다!"

"제가 지켜 드릴게요!"

"걱정하지 마세요! 저희들 모두가 힘을 합쳐서 겨울의 도시에 도착할 겁니다!"

바람잡이로 보이는 사람들의 목소리가 더해지자 주변의 군중은 쉽게 손을 들며 일어섰다. 위험하다는 건 알고 있지만 지금 여기 있는 군중은 단 한 번도 그 위험을 감지하지 못한 사람들이었다.

지금까지 안전했다. 그러니 앞으로도 안전할 거라는 인식이 그들의 머릿속에 깊숙이 박혀 있었다.

"훌륭하군."

차갑게 유라를 지켜보고 있던 나프카의 말이었다.

"확실히 분위기를 몰아가고 있군요."

서호의 대답을 들은 나프카가 고개를 가로저었다.

"아니, 내가 말한 건 그녀의 가슴이다. 괜히 여왕이라고 불리는 게 아니었어."

아쉽게도 나프카도 군중처럼 세뇌를 당하는 그 첫 번째 단계에 빠지고 있었다. 거기에 그치지 않고 나프카는 슬쩍 서호의 반대편에 서 있는 아카까지 훔쳐보았다. 새하얀 로브를 입고 있는 아카의 조그마한 몸을 보고 다시 단상에 서 있는 여왕을 견주어보았다.

"아카도 고등학생치고는 제법 훌륭하지만 역시 여왕에 비하면 부족하군."

"아저씨는 여성의 훌륭함을 가슴에서 찾나요?"

"고슴도치, 원래 세상이란 그런 거다. 가슴이야말로 여성이 가장 아름답게 보이는 모성(母性)! 남자가 여자의 가슴을 보고 감탄을 하는 게 뭐가 나빠? 넌 안 그러냐?"

"그래도 대놓고 말하는 건 속물스럽지 않나요?"

따르겠다고 환호하는 사람들과 그 사람들을 보고 고개를 깊이 숙여 인사를 하는 여왕. 그녀의 가슴 골짜기를 본 나프카는 확신에 차서 입을 열었다.

"아니, 대놓고 말해도 될 정도의 가슴이다. 우리도 이 사람들이랑 같이 겨울의 도시까지 가는 게 어떨까? 쉬워질 것 같은데?"

그 말을 들은 서호의 눈동자가 그를 한심하다는 듯 훑었다. 역시 나프카도 여왕이 가진 아우라에 동화되고 있었다.

"진담이에요, 농담이에요?"

"응? 당연히 진담인데, 왜?"

"그럼 잘 들으세요. 저희는 저들과는 달리 하루 전에 출발할 거예요."

"왜? 아니, 어째서? 뭐 때문에? 설마 넌 저런 여자랑 가까워지고 싶지 않은 거냐? 혹시 네 녀석, 남색이었냐? 그런 거였냐?"

순례자들과는 따로 출발한다는 서호의 말에 나프카가 거칠게 항의를 했다.

"아, 시끄러워요. 간단한 거잖아요. 이들이랑 같이 가면 확실히 안전하게 겨울까지 도착할 수 있을지도 몰라요. 하지만 막상 겨울의 도시에 도착해서 할 수 있는 건 뭐가 있죠?"

"응?"

"이들과 같이 겨울의 도시까지 갈 경우에 저희가 순수하게 얻는 경험치는 거의 없을 거예요. 강한 마물들을 만나더라도 저쪽에서 알아서 처리를 해줄 테고, 여러 사람들이 떼거지로 마물들을 사냥할 테니 위험한 상황에서 대처하는 법도 배울 수 없겠죠. 그렇게 겨울의 도시에 도착을 한다면 저희는 아마도 그곳에 사는 마물 한 마리도 못 잡을 거예요."

"아, 네 녀석 말은?"

서호가 진지하게 고개를 끄덕였다.

"이곳에서부터 스스로 힘으로 뚫지 않으면 겨울의 도시에 도착해도 의미가 없다는 거죠."

"그런데 왜 하루 앞이냐?"

나프카는 궁금했다. 차라리 조금 일찍 출발하더라도 상관이 없었다.

"진짜 위험한 경우를 대비해서죠. 하루 앞을 걸을 경우엔 위험하다면 미련없이 로그아웃을 할 수도 있잖아요."

"아하! 위험했던 곳이 하루 뒤에 접속을 하게 되면 저들과 마주치거나 지나가는 경우가 발생하니까 안전하게 로그인할 수 있다는 뜻이냐?"

"네, 저희들은 저들을 보험으로 둬야지, 절대 힘으로 사용해선 강해질 수 없어요."

"그렇군. 그래도 조금은 아쉬운데?"

"어쨌든 그런 걸로 알고 저희는 6일 뒤에 출발하도록 하죠."

아카와 초코에게도 그 뜻을 전해주었다.

"그럼 오늘은 이만 해산하죠."

이미 시간은 깊은 밤을 넘어서고 있었다. 모두에게 손을 흔들어준 서호는 복잡한 광장을 벗어나서 비교적 인적이 없는 곳으로 걸어갔다.

혹시라도 암거래를 하는 곳이 있다면 현금을 주고 갑옷을 살 생각이었다. 비단 자신을 위해서 투자를 하는 게 아니라, 기사가 무너지면 파티 전체가 위험해지기에 파티를 위해서라도 갑옷은 필요하다는 판단에서였다.

그러나 초보인 서호의 눈에 암거래를 하는 사람들이나 장소가 쉽게 눈에 띌 리는 없었다. 괜히 암거래라고 불리는 건 아니었다.

'어쩔 수 없나?'

아쉬운 마음에 이곳저곳을 살펴보던 서호. 그의 발걸음이 조그마한 상점을 지나다 멈칫했다. 쇼윈도에 설치된 전신거울 앞에서였다.

가상공간이다. 거울에 비춰진 자신의 모습을 처음으로 보게 됐는데, 놀랍게도 그토록 찾아 헤매던 사진 속의 남자가 거울 속에서 그를 바라보고 있었다.

'뭐야? 내가 어떻게?'

상상도 못했던 일이었다. 눈을 부릅뜬 서호는 정수리에 날벼락이 떨어지는 것 같은 충격에 휩싸일 수밖에 없었다.

*　　*　　*

거울 속의 그는 칠흑빛 갑옷을 입고 있었다. 산양의 뿔처럼 위압스런 뿔이 달린 투구까지 쓰고 있었다.

'뭐야?'

그가 서 있는 곳은 더 이상 활기찬 도시가 아니었다. 거대한 수정이 여기저기에 꽃의 모양으로 피어난 신비스런 공간이었다. 시린 고요만이 맴돌고 있었다. 시시각각 변하는 환경에 그는 놀라서 주변을 둘러보았다.

"클로드⋯⋯."

그때 여성의 지친 목소리가 귓속으로 파고들었다. 목소리가 들려온 곳으로 고개를 돌리자 여기저기 찢어져서 허름한 로브를 입고 있는 여성이 그를 응시하고 있었다.

얼굴은 로브에 달린 후드에 가려져서 보이지 않았다. 다만 후드 사이로 내려온 머릿결이 한 올 한 올 수정보다 눈부시게 빛나고 있었다.

"결국 여기까지 왔네."

"무, 무슨?"

"공간이 닫혀가고 있어. 둘 중 하나는 죽어야 해."

"무슨 말을?"

"어차피 누가 죽든 상관없잖아? 어서."

도대체 무슨 일이 벌어지고 있는 것일까? 이곳은 어디인가? 그의 앞에 서 있는 저 여성은 누구인가? 무엇보다 그는 누구인가? 뭐가 어떻게 돌아가는지 단 하나도 알 수가 없었다.

그러나 그녀의 말처럼 이대로 가만히 있다가는 꼼짝없이 죽는다는 사실만큼은 각인되었다. 공간이 점점 함몰되어 갔다. 천장이 덜덜 떨면서 떨어졌다. 이대로라면 필시 압사하게 될 터였다.

"어서 날 죽여! 클로드! 네가 하지 않겠다면!"

혼란스런 눈빛을 한 그의 앞에 여성이 갑자기 지팡이를 치켜들었다. 드래곤의 머리가 조각된 지팡이의 끝에서 대지와 물, 불과 바람의 기운이 동시에 소용돌이치면서 공간을 일그러뜨렸다.

"아, 안 돼!"

눈조차 뜰 수 없을 정도로 강렬한 빛살에 그는 소리를 지르며 검의 손잡이를 부여잡았다.

'헉!'

눈을 떠보니 어두컴컴한 천장이 시야에 들어왔다. 상체를 조심스럽게 일으키자 등이 식은땀으로 축축하게 젖어 있었다.

꿈이었다. 꿈치고는 지독스럽게 생생하고 강렬했다. 쉽게 넘길 수 없는 그 꿈에 서호는 침대에서 나와 창가로 걸어갔다.

탁자 위에 놓아둔 담뱃갑에서 한 개비를 꺼내 물고 지포라이터로 불을 붙였다. 창밖의 도시는 차분하게 죽어 있었다.

그 도시를 바라보는 서호의 눈동자에선 붙잡을 수 없는 의문이 확대되어 갔다. 그런 꿈을 꾸게 된 원인은 아마도 오늘 너바나에서 있었던 일 때문이리라.

놀랍게도 너바나에서 형성된 그의 모습은 2월의 도시에 도착한 스프린터, 형이라고 생각했던 남자와 유사한 외모를 하고 있었다.

아니, 사진 속의 칠흑 갑옷과 투구를 벗겨놓는다면 완벽하게 똑같았다. 가볍게 넘겼던 나프카의 말도 마음에 걸렸다. 4월의 도시에 거의 도착했을 때쯤 앞에서 걷고 있던 그에게 나프카는 정말로 이곳에 처음으로 접속하는 거냐고 물었다.

"그럼요. 처음 접속하던 날 아저씨도 봤잖아요."

"그래, 아무것도 모르고 도시 밖으로 나가려는 모습을 보고 내가 죽여주겠다고 했지."

"그런데 처음인 걸 왜 물어보는 거죠?"

"딱 잘라 말해서 네 녀석의 움직임, 처음 하는 사람이 보일 수 있는 움직임이 아니었으니까."

"그게 무슨 말이죠?"

"모르긴 해도 악운의 산 정상에서 우리가 죽인 이카드라는 남자는 상당히 강한 녀석이었어.."

"운이 좋았던 게 아닐까요?"

"고슴도치, 네 녀석도 알고 있잖아? 적어도 디지털로 만들어진 이 세계에서 운 따위는 없어. 우리가 운이라고 부르는 변수조차도 수치화되어 있는 세계야. 이곳엔 타당한 원인과 결과만이 존재할 뿐이야."

그때는 조금 있음 4월의 도시에 도착하였기에 무심코 넘겨버렸지만, 시계대륙에 있는 거울을 통해 자신을 보게 된 서호에겐 그 말이 신경을 물고 늘어졌다. 그리고 나프카가 마지막으로 했던 얘기도 깊게 박혔다.

"기억 조작이 있다고 해도 네 녀석의 형을 알고 있는 사람들 전부의 기억이 조작되었을 경우보다는 네 녀석 머릿속의 기억만이 조작될 가능성이 훨씬 크지 않냐?"

만약 나프카의 말을 사실로 받아들인다면, 우습게도 그가 품었던 여러 의문은 단번에 해결되었다. 형이라고 생각했던 너바나의 접속 기록은 전부 자신의 것이고, 스프린터라고 불린 겨울의 왕 역시 바로 자신이었다.

다만 그러고도 의문점 하나가 남았는데, 그것은 어째서 형이라는 존재가 만들어졌냐는 거였다.

'내가 원해서 만들어낸 건가? 아니면 누가? 무엇 때문에?'

가장 간단한 결론을 내보자. 2월의 도시에 도착한 스프린터가 그라고 가정한다. 그가 기억을 지우고 형이라는 존재를 쫓아서 다시 너바나에 들어왔다는 건 뭔가 이루지 못했던 게 있다는 것을 의미했다.

'아니, 이루지 못한 게 있어도 기억을 지울 필요는 없어.'

서호가 고개를 가로저었다. 지금은 근거없는 추측보다는 우선 바른 기억을 가지는 게 옳았다. 만약 의학 쪽이나 최면 쪽으로 기억이 조작된 거라면 그 방면의 전문가를 찾아가서 본래의 기억을 되찾고 볼 일이었다.

그것만이 지금 가슴속을 답답하게 물고 늘어지는 의문점들을 단번에 풀 수 있는 방법이었다. 벽에 걸린 시계를 바라보았다.

'새벽 3시?'

무엇인가를 조사하기에는 상당히 늦은 시간이었다. 그래도 테레사가 문을 닫을 시간은 아니었다. 새벽 4시에서 5시까지는 장사를 했기에 혹시나 하는 생각이 들었다.

담배를 재떨이에 끄고 가벼운 외투를 걸친 그는 곧바로 주차장으로 내려갔다. RX—11에 올라타서 시동을 걸었다. 그의 혼란스러운 마음 때문인지 언제나 달콤했던 엔진 소리가 오늘따라 유난히 으르렁거리는 것처럼 들려왔다.

위잉—! 위이잉—!

하긴 정상이었다면 아무리 늦은 새벽이라고 하더라도 도심으로 가는 이상 자기부상열차를 이용했을 것이다. 머릿속에 든 의문점이 그를 알게 모르게 조급하고 초조하게 만들고 있었다. 그 마음을 버리듯 서호는 액셀을 힘주어 밟으며 클러치에서 발을 떼었다.

핸들을 꺾어서 곧장 도심으로 향하였다. 도로는 한적했다. 그 도로와 연결된 세상 역시 멈춰 있었다. 이 스산하고 쓸쓸한 세상을 환하게 밝히면서 달리는 건 오직 그밖에 없었다.

스쳐 가는 오렌지 빛깔의 가로등들이 빚은 도로의 색채는 그에게 아늑한 기분을 잊지 않도록 만들어주었다.

그리 오래 걸리진 않았다. 새벽녘의 잠들어 있는 세계, 뻥 뚫려 있는 도로 덕분에 자기부상열차를 타고 올 때와는 비교도 안 되는 시간 안에 카페 앞에 도착할 수 있었다.

방진 마스크를 쓰고 차에서 내리자마자, 때마침 테레사에서 나온 몇몇 남자들이 그의 차를 보고 흠칫 놀랐다.

"은빛 여우 아냐?"

"어려 보이는데, 동생인가?"

그들의 말을 듣고서야 자신이 RX—11을 도시로 끌고 왔다는 걸 새삼 깨우쳤다. 그 정도로 지금 그의 심경은 복잡하고 정신이 없었다. 남자들의 시선을 피하면서 테레사 안으로 들어가자 카페 주인은 방금 손님이 나간 자리를 묵묵히 치우고 있었다.

"안녕하세요."

"어, 이렇게 늦은 시간에 웬일이야?"

"조금 궁금한 게 있어서요."

용건이 있다면서 바 체어에 앉은 서호는 아무도 없는 것을 확인한 뒤에야 주인에게 이야기를 꺼냈다.

"혹시 저번에 보여 드린 사진 속 인물에 관한 정보가 들어왔나요?"

바 안으로 들어온 주인이 고개를 가로저었다.

"그 사진? 아직 자세한 신원은 밝혀지지 않았어. 하지만 스프린터라는 건 확실한 것 같아. 어느 도시라고는 할 수 없지만 불법 레이서였다는 것 같아. 그것도 실력이 굉장한 레이서였던 것 같던데……."

카페 주인의 말을 들으면 들을수록 스프린터와 자신이 동일 인물인 것 같다는 확신이 들었다.

　'내가 정말 스프린터라면?

　순간 그 점을 확실히 알 수 있는 해결책 하나가 뇌리를 스쳐
갔다. 왜 그 생각을 이제야 하게 되었는지 한심스러울 정도였
다.

　그의 기억이 조작되었을 수는 있지만, 그가 보낸 시간은 조작
될 수 없었다. 그렇다면 너바나가 나온 이후로 그가 가장 많은
시간을 보냈다고 생각하는 사람에게 물어보면 알 수 있었다. 그
가 너바나를 했는지.

　'누구에게?

　바 구석에 있는 마이크로퓨어를 쓴 그는 넷을 통해서 전화를
걸었다. 서호는 새벽녘의 레이스 덕분에 주변에 지인이 많은 편
이 아니었다.

　그렇다 보니 퓨어가 아닌 실제로 그와 제일 친하게 지냈던 인
물을 꼽으라면 단 한 명밖에 떠오르지 않았다. 그와 깊은 관계
를 가졌던 첫사랑 주리였다.

　'그녀라면……'

　그가 2월의 도시까지 갔다면 분명 그녀에게도 어느 정도 알
려졌을 거라는 생각이 들었다. 신호가 간다. 몇 번의 신호음 뒤
에 '딸깍' 거리면서 받는 소리가 들렸다.

　"여, 여보세요."

　침대에 누워서 전화를 받았는지 깊이 잠겨 있는 주리의 목소
리가 들려왔다. 무턱대고 전화를 걸었지만 시간이 늦었다는 사
실에 조금은 미안한 마음이 들었다.

"나야……."

"호, 호야?"

그녀의 놀란 목소리가 마이크로퓨어를 통해 울렸다.

"무슨 일 있어?"

"아니, 그런 건 아니고, 한 가지 물어볼 게 있어서……."

"뭐, 어떤 거?"

마음을 차분하게 가라앉히고 입을 열었다.

"혹시 너바나라고 알아?"

"……."

"내가 그 게임을 했었는지 혹시 알고 있나 해서……."

"너, 술 마셨어? 갑자기 무슨 말이야? 우리가 헤어진 이유가 네가 그 게임을 해서였잖아."

주리의 목소리가 그의 심장을 관통했다. 의심만 했던 기억 조작의 흔적을 느낄 수 있었다. 서호의 기억 속에 그들이 헤어진 이유는 카레이서가 되면서였다. 하지만 실제 원인은 너바나에 있었던 것이다

"뭐?"

"정말 몰라서 묻는 거야, 아님 날 놀리려는 거야?"

시각은 새벽 4시를 넘기고 있었다.

창밖에선 빗방울이 소리없이 한두 방울씩 떨어졌다. 집에 도착한 서호는 진열장에 있는 로얄살루트를 꺼내서 스트레이트 잔에 따라 단번에 비웠다.

입안에 감도는 깊은 향과 목 넘김이 그 어떤 위스키와 비교를

해도 압도할 정도로 부드러웠지만, 지금은 술맛을 음미하고 싶은 욕심은 없었다.

취하고 싶은 마음만 가득했다. 위장으로 퍼져 나가는 따스한 기운에 취해 소파에 몸을 누인 서호는 잠시 눈을 감았다.

'그러니까 나에겐 형이 없었다는 거지?'

추측과 진실의 차는 극명했다. 이렇게 눈을 감으면 어릴 적부터 함께했던 추억들이 새록새록 떠오른다. 아주 어릴 적의 기억을 되짚어봐도 그곳에는 형이 있었다.

실내 놀이터, 아이스크림을 땅바닥에 떨어뜨려서 울고 있는 그를 보고 아직 먹지 않은 새 아이스크림을 형은 건네주었다.

"형은?"

울먹이는 말에 땅바닥에 떨어진 아이스크림을 쭉 빨아서 침과 함께 모래를 뱉어내더니 아이스크림을 맛있게 핥아먹는 형의 모습이 뇌리에 남아 있다.

의젓하였다. 그리고 동생을 누구보다 아끼던 형이었다. 물론 싸웠던 일도 있고, 화가 나서 말 못할 욕까지 속으로 했던 적도 있었다. 그래도 중요할 때마다 형은 그의 힘이 되어주었다.

KGTC 때도 그의 손을 꼭 붙잡으면서 '너에게 있어서 이 길이 답이라면 스스로를 믿고 가라'며 진심을 담아 응원을 해주었다. 그 말에 힘을 얻고 우승까지 했다.

아직까지 지난날을 떠올리면 이토록 심장이 걷잡을 수 없이 흔들리는데 그 모든 것들이 조작된 기억이라는 사실에 정말로 가슴이 뻥 뚫린 기분이 들었다.

슬프다거나 가슴 한쪽이 아려온다거나 쓰린 게 아니라 허전했다. 미치도록 허전했다.

소중한 무엇인가를 지금 이 순간 잃어버렸다는 상실감에 허무의 창살에 심장이 꿰뚫려 버린 것 같았다.

천천히 눈을 떠서 상체를 굽힌 서호는 테이블 위에 있는 로얄 살루트를 한 잔 더 따라서 마셨다.

첫 잔 때와는 달리 머릿속에 싸한 느낌이 감돌아 한숨이 터졌다. 형의 얼굴을 그려보았지만 그 얼굴은 언젠가부터 그의 얼굴이 되었다.

조금 더 그려보고 싶은데 결국에는 시계대륙에서 거울에 비춰진 그의 얼굴만 그려졌다. 더 이상 형이 그려지지가 않았다. 이건 조금 슬펐다, 눈가가 촉촉해질 정도로.

'정말 없다는 거군.'

참지 못하고 한 잔 더 마셨다. 어서 마셔서 이 엇나간 현실을 완벽하게 일그러뜨리고 싶었다.

술기운이 뱃속에서부터 온몸으로 퍼져 나가는 것이 느껴진다. 짙은 숨결을 내쉰 서호는 천천히 몸을 일으켜서 방 한쪽에 있는 퓨어의 전원을 켰다.

헛된 희망인 줄 알지만 형이라고 생각했던 너바나의 로그가 남아 있다면, 다른 기록 역시 남아 있을지도 모른다는 믿음 때문이었다.

물론 아무리 찾아봐도 나오는 건 없었다. 6개월 전에 포맷을 한 탓에 퓨어에는 너바나의 로그 이외에는 이렇다 할 자료가 남아 있질 않았다.

'그럼 기억을 바로잡을 자료라도?'

형에 대한 자료가 없다면, 잘못된 기억이라도 바로잡고 싶어 졌다. 어쩌면 그 기억 속에 그가 알지 못했던 혈육이 숨어 있을 지도 모른다는, 헛된 희망이겠지만 그거라도 품어보았다.

'없는 건가?'

이를 악물고 찾아보았지만 특별한 건 나오지 않았다. 아무리 6개월 전에 포맷을 했다고 해도 석연찮을 정도로 나오는 기록이 없었다.

이제 서호는 퓨어에서 나와 방 안을 뒤져 보기 시작했다. 잘 시간이 한참 지나서 피곤한 눈을 하고도 그는 방 안을 샅샅이 뒤졌다.

그러다 방 한쪽 책장 위에 있는 상자가 눈에 들어왔다. 그 상 자를 바닥에 내려놓고 열어보니 어렸을 적에 심심풀이로 그림 을 그렸던 노트와 넷스쿨의 여학생들과 나눴던 편지 따위가 나 왔다.

오래된 영상을 녹화한 OD도 20장 정도가 있었다.

고작 해야 500GB밖에 안 되는 광디스크였다. 하지만 전세대 인 Blue—ray disk를 20층으로 압축한 디스크로서 상용화되었 던 2025년부터 지금까지도 쓰이는, 당시로서는 상당히 혁신적 인 디스크였다.

'이건?'

그중에 아무것도 적혀 있지 않은 네 장의 OD가 있었다. 안에 들어 있는 영상을 보기 전까지는 OD만으로는 기억이 떠오르지 않았다.

별수없이 퓨어에 OD를 삽입하고 재생을 시켜보았다. 첫 번째 영상은 팬이 찍어준 것 같았다.

KGTC의 드리프트 부문 대회의 경기와 시상식 장면이 담겨 있었다. 두 번째는 넷스쿨 수업 중에 중요하다고 생각했던 물리와 화학 수업을 녹화해둔 것이었다.

세 번째는 암호가 걸려 있었다. 평소에 암호를 통일해서 쓰는 편이었기에 입력을 해보았다.

"dlatjgh2038."

21세기 초까지 쓰이던 키보드 자판을 이용해서 그의 성명을 영문 변환하고 출생 연도까지 더한 암호였다. 음성으로 암호를 입력하자마자 영상이 재생되었다.

[자기, 뭐야?]

처음에는 어두운 화면만 잡혔는데 불현듯 들려온 목소리에 깜짝 놀랐다. 주리의 목소리였다. 근래 가끔 만나게 되어도 항상 우수에 젖어 있는 모습을 하고 있던 그녀였기에 어둠 속에서 활기차게 묻는 목소리를 듣고 놀랄 수밖에 없었다.

영상 속의 침대에 누워 있던 그의 아래쪽에서 장난기 어린 얼굴을 하면서 기어오다가 캠코더를 들고 있는 것을 발견하고 한 말이었다.

[나 그런 거 싫어. 찍지 마.]

[우리끼리만 볼 건데, 뭐 어때서?]

[그래도 싫어. 천박해지는 것 같단 말이야.]

주리가 그의 목에서부터 귀를 핥으며 한 손을 들어서 캠코더를 치운다. 이제 캠코더의 영상은 어두운 방 안 구석만을 비추고 있었다.

　[하하하, 간지러워.]

　웃음소리와 함께 침대 위에 놓인 캠코더의 영상도 같이 흔들렸다. 지금 그들은 침대 위에서 애욕적인 장난을 치고 있었다.

　그렇게 한참 동안 숨소리만 들리다가 다시 든 캠코더의 화면에는 그의 배 위에 앉아서 입술 사이로 달콤한 숨결을 토하고 있는 주리의 모습이 보였다. 그들은 하나가 되어 있었다.

　창밖에서 스며드는 달빛으로 그의 몸 위에 앉아 있는 숙녀의 실루엣은 몽환적일 정도로 아름다웠다.

　[정말 찍지 말라니까. 안 할 거야.]

　[아니, 너무 예뻐서…….]

　[됐어.]

　그녀가 삐진 듯이 떨어지려고 했다.

　[아, 알았어, 알았어.]

　그 말을 마지막으로 영상은 주리의 다른 모습을 비추고 있었다. 요리를 하고 있는데 그녀의 매력적인 목선에 줌인이 되었다.

　그와 주리, 둘의 모습은 지금과는 달리 무척이나 밝고 평범한 연인들이었다. 그 뒤로도 둘의 장난스럽고 야한 일상이 찍혀 있었다. 흐릿한 기억에 씁쓸한 미소를 지은 그는 영상을 종료시켰다. 아쉽지만 지금은 추억을 그릴 기분이 아니었다.

　마지막 네 번째 OD까지도 열어보았다. 역시나 암호가 걸려 있었다. 하지만 자주 쓰는 암호를 입력해도 이번에는 오류가 났다.

　서호는 곧바로 암호 검색 프로그램을 불렀다. 그 프로그램을 이용해서 그가 자주 쓰는 단어를 순식간에 입력했지만 그래도 암호는 풀리지 않았다. 뭔가 중요한 게 숨겨져 있는 듯했다.

'혹시?'

너바나와 관련된 영상이라면 암호 역시 너바나에 접속하지 않았으면 몰랐을 단어로 설정을 해놓았을 가능성이 있었다.

너바나에 처음으로 접속했다고 생각했던 순간부터 겪었던 모든 단어를 그때부터 입력하기 시작했다. 하지만 기대와는 달리 계속해서 오류만 떴다.

'뭘까? 우리 집에 있는 걸로 봐선 내가 찍은 게 맞을 텐데?'

고심을 하던 중 문득 하나의 단어가 떠올랐다. 바로 꿈속에서 묘령의 여성이 외쳤던 그의 이름이었다. 만약에 그게 꿈이 아니라 잠재되어 있던 기억이라면.

"클로드였던가?"

클로드라고 말을 하자마자 놀랍게도 암호가 풀리면서 영상이 나왔다.

조명이 어두웠지만 익숙한 풍경이었다. 바로 그의 집 안이었다. 영상 속의 한 남자가 소파에 앉아 있었다.

그 남자는 바로 그였다. 담배를 너무도 맛깔나게 피우면서 흐린 미소를 짓더니 천천히 입술을 떼었다.

[혹시 실패할지 몰라서 남기는 거야. 우린 그저께 2월의 도시에 도착했고, 내일이면 겨울의 성에 들어가게 될 거야. '아리아'는 마지막까지 지켜줄 생각이지만, 만약 그녀까지 죽는다면 이 영상은 영원히 묻히겠지. 혹시라도 아리아가 보고 있다면 이 영상을 우리와 같은 사람들에게 보여줬으면 해. 헛된 희망이라고

하더라도 우린 포기하지 않고 끝까지 달려왔다고.]

그렇게 말하고 잠시 한숨을 돌린다. 담배 한 모금과 술 한 잔을 마신다. 다시 담배 한 모금을 마신 뒤에 짙게 뿜어진 연기는 영상 속 그의 심란한 모습을 가려주었다.

[솔직히 아직까지도 이 길이 옳은지 모르겠어. 과연 우리가 원하는 것을 얻을 수 있을지도 모르겠어. 하지만 중요한 건 난 이 길에 모든 걸 걸었다는 거야. 그러니까 잘될 거라고 믿어.]

바로 자신의 일이었지만 영상 속의 희망은 좌절되었다는 사실을 서호는 알 수 있었다.

그의 꿈에서 나온 이름이 암호였다는 것은 단지 꿈이 아니라 기억의 파편이라는 것을 의미했다. 결국 성좌에는 단 한 명밖에 앉지 못했다는 뜻이다.

[그리고 이건 만약에 남기는 말인데, 혹시라도 아리아가 어리석은 선택을 해서 이 영상을 나이되 내가 아닌 자가 보게 된다면 알아줬으면 해. 기억 조작은 불가능하다는 거야.]

그 말을 들은 서호가 소스라치게 놀랐다. 영상 속의 그는 지금 서호의 존재를 꿰뚫어 보고 있었다.

[그 이유는 기억 세포가 뇌의 해마에만 생성되는 게 아니라 인간의 장기 여기저기에 존재하기 때문이야. 한마디로 기억을 완벽하게 조작하기 위해선 인간의 몸을 이루는 10의 28제곱에 달하는 원자를 모두 조작해야만 가능하다고 하더군. 그러니까 사실상 불가능하다는 것이 전문가들의 의견이야.]

놀라운 사실을 듣게 되었다. 다만 여기서 또 하나의 의문점이 파생되었다. 기억 조작이 불가능하다면, 지금 서호의 머릿속에 있는 기억은 무엇인지 영상 속의 그는 설명을 해야 했다.

[딱 한 가지 기억 조작이라고 부를 수 있는 방법은 있다고 하더군. 복제인간의 경우라면 게놈지도가 같으니까 선천적인 기억을 가지고 있겠지만, 후천적인 기억은 가지고 있지 않겠지? 한마디로 백지라고 볼 수 있지. 그렇다면 어렸을 적부터 급속도로 자라는 동안 퓨어를 통해 가상공간에서 경험을 겪게 하는 방법으로 거짓된 기억을 주입하는 게 가능하다고 하더군.]

잠깐만, 그 말까지 들은 서호는 전신으로 한기가 스며드는 것을 느꼈다. 오한과 전율에 떨 수밖에 없었다.

[그러니까 혹시라도 보게 된다면 이것 역시 알아줬으면 해. 실제로 겪었다고 생각했던 그 기억들은 사실 퓨어 내 가상공간에서 만들어진 기억이라는 거야. 결국 너는 내가 아닌 셈이지. 내가 겪었던 기억과 비슷한 기억을 가지고 있는 것뿐이니까 너는 너 스스로의 인생을 찾아줬으면 해. 과거에 절대로 얽매이지 말고.]

충격적이었다. 영상 속의 그는 바로 자신의 모습이다. 하지만 그가 이런 영상을 찍었던 기억은 없다.

즉, 기억 조작이 불가능하다고 했으니 자신의 모습을 했으되 자신은 아니라는 얘기였다. 결론은 간단했다. 영상 속의 남자로부터 그가 복제되었다는 것이다. 거짓말, 거짓말 같은 진실이었다.

'내가, 내가 복제인간이라는 거야?'

CHAPTER 05
인육 순대, 먹고 싶어?

금지된 세계
FORBIDDEN
WORLD

쌍꺼풀이 잡힌 눈꼬리가 살짝 올라가서 매혹적인 눈매였다. 그 눈에 지금 평화로운 도시의 전경이 담겨 있었다.

유라가 도시를 돌아보고 있었다. 항상 출발하기 전날은 이렇게 도시를 돌아보면서 동향을 살피고 혹시라도 불온한 움직임이 있는지 미리 파악을 하는 것이 그녀의 일과였다.

"조금 곤란한 일이 발생했습니다."

한참 동안 도시를 돌아보던 중 그녀에게 한 남자가 다가와서 말을 걸어왔다.

"무슨 일인데요?"

"강철기사단이 도시를 통제한다고 합니다. 내일 출발을 지연시키라고 게시판에 글이 올라왔습니다."

"강철기사단이라면 이카로스가?"

대규모 인원으로 구성된 봄의 여왕 유라가 이끄는 순례자들에 비교한다면 강철기사단은 고작 해야 도적단으로 여겨질 정도로 소규모 세력이었다.

그러나 유라로서는 그들의 통제를 쉽게 볼 수가 없었다. 강철기사단의 세를 무시하는 건 어려운 게 아니다. 다만 그 뒤에는 '가을의 마녀'가 버티고 있었다.

가을의 마녀는 쉽게 말해서 현재 시계대륙에서 십분의 일에 해당될 정도로 거대한 세력이었다.

거기다가 그곳에 속한 인물들 대부분이 가을에서 모험을 할 정도로 강했기에 비교적 약한 자들로 구성된 유라가 이끄는 순례자들과는 비교도 할 수 없었다.

단적으로 말해서 그들은 전투를 지향하는 집단이었다. 만약 그들과 마찰이 일어난다면 양방의 유혈 사태는 피할 수가 없었다. 그 점을 알기에 지금껏 서로에게 터치를 하지 않았다.

"무슨 일로 저희들의 진행을 막는다는 거죠?"

유라가 물었다.

"이카로스의 사촌동생인 이카드라는 남자가 악운의 산 정상에서 살해당했다고 합니다."

"아니, 겁도 없이 강철기사단을 누가 건든다고?"

"그러니까요."

"저희 쪽에서 그 남자를 죽였다는 증거가 있나요?"

"꼭 저희를 통제하는 것이 아니라 4월의 도시에 있는 모험가 전부를 통제하려는 것 같더군요. 범인이 밝혀질 때까지는 도시 밖으로 나오지 말라고 경고를 해왔습니다."

"알았어요. 일단 가보죠."

유라가 곧장 게시판이 있는 도시의 남쪽 출구로 가보았다. 그곳에는 정말로 남자의 말처럼 경고문이 떡하니 붙어 있었다. 몇몇 사람들이 유라가 온 것을 보고 눈치를 봤다.

'곤란하게 됐어.'

사실 한 주 정도 일정을 늦추는 건 큰 문제가 되지 못했다. 사람들의 안전을 생각한다면 강철기사단의 이름으로 붙은 경고문을 무시하지 않는 편이 옳았다.

그러나 여기서 그들의 말에 따라 대기를 한다면 이후로도 쭉 그들에게 복종 아닌 복종을 해야 된다는 사실이 걸렸다.

"아무래도 사자크를 불러서 상의를 해봐야겠네요."

"슈네바이스리터에게 연락을 할까요?"

슈네바이스리터 사자크, 유라가 얼마 전 섭외한 인물로 현재로선 비전투적인 순례자들 중에서 가장 강하고 믿음직스러운 기사였다.

"네, 그의 의견을 무시할 수는 없으니까요."

그렇게 유라와 남자가 이야기를 나누는 사이, 게시판을 보고 있던 네 명으로 구성된 파티가 도시 밖으로 나가려 했다.

"저기, 잠깐만요!"

유라가 급하게 그들을 불러 세웠다.

"저희 순례자들이 아니신가요?"

그 질문에 허름한 복장을 하고 방패와 검을 들고 있던 기사가 돌아서며 고개를 가로저었다. 확실히 처음 보는 인물이었다. 하지만 그의 눈빛에서 그녀는 뭔가를 느낄 수 있었다. 낯설면서도 낯이 익는 모순된 기분이 들었다.

"도시 밖으로 나가시려는 건가요?"

"네."

"지금 밖은 위험할 거예요. 기다리셨다가 저희와 함께 가시는 편이 낫지 않을까요?"

"게시판은 봤습니다. 신경 써주셔서 감사합니다."

"저기……."

더 이상 대화를 하고 싶은 마음이 없는지 기사는 돌아서서 도시 밖으로 나갔다. 유라로서는 그들을 붙잡을 수가 없었다. 순례자들도 아니고, 위험한 것을 알면서도 도시 밖으로 나가고 있었다.

만약 이곳이 현실의 사회였다면 그들을 붙잡고 설득을 했을 것이다. 죽을 수도 있으니까. 하지만 이곳은 이미 죽음을 각오한 자들이 접속하는 너바나였다.

멀어지는 그들을 유라는 안타까운 눈빛으로 바라보았다. 시계대륙에서 제법 오랜 시간을 보낸 그녀였기에 그들의 옷차림만 보아도 알 수 있었다.

넷 중에 도적이 가장 강해 보였지만 그조차도 유라를 압도하는 기운은 풍기지 않았다. 기사는 물론이요, 마법사와 궁수는 볼 것도 없었다.

'아무쪼록 무사하기를…….'

걱정을 하며 돌아서는 유라와는 달리, 서호 일행은 마음을 가볍게 먹고 4월의 도시를 벗어나고 있었다.

"아까워, 정말 아까워. 저렇게 예쁜 여자가 붙잡는데 그냥 가는 거냐? 고슴도치 네 녀석도 고집이 보통은 아니다."

걸어가던 나프카가 한숨을 내쉬면서 중얼거렸다. 하지만 이 때쯤이면 언제나 반격이 있어야 하는데 서호는 묵묵히 걷기만 했다. 아카와 초코도 그런 그의 언행이 마음에 걸렸다.

"혹시 무슨 일 있으셨어요?"

아카가 조심스럽게 물었지만 고개를 가로저은 서호는 텅 빈 미소만 지을 뿐이었다.

"이 길, 정말로 가도 되는 걸까요? 마을 앞에 경고문도 있 고……"

가장 뒤쪽에서 걷던 초코는 불안함을 감추지 못했다. 대답이 없는 서호 대신에 어쩔 수 없다는 표정을 지은 나프카가 답을 주었다.

"어이, 꼬맹이, 잘 들어라. 너희 집 근처에서 연쇄살인 사건이 발생했어."

"네? 지, 진짜요?"

놀라서 묻는 초코를 보고 나프카가 꿀밤 한 대를 날렸다.

"진짜일 리가 없잖아. 이건 그냥 이야기야. 그런데 그 연쇄살 인 사건의 공통점이 있었는데, 피해자들의 내장이 깨끗하게 사 라졌다는 거지."

"끔찍하네요."

"그렇지. 그때쯤 너희 집 근처에서 분식집이 개업을 했는데, 그 집 순대가 기똥차게 맛있다는 소문이 자자해. 자, 내장이 사 라진 연쇄살인 사건과 순대가 맛있는 분식집, 넌 그 집 순대를 먹을 수 있겠냐?"

이야기를 듣던 초코의 미간이 찌푸려졌다.

"처음 소문이 퍼지기 전이라면 몰라도 보통은 먹기 힘들지 않을까요?"

정상적인 순대라고 하더라도 막상 먹게 되면 필히 사라진 내장이 떠오를 것이다.

"그렇지. 연쇄살인 사건은 자행되고 내장은 사라지는데 순대는 맛있다는 점에서 사람들은 인식하고 의식하게 되지."

"네……."

"하지만 조금만 더 깊게 생각해 보면 알잖아. 만약 정말로 사람의 내장을 썼다면 하필 그곳에서 장사를 했을까? 즉, 그 집 양념이 다른 집과는 달라서 단지 맛이 좋은 것뿐이지, 사람 내장을 썼을 가능성은 거의 없다는 거지. 겁쟁이는 아까운 먹을거리를 놓치게 되는 셈인 거야."

"그 말씀은?"

초코로서는 그 말뜻을 이해하기가 어려웠다.

"그러니까, 사람의 사고와 행동은 인식과 의식에 의해서 지배된다는 거지. 지금의 경우도 마찬가지야. 범인을 색출하기 위해서 도시 밖으로 나오지 말라고 경고를 했어. 그럼 일반적으로 전부 나가지 않을 거야. 범인도 마찬가지겠지. 그때 이렇게 초라한 파티로 5월의 도시로 향하는 우리를 경고한 자들은 뭐라고 생각할까?"

"범인이 아니기 때문에?"

"그래, 우리가 도시 밖으로 나가는 순간부터 정찰을 하고 있던 그들은 보게 될 거야. 하지만 그들도 생각이 있다면 우리 같은 조무래기들이 범인이 아니라는 것쯤은 모르진 않겠지?"

"아, 그렇군요."

"그러니까, 우리에게 있어선 지금 출발하는 게 안전하다는 거지."

묵묵히 걷던 서호도 나프카의 말에 고개를 끄덕였다. 하지만 나프카는 불만스런 표정을 지우지 못했다. 평소의 그였다면 하필 예를 들어도 연쇄살인 사건과 순대를 엮어서 예를 드느냐며 태클을 걸어왔을 텐데 그저 앞장서서 걷기만 했다.

며칠 사이 신경에 거슬릴 정도로 달라져 버렸다. 지금의 그는 고슴도치가 아니었다, 꼭 모난 얼음덩어리 같았다.

서호의 활약에 가려서 눈에 띄지 않았지만, 지난 며칠 동안 누가 가장 성장했냐고 묻는다면 나프카는 단번에 초코를 지목할 수 있었다.

지금 그들의 눈앞에 거대한 마물이 나타났다. 처음에는 지진이라도 난 줄 알았다. 갑자기 땅이 갈라지더니 무지막지한 크기의 벌레 한 마리가 튀어나왔다.

몸통은 애벌레처럼 꾸물거리는데 머리는 흡사 개미처럼 생겨서 날카로운 턱을 가지고 있었다. 자세히 뜯어보니 흰개미를 닮았다.

"이건 뭐라고 해야 되냐?"

나프카가 어이가 없어서 멍하니 바라보았다. 사실 머리만 개미의 머리를 가지고 있을 뿐, 애벌레처럼 생긴 하얀 몸통은 수많은 인체가 얽혀서 구성되어 있었다.

지금까지 튀어나왔던 마물들을 귀엽게 만드는 묘한 마물이었
다. 꿈틀거리며 달려오는데 낫 같은 턱이 그들을 베어낼 것처럼
안쪽으로 그어졌다.

보통 이 정도로 거대하고 징그러운 마물이 튀어나오면 4월의
도시에 도착하기 전까지 초코는 참지 못하고 꼭 한마디를 했다.
무리라든지, 도망가야 된다든지.

그러나 4월의 도시 이후 초코의 마음속에도 작은 변화가 일
어났는지 놀랍게도 제일 먼저 선공을 가했다. 활시위를 힘껏 당
기더니 쏘았다.

휘익—!

바람을 관통하면서 날아간 화살이 거대 흰개미의 이마에 박
혔다. 화살 하나지만 강렬한 힘을 가졌는지 거대 흰개미가 잠시
주춤거렸다.

"지금이에요!"

초코가 공격 신호까지 주었다. 고통에 머리를 흔드는 거대 흰
개미 때문에 소름 끼치는 바람이 얼굴을 훑는데도 서호는 그 신
호에 맞춰서 곧장 달려나갔다.

머리카락을 거칠게 휘날리며 거대 흰개미의 턱 밑으로 파고
들어서 검을 아래에서 위로 긋는다.

쩌억—!

왼쪽 턱 하나가 절반쯤은 뜯겨졌다. 화가 난 거대 흰개미가
기괴한 비명을 지르며 머리를 내리찍어서 서호를 압사시키려
했다. 하지만 서호는 이미 방어 태세를 완벽하게 갖추고 있었
다.

가죽 방패를 떨어지는 머리 쪽으로 향했다. 무모해 보이는 동작이지만 순간 아카의 마법이 서호의 가죽 방패에서 피어났다. 얼음가시가 날카롭게 돋아나 오히려 떨어진 거대 흰개미의 턱에 치명상을 남겼다.

"아카, 공중에도 부탁해!"

그전까지 뒤쪽에서 지켜보고 있던 나프카가 소리치자 아카는 다시금 지팡이를 누운 팔자로 휘두르며 소용돌이를 불렀다. 그녀의 로브 자락이 거칠게 펄럭이면서 쏟아진 마법은 대기 중에 얼음꽃을 화려하게 수놓았다.

"고마워!"

나프카의 무대가 준비되었다. 얼음꽃이 땅바닥으로 떨어지기도 전에 신묘한 발놀림으로 그것들을 밟으면서 하늘 높이 뛰어올랐다.

거대 흰개미보다 훨씬 더 높이 뛰어오른 그가 몸을 빠르게 회전시키면서 머리를 향해 떨어졌다.

회전과 함께 번쩍이며 일어난 무시무시한 섬광. 잔혹한 칼날의 빛살에 거대 흰개미의 머리가 갈라지면서 핏물을 뿌렸다. 당할 만큼 당한 거대 흰개미가 광포하게 발악하기 시작했다.

머리를 흔들어서 진액을 토해낸다. 뿌려진 진액이 땅에 닿자마자 거친 증기를 흘리면서 피어올랐다. 살과 뼈를 녹이는 산의 일종이었다.

툭—! 투득—!

주변에 어지럽게 떨어지는 진액을 아슬아슬하게 피한 서호가 거대 흰개미의 배 밑으로 들어가서 방패로 앞다리를 강렬하게 후려쳤다. 그 충격에 거대 흰개미가 중심을 잃으며 땅에 처박혔다.

"끼아악!"

"크아악!"

거대 흰개미의 몸이 땅바닥에 떨어지자마자 몸통을 이뤘던 인체들이 갑작스럽게 비명을 지르면서 흩어지기 시작했다. 전부 따로따로 흩어져서 벌거벗고 덤벼오는 인형들 때문에 당황스러웠지만 다행히도 그것들의 힘은 미약했다.

맨손을 마구 휘두르며 덤벼봤자 장검과 방패를 든 서호의 상대는 될 수 없었다. 거기다 나프카가 그 중심으로 뛰어들며 양손에 쥔 단검을 미친 듯이 휘두르자 뼈와 살, 핏물이 난무하는 세상이 만들어져 버렸다.

"인형이라도 여자를 베는 건 실로 가슴이 찢어지는구나!"

말은 그리하면서도 나프카는 인정사정없이 모든 인형들을 도륙하고 있었다. 초코의 화살도 같은 인간의 형상을 했다고 하더라도 약해지지 않았다. 겨냥을 하고 있다가 나프카의 등 뒤를 습격하려던 인형의 머리에 화살을 관통시켰다.

그렇게 강력한 마물 하나를 그들은 의외로 손쉽게 제압할 수 있었다. 이번 사냥에선 선공을 가한 초코의 기여도가 컸다. 다만 나프카는 승리를 하면서도 마음에 걸리는 게 있었다. 지금 검과 방패에 묻은 피를 묵묵히 닦고 있는 서호였다.

그는 강해졌다기보다는 변했다. 4월의 도시에 도착하기 전까지는 무모한 공격을 해서 가끔씩 실수를 하기도 하고, 맞고 쓰러져도 악을 지르면서 다시 일어나서 달려나갔다.

그가 만든 전장은 보고 있는 것만으로도 피가 들끓는 느낌을 주었다. 신난다는 생각까지 들었다. 하지만 지금은 조그마한 실수조차 하지 않았다.

정말 숙련된 기사처럼 움직여 믿음은 갔다. 그 점이 마음에 들지 않았다. 뭔가 인간적인 느낌이 결여되어 있었다. 차갑고 딱딱했다. 마치 얼음덩어리처럼.

그런 나프카의 생각을 알 리 없는 서호는 정비가 끝나자마자 아카와 초코, 나프카를 돌아보더니 묵묵히 걸어나갔다. 파티의 분위기도 알게 모르게 가라앉아 버렸다.

그런 침묵 속에서 그들은 5월의 도시에 도착하기 위해선 반드시 지나야 하는 영원한 묘지의 앞으로 걸어갔다. 서서히 시야에 들어오기 시작했다.

영원한 묘지, 이곳은 굉장히 넓은 공동묘지로 5층 건물 높이의 외벽으로 둘러싸여 있어서 단 하나의 입구와 출구로만 출입을 할 수가 있었다.

"어, 사람이 있는데요?"

궁수로서 화살을 쏘다 보니 자연스럽게 매와 닮은 눈을 가지게 된 초코가 입구를 지키고 있는 두 명의 남자를 발견했다. 만약 나프카의 얘기가 틀리지 않았다면 그들은 이쪽을 지켜선 안되었다. 어차피 범인은 도시 안에 있다고 추측을 할 테니까.

"나프카님, 어떻게 된 걸까요?"

"뭐, 일반적인 인식과 의식이 지배되는 상황을 읽고, 범인이 일부러 순대를 파는 경우도 전혀 없다고는 할 수 없지. 저들은 그 경우를 대비해서 배치해 둔 자들일 거야."

"강할까요?"

"이럴 경우 전력을 배치하는 경우는 없어."

그렇다고 하더라도 좋게 대화로 풀어갈 수 있는 상대는 아닌 듯했다. 그들의 몸을 훑는 바람이 불길하기 그지없었다. 핏자국까진 보이지 않았지만 그들보다 먼저 간 일행이 있었는지 혈향이 은은히 풍겨왔다.

가장 앞서 걸어가던 서호도 걸음을 멈추고 무겁게 닫혀 있던 입술을 떼었다.

"어떻게 할까요?"

"도망가야지."

"저 둘, 악운의 산 정상에 있던 남자보다 강하겠죠?"

그 말에 나프카가 고개를 끄덕였다. 전력을 배치하진 않았다고 하더라도 이카드를 죽인 범인을 잡기 위해서 투입시킨 인력이다. 둘의 실력을 합쳐 이카드보다 약할 리는 없었다.

"현재로선 도망가는 게 가장 현명해."

도시에서 나온 이상 무차별적으로 죽인다는 경고를 게시판을 통해서 보았기에 가장 올바른 선택은 나프카의 말대로 도망을 치는 것이었다.

아니면 지금 바로 접속을 끊어도 되었다. 상처를 입은 사람은 없었으니 로그아웃이 가능했다. 다만 이 경우 다시 로그인할 때가 문제였다. 근처에 도사리고 있던 마물이 덤벼올 가능성이 농후했다.

"내일 6시 정각에 다 같이 접속을 하죠."

지금 서호가 한 말이 가장 정답에 가까웠다. 여기서 로그아웃을 하되 1분 1초도 어기지 않게끔 약속을 하고 로그인을 하는 것이다.

"그래, 어쩔 수 없어. 아카, 그리고 꼬맹이, 내일 6시야. 1초도 늦어선 안 돼."

"네!"

"알겠어요!"

대답을 들은 나프카가 아카와 초코부터 로그아웃을 하라고 지시했다.

"서둘러."

그러면서 나프카도 로그아웃 상태로 들어갔다. 로그아웃을 신청하고 지금부턴 30초간 한 걸음도 움직일 수가 없었다. 그야말로 무방비 상태가 되는 것이다.

"넌 로그아웃 안 해?"

서호가 움직이는 것을 보고 나프카가 물었다.

"모두 나갈 때까지 지킬게요."

"뭐라고? 위험하잖아."

"잊었어요? 전 기사예요. 이게 제 일이잖아요. 방어력만큼은 자신있어요."

서호의 말대로다. 어떤 파티이든 위험한 곳에 가장 먼저 발을 딛는 것도, 그리고 가장 늦게 남아 있다가 로그아웃을 하며 파티를 지키는 것도 모두 기사의 몫이었다.

"그런데 아저씨, 혹시 겨울의 왕이라고 알아요?"

나프카의 로그아웃이 15초쯤 남았을 때 서호가 물었다.

"무슨 말이야?"

"겨울의 왕이랑 저 두 남자랑 싸우면 누가 이길까요?"

"겨울의 왕? 저 두 남자도 분명 강하긴 하겠지만 그 녀석과는 비교할 수가 없지. 남아 있는 동영상만 봐도 겨울에 있는 자들과 1대 7로 싸워서 전멸을 시키는……."

아카와 초코는 물론이고, 대답을 하던 나프카마저 로그아웃이 되어서 사라졌다. 이제 바람은 혼자 남은 서호만을 쓸며 스쳐 갔다.

"그런가요?"

홀로 남아 대답을 한 서호가 고개를 들어서 하늘을 바라보았다. 조금씩 해는 기울어져서 황혼이 내리려 했다.

"그럼 굳이 도망칠 필요는 없겠군요."

다 같이 덤빌 수는 없었다. 왜냐면 그의 힘이 어느 정도인지 스스로도 알지 못하는 까닭이다. 괜히 다 같이 덤벼들었다가는 잘못하면 전멸할 수도 있었다.

그러나 혼자라면 괜찮았다. 설사 힘이 부족해서 죽는다고 하더라도 자신의 목숨밖에 걸려 있지 않았다. 언제든지 폐기처분되어도 괜찮은 복제된 목숨이었다.

"자, 가볼까?"

방패와 검을 꽉 쥔 서호가 달리기 시작했다. 목표는 입구에 서 있는 두 남자였다. 그들을 노려보는 서호의 눈동자가 황혼의 빛살에 번뜩였다.

"저거 뭐고?"

두툼한 갑옷을 입은 창기사가 달려오는 서호를 발견하고 창을 꽉 움켜쥐었다. 뒤쪽에 있던 사냥꾼 차림의 남자도 재빨리 단검을 빼어 들면서 혀로 그 칼날을 핥았다.

"킥킥, 덤빌 모양인데?"

그들의 여유로운 대화는 잠깐이었다. 바로 앞까지 순식간에 달려온 서호가 사정없이 검을 휘둘렀다. 칼날엔 일격에 황혼을 깨뜨리는 위압적인 기운이 담겨 있었다.

칭—!

창기사가 막아섰다. 서호의 칼날을 막아선 창날에선 거친 불꽃이 일었고, 창기사의 표정이 순식간에 일그러졌다.

"하압!"

창기사가 맞부딪쳤던 창을 온 힘을 다해서 휘둘러 서호의 몸을 아예 날려 버렸다. 대략 2~3미터가량을 날아간 서호가 고양이처럼 날렵하게 땅바닥을 디디며 고개를 들었다.

"마, 우리가 누군 줄 알고 덤비는 기가?"

창기사의 말에 서호는 바로 대답하지 않았다. 몸을 추스르면서 일어난 그는 왼손으로 오른쪽 어깨를 짚었다. 뻐근했다. 방금 전 일 합으로 알 수 있었다. 창기사의 완력은 조금 전 상대했던 마물만큼이나 강했다.

"오늘 처음 보는데 어떻게 알겠냐? 하지만 우릴 죽이려고 한건 알아."

"당연한 거 아이가? 알았으면 튀어야지. 방금 전 애새끼들도 그렇고, 와 이렇게 겁대가리를 상실한 것들뿐이고?"

창기사가 귀찮다는 듯이 사투리로 불평을 늘어놓았다.

"그럼 내가 죽일까?"

창기사의 뒤에 있던 야비한 인상을 가진 사냥꾼이 앞으로 나왔다.

"네가? 그럼 낸 좀 쉬어야겠다."

서호를 사냥꾼에게 양보한 창기사는 그들의 싸움을 편안하게 구경할 요량인지 주변에 아무렇게나 앉았다. 창을 어깨에 기대어놓으며 하품까지 하고 있었다. 강자의 여유였다.

"좋아, 이 녀석은 내가 죽인다."

대신 사냥꾼이 쥐고 있던 단검을 돌려가며 신이 난 표정을 지었다.

"죽인다고?"

철저히 무시를 당하고 있지만 이건 서호에게 있어선 호기였다. 창기사와 같은 스타일은 겪어본 적이 없지만 나프카와 비슷한 직업인 사냥꾼이라면 상대를 해볼 만했다.

무엇보다 둘을 동시에 상대하지 않아도 되었다. 방심하고 있는 이 순간 재빨리 사냥꾼을 처리한다면 승산이 높았다.

"어디 죽여봐라."

서호가 날카로운 눈빛으로 왼쪽 다리를 앞으로 살짝 내디디면서 자세를 낮췄다. 방패로 전방을 방어하고 오른손에 쥔 검에 모든 힘을 걸었다.

"네 녀석, 기세는 좋은데 주제 파악을 할 줄 알아야지?"

"주제 파악?"

"옷 입은 꼴을 보니 초보 같은데, 도트로 만들어진 이 세계에서는 경험으로 숙련된 실력 이상의 기적은 일어나지 않아. 그러니까 네 녀석과 나의 차이는 극명한 셈이지. 아무리 기세가 좋아도 네 녀석은 결국 나한테 죽어."

그 말과 함께 사냥꾼의 몸이 눈앞에서 감쪽같이 사라졌다. 그림자로 숨어드는 나프카의 기술과 흡사했지만 더 뛰어났다. 서호는 재빨리 주변을 살펴보았다. 지형지물이라고 해봐야 저편에 떨어져 있는 바위와 나무 몇 그루밖에 없었다.

'어디지?'

쉬익—!

서호가 바람 소리만 듣고도 방패를 들어서 막았다. 왼쪽 뒤편에서 화살이 날아왔던 것이다. 그 화살을 막아낸 가죽 방패는 힘없이 꿰뚫렸지만 그것만으로도 다행이었다. 하마터면 칼 한 번 휘둘러 보지 못하고 죽을 뻔했다.

'나프카의 움직임과 초코의 공격력을 훨씬 상회한다는 건가?'

사냥꾼조차도 이길 수 있을지 의심이 들었지만 로그아웃을 하지 않은 이상 후회를 하기에는 늦었다.

'어디냐? 어디에 숨은 거냐?'

서호가 시선을 이리저리 돌리며 주변을 살폈다. 긴장이 된 나머지 이마에선 식은땀이 피어나기 시작했다.

사삭—!

그러다 저편에 있는 나무 한 그루가 춤을 추듯 흔들리는 장면이 시야에 포착되었다.

'저곳?'

나무를 꿰뚫을 듯이 노려보았는데 뭔가 이상하다는 생각이 순간적으로 들었다. 오히려 그의 뒤통수가 꿰뚫리는 섬뜩한 느낌이 들었다.

"크윽!"

본능적으로 고개를 숙이는 순간, 예리한 칼날이 그의 머리카락을 베면서 스쳐 갔다. 저편에 떨어진 나무 위에 있다고 생각했는데, 사냥꾼이 바로 등 뒤에서 나타난 것이다. 귀신이 곡할 노릇이었다.

한껏 자세를 숙인 서호는 땅을 쓸 듯이 회전하며 돌려차기를 구사했다. 뒤에서 나타난 사냥꾼의 다리를 걸어 넘어뜨리려는 속셈이었다. 하지만 사냥꾼은 이미 도약한 뒤 그의 머리를 향해 떨어지고 있었다.

"킥킥! 안 된다니까!"

파고들어 오는 단검의 칼날, 재빨리 방패를 치켜들어서 방어를 했지만 방패는 힘없이 꿰뚫렸다. 가죽 방패의 방어력은 참(斬)에는 어느 정도 견뎌내었지만 극(戟)에는 취약했다. 하지만 이렇게 얌전히 당하고 있을 수만은 없었다.

"하압!"

칼날이 방패를 꿰뚫는 찰나, 서호가 기합을 지르는 동시에 아래팔을 힘껏 꺾어서 방패에 꽂힌 단검을 빼앗아 버렸다.

순식간에 단검을 놓쳐 버린 사냥꾼의 표정이 아연실색해졌다. 서호의 반응 속도가 순간 급상승한 것이다.

"마, 밀리나? 도와줄까?"

"시끄러!"

묘지의 입구에 앉아 있는 창기사의 비웃음에 신경질적으로 대꾸한 사냥꾼이 다시 서호의 눈앞에서 완벽하게 사라졌다.

'또 어디로?'

이번에도 사냥꾼이 사라진 정반대 방향에서 화살이 날아왔다. 목 아래쪽이 그 화살에 살짝 스쳤다.

'귀신같은 놈이군!'

반사적으로 왼팔로 목을 감아쥐었는데, 그때 갑자기 옆쪽에서 나타난 사냥꾼이 그의 허벅지에 비수를 박아 넣고는 다시 사라져 버렸다.

'젠장!'

깊이 박히진 않았지만 찌릿한 통증에 한쪽 다리가 마음대로 움직이질 않았다. 지난날 악운의 산 정상에서처럼 또다시 유린당하는 기분이 들었다.

'어떻게 하면?'

이대로 휘둘리다가는 정말로 죽을지 모른다는 생각이 들었다. 서호는 이 난국을 헤쳐 나가려고 부단히도 머리를 굴려보았다.

그는 겨울의 왕이라고 불리는 클로드의 복제인간이다. 원인은 알 수 없지만 후천적인 기억에 관한 잠재된 힘까지 가지고 있었다. 악운의 산 정상에서 이카드를 죽인 것이 그 증거였다.

그러나 지금은 그 힘을 느낄 수가 없었다. 그리고 아쉬운 게 있다면 어떻게 하면 잠재된 힘을 끌어낼 수 있는지 생각할 여유조차 없다는 것이다.

휘익―!

또다시 등 뒤에서 화살이 날아와서 이번엔 오른쪽 이깨에 정통으로 박혔다.

"커헉!"

잠시 정신을 팔았던 대가였다. 오른손에 힘이 들어가지 않아서 쥐고 있던 검마저 놓쳐 버렸다.

그가 무기를 잃는 장면을 보자마자 사냥꾼이 비릿한 미소를 지으면서 눈앞에 모습을 드러내었다. 정말로 위험한 순간인데도 서호는 모든 걸 포기한 듯이 깊은 고통에 두 무릎을 꿇고 고개를 숙였다.

"허벅지를 꿰뚫려서 도망도 못 가고, 검도 잃게 되어서 공격도 못하겠군. 자, 어떻게 죽여줄까?"

굴욕감에 서호의 인상이 구겨졌다. 사냥꾼의 말처럼 이런 상황에선 아무리 겨울의 왕이라고 하더라도 이길 수 없었다. 아니, 이런 생각 자체가 쓸데없는 번뇌였다.

어차피 도트로 만들어진 세계. 그가 강하면 살아남고 약하면 죽는다. 이것이 이 세계의 정의였다.

"그 억울하다는 표정은 뭐냐, 말했잖아? 우리에게 덤벼든 순간부터 네 녀석의 죽음은 정해져 있었어."

사냥꾼의 말을 듣고 난 서호의 표정이 순간 멈춰졌다.

'죽음이 정해졌다고?'

겨울의 왕이라는 생각에 얽매여서 뭔가를 잃고 있었다.

그는 겨울의 왕이라는 혼란스러운 존재이기 전에 기사였다. 그리고 이곳은 총알이나 미사일 따위로 죽음을 논하는 세계가 아니었다. 사냥꾼의 말처럼 도트로 구성이 된 단검이나 화살, 비수 따위로 죽음을 내리는 세계였다.

그렇다면 기사에겐 적이 어떤 죽음을 논하든 상관이 없었다.

그 어떤 죽음 앞에서도 무조건 막아내는 존재가 바로 기사였던 것이다.

앞으로 걸어온 사냥꾼이 오만한 표정을 지으면서 단검을 휘두르려 한다. 그 순간 서호가 나직이 속삭였다.

"내 죽음을 논하려면 허벅지나 오른팔이 아니라 왼팔을 노렸어야지."

"뭐라고?"

무엇을 의미하는 말이었을까? 사냥꾼의 의문에 찬 눈동자에 두 무릎을 꿇은 채로 왼팔을 힘껏 치켜드는 서호의 모습이 새겨졌다.

서호는 이것을 잠시 잊고 있었다. 기사는 자신의 몸을 지키는 존재가 아니었다. 그가 방패를 들고 있는 이유는 아카나 초코처럼 약한 자들을 보호하기 위해서였다.

그러니까 기사가 가진 방패의 방어 범위는 자신 하나로 한정되는 것이 아니라 지키고자 하는 모두를 의미했다. 그만큼 무거운 힘이, 죽음으로부터 벗어날 수 있는 힘이 그의 왼팔에는 담겨 있었다. 겨울의 왕이라는 존재가 아니라 기사라는 존재로서.

"하아압!"

그의 거친 기합과 함께 왼팔 아래쪽에 걸려 있던 방패에서 공간을 일그러뜨리는 힘이 일어났다.

한순간에 폭발했다. 드센 야성의 돌풍이 서호의 중심에서 폭발하고 있었다. 그리고 그 돌풍이 부른 충격파가 모든 존재를 순식간에 날려 버렸다.

"내 죽음은 이 왼팔이 잘려 나갔을 때! 그때가 되어야 논할 수 있다는 거다!"

비수를 들고 찌르려던 사냥꾼조차도 눈에 보이진 않지만 방패가 휘둘러지면서 일어난 충격파에 밀려났다. 그뿐 아니라 쥐고 있던 비수마저 놓쳐 버렸다.

저 하늘 높이 날아간 비수를 보며 사냥꾼의 표정이 점점 굳어갔다. 뭐가 어떻게 된 건지 이해가 되지 않았다.

"뭐, 뭐냐, 네 녀석?"

만약 너바나가 21세기 초에 만들어진 게임의 방식이었다면 서호는 지금 사냥꾼을 절대 이길 수 없었다. 그 당시의 게임에선 레벨과 아이템의 영향이 절대적이었다.

그러나 너바나는 결과인 레벨보다는 수단인 경험과 기술을 반영한 게임이다. 아니, 너바나뿐만 아니라 가상공간이 존재하는 이상 경험과 기술이 반영될 수밖에 없다.

21세기 초에 유행한 게임, 디아블로와 스타크래프트를 예로 들어보자. 당시 디아블로에선 레벨이라는 것이 절대적이었다. 아무리 컨트롤이 뛰어나다고 하더라도 레벨과 장비 앞에서는 모든 것이 무용지물이었다.

디아블로를 10년 넘게 했더라도 레벨 1짜리 캐릭터로는 레벨 99짜리를 사서 이제 막 시작한 초보한테 발악 한번 해보지 못하고 죽는 것이 당연했다.

이는 플레이어와 캐릭터가 일체가 아니기 때문에 가능한 이야기였다. 이를 가상공간에 대입을 해보면 치명적인 오류가 발생한다.

예를 들어 어떤 누군가가 겨울의 성에 도착해서 모든 경험과 기술을 가진 채로 ID를 삭제하였다고 가정해 보자.

그가 다시 회원 가입을 해서 처음부터 플레이를 한다고 하더라도 너바나에서 뒹굴면서 겪었던 경험과 기술은 정신과 육체가 깊이 숙지하고 있었다. ID는 삭제했지만 너바나를 했던 기억은 삭제되지 않은 까닭이었다.

이 예로 스타크래프트가 적합하다. 스타크래프트에서는 아이디를 새로 만들더라도 플레이어는 그 실력을 고스란히 간직하고 있다. 레벨이라고 볼 수 있는 랭킹이 낮더라도 실력은 잃지 않는다는 것이다.

이는 플레이어와 캐릭터가 일체되어 있다는 것을 뜻한다. 너바나도 가상공간이기에 퓨어에 들어가 있는 플레이어와 캐릭터는 결국 하나일 수밖에 없다.

즉, 레벨이나 카르마라는 것은 너바나에서는 명성과 악명에 지나지 않는다고 할 수 있었다. 중요한 것은 경험과 기술이었다.

서호의 경우가 그렇다. 아직 스프린터가 성좌에 앉아서 겨울의 왕이 되었다는 사실은 확실하지 않다. 어쩌면 꿈속에 등장했던 아리아라는 여성이 성좌에 앉았을지도 모른다.

그러나 그런 변수를 다 떠나서 중요한 건 그는 지금 이곳에 있다는 것이다. 그리고 지금 이곳에 있는 서호는 바로 겨울의 성을 경험한 자의 복제인간이라는 것이다.

그렇기에 지금 서호의 명성은 거의 없지만 경험과 기술만큼은 이미 겨울의 성에 들어갔던 스프린터와 동등한 힘을 가졌다고 볼 수 있었다.

"네 녀석, 뭐냐니까!"

사냥꾼이 질겁하며 묻는다. 천천히 몸을 일으킨 서호는 그나마 멀쩡한 왼손으로 머리를 긁적였다.

"글쎄, 겨울의 왕일지도 모르겠군."

겨울의 왕, 사냥꾼은 그 말을 듣고 그가 미친 게 아닌가 하는 의심을 가졌다.

"무, 무슨 헛소리를 지껄이는 거야?"

"헛소리가 아냐. 아니, 오히려 헛소리였으면 좋겠어."

헛소리였다면 적어도 복제인간 따위는 아닐 테니까. 서호는 방패에 박혀 있는 단검을 아직도 고통으로 떨리는 오른손으로 뽑아서 하늘 높이 던져 보았다.

"우리 저 단검, 누가 먼저 잡는지 내기해 볼까?"

"이 미친……."

너무도 초연해진 서호의 눈빛을 본 사냥꾼은 고통이 지나쳐 정말로 미친 거라고 확신했다.

"만약 내가 겨울의 왕이라면, 내 몸이 기억하고 있다면 나는 저 단검을 잡아서 너의 목을 찌를 수도 있겠지?"

이 말은 사냥꾼에게 했다기보다는 스스로에게 한 말이었다.

"개소리, 사냥꾼과 기사, 볼 것도 없다!"

서로가 어느 정도 간격을 두고 노려보는 가운데 단검이 떨어지고 있었다. 사냥꾼의 움직임은 이미 겪었듯 그의 눈으로도 쫓지 못할 정도로 재빨랐다.

도약력 역시 비교할 가치가 없었다. 그런데도 서호는 사냥꾼과 단검을 먼저 차지하는 싸움을 원하였다. 이유는 하나밖에 없었다. 전에도 이와 유사한 상황을 겪어본 것 같은 착각이 들었다.

"난 너보다 빠르다거나 높이 뛴다는 얘기는 안 했어."

점프를 하는 사냥꾼을 본 서호가 방패를 슬쩍 뒤로 빼었다가 전방을 향해 강하게 휘둘렀다.

콰앙—!

조금 전처럼 그가 휘두른 방패에서 강렬한 충격파가 일어나면서 모든 것을 쓸어버렸다. 갑작스럽게 일어난 돌풍에 뛰어오르던 사냥꾼의 몸은 거칠게 밀려났다. 그사이 힘껏 도약을 한 서호가 떨어지는 단검을 오른발로 차버렸다.

타악—!

서호의 발에 맞아 거칠게 회전하며 날아간 단검이 땅바닥으로 떨어지려는 사냥꾼에게 곧장 날아갔다.

"헉!"

사냥꾼이 목을 최대한 꺾으면서 단검을 피해보려 했다. 하지만 살결이 깊숙이 뜯겨 나가는 불상사를 막지 못했다.

"크아악!"

그렇게 땅바닥에 떨어진 사냥꾼은 핏물이 샘솟는 목의 상처 부위를 두 손으로 틀어막을 수밖에 없었다.

부들부들!

일어난 경련에 사냥꾼이 독기 어린 눈빛으로 서호를 노려보았다. 그는 차분하게 걸어오고 있었다.

"뭐, 뭐냐!"

사냥꾼이 또 물었지만 대답을 할 가치가 없었다. 서호의 머릿속에는 다른 생각들로 가득 차 있었다.

여기서 사냥꾼을 쓰러뜨리더라도 앉아 있다가 갑자기 일어난 창기사는 지금 이 상태로는 이기기 힘들었다. 뭔가, 뭔가가 필요한 시점이었다,

"글쎄, 뭘까?"

사냥꾼을 죽이는 동시에 창기사까지 상대할 수 있는 힘, 그 힘을 바라던 서호가 양손에서 일어나는 스산한 기운을 느꼈다. 본능에 따라 천천히 손을 뻗어서 땅바닥에 주저앉아 있는 사냥꾼의 얼굴을 감쌌다.

"그래, 아픔을 주마!"

"뭐, 뭐라고?"

서호의 손바닥에 시야가 가로막힌 사냥꾼은 죽을 것 같은 고통에 지금 제정신이 아니었다. 두 손으로 목을 막고 있지 않으면 피가 분수처럼 터질 것 같았다.

"아픔을 네 녀석에게 건네준다고… 왠지 할 수 있을 것 같거든."

그 말과 함께 서호의 손바닥에서 일어나던 음산한 기운이 사냥꾼의 얼굴을 통해서 온몸을 관통했다.

"상처 전이!"

일어섰던 창기사가 눈을 부릅뜨며 소리를 질렀다. 신기하게도 서호의 몸에 있던 허벅지에 난 상처와 오른쪽 어깨를 관통했던 상처가 아물고 있었다. 대신 사냥꾼의 몸에 그 상처들이 생겨나기 시작했다. 말 그대로 상처가 전이되고 있었다.

"아아악!"

두 손으로 목을 붙잡고 있던 사냥꾼이 감당할 수 없는 괴로움에 발악을 한다. 창기사도 들어보기만 했던 기술에 얼굴이 새파랗게 질려 버리고야 말았다.

눈처럼 흰 기사라는 뜻의 슈네바이스리터의 경우엔 가끔씩 일행 중에 큰 상처를 입은 사람이 있으면 그 상처를 나눠 가지며 고통을 분담하는 기술을 쓴다고 한다.

물리적으로 본다면 기술을 걸어서 퓨어가 주는 지속적인 전기 충격을 가장 강한 체력을 가진 기사가 나눠 가지며 회복을 돕는 것이다. 이와는 반대로 자신의 상처를 남에게 전이시키는 기술 역시 존재한다는 얘기는 창기사도 얼핏 들어본 적이 있었다.

"그, 그거 혹시 슈바리체리터 기술 아이가?"

그랬다. 상처를 전이시키는 악독한 이 기술은 바로 흑기사가 쓰는 오의였다.

"마, 네가 그 기술을 어떻게?"

뭔가에 홀린 듯이 창기사가 서호에게 묻는다. 정상적인 판단을 할 수 있었다면 당장에라도 사냥꾼을 도와야 했는데 기괴한 광경을 보고 넋을 잃은 까닭이다.

"커헉!"

사냥꾼은 온몸을 휘젓고 내장이 터져 나가는 것 같은 통증에 더는 버티지 못하고 쓰러졌다. 땅바닥에 머리를 찧으며 거품까지 물었다.

부들부들 경련을 일으키는 것으로 보아서 얼마 못 가서 죽을 것 같았다. 사실상 죽었다고 봐야 옳았다. 지금이라도 마을로 가서 로그아웃을 하거나, 아니면 당장 전투 모드를 해제하고 로그아웃을 해야 하는데 퓨어에서 끊임없이 주는 전기 충격이 전투 모드 해제를 막고 있었다. 사냥꾼이 살 수 있는 방법은 사실상 없었다.

반면 상처를 깨끗하게 사냥꾼에게 넘겨준 서호는 이젠 나른한 눈빛으로 일어서서 땅바닥에 떨어진 은랑의 검을 주워 들었다. 그리고는 덜덜 떨고 있는 창기사에게 걸어가기 시작했다.

"하나만 물어보자. 네 녀석이랑 겨울의 왕이랑 싸우면 누가 이기냐?"

참으로 어린애 같은 질문을 서호는 하고 있었다. 하지만 지금 창기사는 그 말에서 지금껏 경험해 보지 못한 칠흑의 공포를 보았다.

"겨울의 왕……."

무심결에 창기사는 서호가 원하는 답을 주었다.

"그래? 그럼 너도 죽겠구나."

"구, 구라 까지 마……."

창기사가 거칠게 고개를 가로저었다.

"겨울의 왕이… 여 있을 이유가 없다 아이가!"

4월과 5월의 도시 사이에 있는 영원한 묘지, 이곳에 겨울의 왕이 있을 이유는 없었다. 솔직히 말해서 겨울의 왕이라는 존재 자체도 불분명했다.

무척이나 화려하고 무시무시한 활약을 했던 스프린터가 겨울의 왕일지도 모른다는 추측만 돌 뿐이었다.

아니, 생각해 보니 하나 있었다. 악운의 산 정상에서 강철기 사단장 이카로스의 사촌동생을 죽인 자가 겨울의 왕이라면 이해가 가능한 이야기였다.

창기사는 떨리는 두 다리로 뒷걸음질을 칠 수밖에 없었다. 서호는 이미 그를 살려줄 생각이 없는지 천천히 걷다가 어느 순간에 이르러 달리기 시작했다. 그 광경을 보는 것만으로도 창기사는 온몸에 전율이 일었다.

"내, 내 죽는 기가?"

"아마도 그렇겠지?"

*　　　*　　　*

여인은 바람에 찰랑이는 단발머리를 뒤로 넘기고, 그 손으로 석류처럼 붉은 입술을 매만졌다. 몸매가 그대로 드러나는 가죽옷 위로 검은 깃털의 목도리를 한 그녀는 흡사 고양이를 의인화한 것 같았다. 그녀의 이름은 잔이었다.

잔의 지적인 눈동자가 지금 영원한 묘지의 입구를 살펴보고 있었다. 아침에 일어나자마자 묘지의 입구를 지키던 사냥꾼과 창기사가 당했다는 소식을 접해서 이곳에 왔다. 들은 대로 여기저기에 발자국과 핏자국이 어지럽게 남아 있었다.

발자국의 수로 보아서 적은 네 명이었다. 하지만 셋의 흔적은 깨끗하게 사라졌다. 로그아웃을 했다고 보는 게 옳았다.

'버려진 건가?'

남겨진 한 명이 입구 쪽으로 달려가더니 짓눌린 발자국을 남겼다. 창기사와 겨룬 흔적이었다. 일 합을 겨루었지만 적은 튕겨 나갔다. 튕겨 나간 위치까지 창기사가 절묘하게 조절했다는 사실을 알 수 있었다.

그들의 작전은 여기서부터 시작이었다. 창기사가 연기를 하면서 묘지 입구에 설치해 놓은 장치에 앉는다. 사냥꾼이 주변의 지형지물에 몸을 감추고 적의 정신과 시선을 빼앗는다.

'여기까지는 완벽해.'

창기사가 장치를 조작해 나뭇가지에 설치된 화살을 발사했고, 사냥꾼도 빈틈을 노려 화살이 날아온 반대 방향에서 적의 등을 노리고 파고들었다.

그들의 작전은 순조롭게 진행되었지만 적이 침착하고 감이 좋았는지 사냥꾼이 물러선 흔적이 있었다. 또다시 창기사가 장치를 조작해 화살을 발사했고, 사냥꾼도 공세를 취했다.

분명 적은 이때쯤 패닉 상태에 빠졌을 것이다. 핏방울이 튄 방향으로 봤을 때 적은 적어도 화살에 의해서 두 번이나 상처를 입었다.

적이 들고 있던 검이 떨어진 흔적과 사냥꾼의 여유로운 걸음걸이도 남아 있었다.

여기서부터 이해가 어려웠다. 적이 공격에 대처한 보폭으로 볼 때 피했다기보다는 막아내었다.

기사로 유추할 수 있는 부분이다. 하지만 무거운 갑옷을 입고 있진 않았다. 게다가 발자국의 모양을 떠봤을 때 3월의 도시에 접속하면 부여되는 가죽 부츠를 신고 있었다.

의심할 여지가 없는 초보자였다. 그들의 작전이 완벽하게 수

행되었기에 그렇다면 적은 이쪽에서 죽었어야 하는데 어째서 사냥꾼이 도리어 상처를 입은 건지 알 수가 없었다.

'방패로 충격파를 만들었다는 건가?'

땅바닥을 자세히 살펴보니 미약하게나마 돌풍이 쓸고 간 흔적이 남아 있었다. 여기까지 스스로의 힘으로 뚫고 온 기사라면 충격파 정도는 만들어낼 수 있기에 불가능한 이야기는 아니었다.

'그렇다고 해도……?'

핏방울이 땅바닥에 튀면서 퍼진 크기로 보아 사냥꾼은 공중에서 몸에 큰 상처를 입었다.

떨어뜨린 검을 주워 든 흔적이 있기에 장검인지, 사냥꾼이 쓰던 단검인지는 확실하지 않았지만 사냥꾼이 기사에게 추가타를 맞았다는 것만큼은 알 수 있었다.

'어떤 방식으로 상처를 입은 거지?'

이 부분도 상당히 난해했다.

'아니, 그것보다 사냥꾼이 당하는데 뭐 때문에 창기사는 가만히 있었지?'

잔의 미간이 찌푸려졌다. 어느새 그녀는 아랫입술을 살짝 깨물고 있었다. 뭔가 마음에 걸리는 게 있을 때마다 그녀는 아랫입술을 자근자근 씹는 버릇이 있었다.

'충격파에 의해서 밀려난 사냥꾼은 갑작스럽게 상처를 많이 입었어. 이렇게 엎드리고 있었다고 생각을 해보면, 핏자국이 묻은 위치로 볼 때 상처는 목과 허벅지, 오른쪽 어깨잖아?'

주저앉아서 가만히 땅바닥을 바라보던 잔이 소스라치게 놀라서 일어섰다.

'잠깐만! 방금 전 기사가 입었던 상처랑 위치가 같잖아? 단순히 복수를 한 건가? 그게 아니라면?'

그 뒤로 사냥꾼을 처리한 기사의 발걸음을 쫓던 그녀가 눈을 휘둥그레 떴다. 기사의 출혈이 거짓말처럼 멈춰 있었다. 사냥꾼에게 상처를 낸 뒤부터 출혈이 멎은 것은 우연이라고 볼 수가 없었다. 게다가 절뚝거리던 걸음걸이까지 정상으로 돌아와 있었다.

'설마?'

잔이 고개를 가로저었지만 이미 머릿속에 들어온 해답은 쉽게 지워지지 않았다.

'상처 전이가 아니라면 말이 안 돼!'

기사가 이번엔 창기사를 향해 달려갔다. 또다시 입구 쪽에서 일 합이 벌어졌지만 조금 전과는 달리 정반대의 상황이 연출되었다.

창기사가 두 다리로 땅을 딛고 있는 흔적으로 봐서 심적으로 쫓기는 느낌이었다. 마치 늑대에게 사냥을 당하는 토끼마냥. 그 와중에 창과 검이 부딪쳤으니 이번엔 창기사가 튕겨 나가고 쓰러질 수밖에 없었다.

지금 잔의 눈에는 어제저녁에 있었던 일이 선명하게 그려졌다. 기사는 잔혹한 미소를 지었을 것이다. 쓰러져서 땅을 두 손으로 짚고 도망치는 창기사의 흔적이 죽기 전 상당한 압박을 받았다는 사실을 증명했다.

'그러면서 배를 찔렀군.'

그 공격으로 창기사는 죽지 않았다. 죽었다면 다행이겠지만 땅바닥에 남아 있는 핏자국이 조금 그어져 있었다.

그 뒤로 창기사가 멈춰진 장소에서는 부서진 흉갑 조각과 흉갑이 뜯겨진 흔적까지 있었다. 피를 흘리면서 힘을 잃은 창기사는 아무런 저항도 하지 못했다.

'아, 아냐!'

흉갑은 창기사 스스로 벗었다. 유혹당했을 것이다. 예를 들어서 살려달라는 창기사를 두고 고통없이 죽여준다는 거부할 수 없는 유혹을 던진 것이다. 창기사는 애원을 하면서도 기사의 말을 듣고 스스로 흉갑을 벗었다. 그리고 도살당했다.

원인을 조사해 달라는 이카로스의 부탁으로 아침부터 이곳에 왔지만 결론은 간단했다. 그들이 당한 이유는 단 하나였다. 적이 강했다. 그뿐이었다.

"잔님, 뭔가 알아내신 거라도……?"

강철기사단에서 서열 2위인 잔은 지금 무척이나 심란한 눈빛이 되어버렸다. 다가온 남자의 말에 뭐라고 대답을 해줘야 할지가 망설여졌다.

왜냐면 창기사와 사냥꾼이 싸웠던 기사는 그녀보다 강한 것은 당연하고, 어쩌면 강철기사단의 단장인 이카로스와 싸워도 승부를 예측할 수 없다는 의심이 들었던 까닭이다.

잿빛이 감도는 검은 갑옷을 입고 그들을 이끄는 이카로스는 카리스마가 넘치는 인물이었다. 이곳 시계대륙에서도 열 손가락 안에 들어가는 강자였다. 그와 동급이라는 말은 여러모로 설득력이 약했지만 중요한 건 그녀의 직감은 틀린 적이 거의 없다는 것이다.

"혹시 인육으로 만든 순대가 있다면 먹고 싶다는 생각이 들까?"

한참 동안 생각에 잠겨 있던 잔이 묘한 말을 남겼다.

"네? 인육 순대요? 무슨 말씀이신지?"

"응, 아는 사람이 자주 했던 말인데, 내장이 사라지는 살인 사건이 일어나는 곳에서 인육 순대를 팔아먹을 정도로 미친 녀석이 있었대."

"그, 그런 사람이 실제로 있었다고요?"

"그래. 그 사람이 붙잡힐 때 한마디를 했대."

"뭐라고요?"

"잡아가는 형사를 보고 단골손님이었다면서 형사의 아들이랑 딸이 자기 집 순대를 맛있게 먹어줘서 고마웠다고."

"윽!"

그녀의 이야기를 듣던 남자의 인상이 대번에 구겨졌다.

"이 이야기가 뜻하는 건 뭘까? 세상에는 굳이 몰라도 되는 진실도 존재한다는 게 아닐까?"

"그렇다는 건?"

약간 위축이 된 남자가 마른침을 삼키며 잔에게 물었다. 그녀는 쓰린 표정을 지으면서 답을 주었다.

"어쩌면 우리는 인육 순대를 파는 자를 찾으려는 건지도 몰라."

"네?"

"이카드와 어제저녁에 우리 인원 둘을 죽인 자를 추적하다가는 이번엔 강철기사단 전체가 흔들릴지도 모른다는 거야."

"그 인육 순대를 파는 녀석에게요?"

잔이 고개를 끄덕이자 남자는 못 믿겠다는 눈치를 보냈다.

"설마요?"

설마라는 답이 나올 줄 알고 있었다. 그녀 스스로 생각해도 믿기지 않았다. 하지만 직감은 무시할 수 없었다.

"아니, 어쩌면 강철기사단뿐만 아니라 시계대륙 전체가 흔들릴지도 모르겠어. 내 감이 틀리지 않다면 우린 건들이지 말아야 될 진실을 들쑤시고 있는 것 같거든."

CHAPTER 06
강철지교(鋼鐵之敎)

금지된 세계
FORBIDDEN
WORLD

4월의 도시, 서쪽으로 기우는 햇살에 비춰져 광장 근처에 있는 성당의 십자가가 금빛으로 번쩍였다. 그곳 남쪽 출구로 수많은 인파 행렬이 이어졌다. 순례자들이 강철기사단의 경고를 무시하고 5월의 도시로 나아가기 시작한 것이다.

"결국 피를 원하는 건가?"

도시 남서쪽의 높은 언덕, 먹이를 갈구하는 호랑이처럼 살벌한 눈빛을 가진 남자가 나직이 속삭였다. 그가 입고 있는 잿빛이 감도는 칠흑 갑옷이 황혼에 반사되어 번쩍번쩍한 윤기를 흘렸다.

"잔, 묘지 입구 쪽을 둘러본 소감은?"

"네, 적은 네 명이었어요."

조금 전 이곳으로 와서 차분한 눈길로 도시를 바라보고 있던 잔이 대답을 했다.

"그래?"

"하지만 저희 쪽 둘을 죽인 건 한 명이었어요. 나머지 셋은 지켜보았거나, 전투가 일어나기 전에 로그아웃을 한 것 같거든요."

"한 명이라고?"

믿기 힘든 얘기였지만 죽음의 사냥꾼이라고 불리는 '토텐야거' 잔의 말이라면 믿어야 했다.

상대의 표정과 몸짓만 보고도 심리를 꿰뚫어 전투능력도 뛰어났지만, 진정 그녀가 무서운 건 전장에 남아 있는 흔적을 보는 것만으로도 죽음을 추적해 낼 수 있는 진리의 눈을 가지고 있어서였다.

"적이 강했다는 얘기인가?"

"네, 압도적이라고는 할 수 없지만 상처 전이를 썼던 것 같아요."

그녀의 말에 검은 갑옷에 달린 망토가 거칠게 휘날렸다. 돌아선 남자, 이카로스의 표정은 굳어 있었다. 상처 전이라는 말에 다른 사람들이 느끼는 것보다 훨씬 더 큰 충격을 받은 것이다.

그도 그럴 것이, 강철기사단을 이끄는 이카로스가 추구하는 길이 바로 흑기사의 길이었다. 그는 흑기사를 추구하며 필요한 모든 기술을 쓸 수 있었다. 하지만 겨울의 왕으로 추측되는 스프린터가 썼던 상처 전이만큼은 아직 익히지 못했다.

"그 말은 나보다 더 강한 적이었다는 건가?"

그 말엔 잔은 고개를 가로저었다.

"솔직히 거기까진 모르겠어요. 전장의 흔적으로 봤을 때 강하긴 했지만 불안한 점도 몇 가지 있었어요."

"그래?"

처음엔 이카로스의 사촌동생인 이카드의 복수를 위해서 강철기사단은 움직였다. 물론 복수심 따위로 이카로스가 움직인 건 아니었다.

어차피 이 세계에 들어온 이상 언제 어디서 죽는다고 하더라도 남을 원망할 건 없었다. 결국 죽음은 스스로 짊어져야 할 짐이었다.

이카로스가 움직인 이유는 바로 위신 때문이었다. 강철기사단장의 사촌동생이 죽었는데 마땅한 복수가 치러지지 않는다면 다른 세력에게 무시를 당할 것이고, 따르는 이들조차 진정으로 그를 믿고 따르지 못하게 된다.

그는 강철기사단을 건들면 어떻게 되는지를 시계대륙의 사람들에게 보여줘야 할 의무가 있었다.

이에는 이, 눈에는 눈이다. 이것이 강철기사단이 극소수로도 명맥을 유지하고 도적단이라는 악명을 떨치는 이유였다.

"어쨌든 재미있어지는군."

이카로스가 재미있다고 한 이유는 적이 상처 전이를 썼다는 것보단 잔이 죽음의 흔적을 보고 의문을 가졌다는 점이다.

'누군지 모르지만 내가 쓰지 못하는 기술을 쓰고, 잔의 눈마저도 혼란하게 만든 녀석이라는 거지?'

짧은 머리카락을 한 번 쓸더니 까칠까칠한 수염을 매만진 이카로스가 미소를 지었다.

"현재 그자의 위치는?"

"로그아웃을 했어요. 아마도 다른 세 명과 다시 만나기로 약속을 한 것 같아요."

이카로스와 잔의 시선이 자연스럽게 도시가 있는 북동쪽에서 순례자들이 지금 향하고 있는 묘지 입구로 향했다.

"한 가지 걱정이 되는 건 만약 그들이 로그인을 하는 시간에 순례자들이 묘지 입구를 지나간다면 정말 곤란한 상황이 된다는 거죠."

묘지 입구를 지키던 둘을 죽인 자가 이카드를 죽인 범인일 가능성은 높았다. 그렇기에 잔이 말한 상황은 그들에게는 더없이 꺼림칙한 경우였다.

만약 저 긴 무리 사이에서 나타난다면 아무리 잔이라고 하더라도 더 이상 추적을 하는 게 불가능했다.

"그럼 지금 순례자들을 막으란 말인가?"

그러나 그 방법 역시 여의치 않았다. 딱 잘라 말해서 그들이 순례자들에게 도시에 있으라는 경고를 한 진짜 이유는 시간을 끌기 위해서였다.

경고가 먹혀서 하루만 그들의 행렬을 늦추더라도 6월의 도시나 그 주변에 있는 동료들이 이곳에 집결할 수 있었다.

지금은 이카로스와 잔, 그리고 고작 해야 열 명 남짓한 인원밖에 없었다. 이 인원으로 200명이 넘는 순례자들을 막는 건 사실상 불가능했다.

"아직까진 저희 쪽 인원이 약해서 힘들 거라고 생각되는데요."

"넌 저들을 어떻게 보고 있지?"

이카로스가 말한 저들은 바로 순례자들이었다.

"단순히 오합지졸이긴 하죠."

"만약 저 행렬의 중앙으로 뛰어들어서 혼란을 일으킨다면 어떻게 될까?"

저 행렬을 꿰뚫고 무자비한 살생을 한다면 분명 분열이 일어날 것이다.

"아마도 대다수 흩어질 거예요. 하지만 저쪽에서도 만만하게 볼 수 없는 인물들이 많아요. 봄의 여왕은 무기와 갑옷이 좋은 것을 떠나서, 창을 쓰는 솜씨가 보통은 아니에요. 그리고 그런 그녀를 오랜 시간 동안 지켜왔던 쌍웅(雙雄)도 만만하게 볼 수 없어요. 무엇보다 겨울의 도시에서 온 슈네바이스리터가 있기에 저들 중에 반수 이상은 쉽게 물러서진 않을 거예요."

"사자크?"

사자크, 그는 시계대륙에서도 제법 유명한 인물이었다. 스프린터가 슈바리체리터를 대표하는 인물이라면 사자크는 바로 슈네바이스리터를 대표하는 인물이었다.

사자크만큼은 이카로스도 함부로 건들 수 없었다. 그를 추종하는 세력은 없다고 하더라도 순수한 힘은 이카로스와 엇비슷했다. 흔히 열 손가락 안에 드는 강자 중의 하나였다.

"해결책은?"

이카로스의 물음에 잠시 순례자들을 둘러본 잔이 어려울 것 없다는 듯 붉은 입술을 뗐다.

"지금 당장 저들을 치는 건 하책이겠죠."

"그럼?"

"순례자들이 입구를 지나는 짧은 시간 동안 범인으로 추정되는 남자가 로그인을 한다는 보장은 없어요. 확률적으로 본다면 상당히 낮죠. 그러니까 우선은 기다리는 게 상책이 아닐까요?"

"알았다. 일단은 이곳에서 지켜봐야겠군."

그 뒤로 그들은 침묵을 지킨 채 순례자들의 행렬을 주시하였다. 선두가 땅속에서 기어 나온 마물들을 신속하게 처리하였기에 행렬의 속도는 늦춰지지 않았다. 이대로라면 금방 묘지 입구를 지날 듯했다.

그러나 거기엔 잔이 미처 읽지 못한 변수가 도사리고 있었다. 묘지 입구에 도착한 순례자들이 갑자기 멈춰 선 것이다.

'아, 혈흔!'

잔의 눈빛이 흔들렸다. 그녀가 보았듯 묘지 입구에는 마물의 피와는 다른 유저의 핏자국이 여기저기에 남아 있었다.

순례자들의 선두는 그 혈흔을 보고 조사를 하고 지나갈 것이 뻔했다. 강철기사단의 경고가 있었던 만큼 혹시 모를 함정을 피하기 위해서.

"지연되는군."

순례자들의 행렬을 가만히 지켜보던 이카로스가 입을 열었다. 잔의 표정도 일그러졌다.

그녀의 실력으로도 한참 동안 조사를 한 끝에 추리할 수 있었다. 게다가 그녀는 사건이 일어나고 나서 열두 시간이 지났을 때쯤 조사를 한 반면 지금 순례자들은 24시간이 지난 사건을 조사하는 셈이었다. 그렇기에 순례자들 사이에 잔과 같은 눈을 가진 자가 있다고 하더라도 적어도 30분은 소요될 것이다.

'제길……'

잔은 속으로 욕을 하면서도 황혼이 내리는 묘지 입구에 서 있는 수많은 인파를 뚫어지게 직시하였다. 설사 지금 접속을 하더라도 찾아내겠다는 의지였다.

그러나 거기까진 아무리 추적에 능한 잔이라고 하더라도 무리한 욕심이었다. 한참이 지나서 순례자들이 함정이 없다는 사실을 파악했는지 다시 진격을 했다. 그사이에 로그인을 한 사람이 있는지 없는지 도저히 알 수가 없었다.

"보았나?"

이카로스의 질문에 잔은 고개를 가로저었다. 그녀가 보지 못했으니 이곳에 있는 어느 누구도 발견을 했을 리는 없었다.

"어, 어떻게 해야 할까요?"

갑자기 눈앞이 깜깜해진 잔이 어두운 표정을 지었다. 여기서는 이카로스의 결단을 기다리는 방법밖에 없었다.

"범인을 잡는 것도 중요하겠지만, 우리가 내린 경고를 무시한 순례자들을 곱게 보내줄 수도 없겠지?"

약육강식의 세계. 이곳에서 위신이 무너지면 그 세력의 결속력에는 금이 갈 수밖에 없다. 위신이란 건 강철기사단 같은 극소수의 무리에게는 생명과도 같은 것. 그것을 지켜야 했다.

"그 얘기는?"

"우선 이곳에 감시꾼을 두 명 정도 교대로 세우고, 나머지는 저 순례자들을 쫓는다. 그리고 6월의 도시에서 오는 일행이 합류하는 즉시 순례자들에게 강철기사단의 힘을 보여주는 거다."

강철의 의지를 품은 이카로스, 아무래도 격전은 피할 수 없을 듯했다.

"지원은 어떻게 할까요?"

"가을의 마녀에게 연락만 취하는 걸로 하도록. 하지만 그녀의 허락 따위는 필요없다는 것도 밝혀둬."

이카로스가 천천히 돌아서며 뒤쪽에 있는 열 명 남짓한 사람들을 둘러보았다.

"각오는 되었나?"

그의 말에 강철기사단의 눈빛이 하나같이 살기로 번들거렸다. 세상엔 정말로 독특한 사고를 가진 사람들이 많았다. 여기 있는 자들은 죽음의 세계인 이곳에서도 그 죽음을 초월한 스릴을 원하고 있었다.

"곧 주마. 너희들이 원하는 것을……."

*　　　*　　　*

강철기사단이 당당하게 선전포고를 해왔다.

스산한 안개가 자욱하게 감싸고 있는 묘지의 첫 번째 마을. 한 시간 뒤에 출발할 예정인 순례자들에게 마을을 나오게 되면 충돌을 피할 수 없을 거라는 경고가 내려졌다.

경고를 듣게 된 순례자들 사이에서 이런저런 이야기가 오갔다. 몸과 마음을 옭아매고 있는 짙은 안개는 한 치 앞도 알 수 없는 불온한 미래를 암시하는 듯했다.

"그래도 유라님이 해결해 주겠지?"

"어떻게 될까? 정말 도적놈들이랑 싸우게 될까?"

여러 의문점을 토로하던 순례자들은 고개를 들어서 마을 출구 쪽에 있는 3층 건물을 바라보았다.

지금 순례자들의 불안이 담긴 안개의 손길이 미치지 못하는 곳은 이 마을에서 저 건물뿐이었다. 유라와 순례자들의 수뇌부가 있는 곳이었다.

그러나 건물 안에 있는 봄의 여왕 유라의 아름다운 얼굴은 그리 밝지 못했다. 오랫동안 그녀를 지켜주어서 순례자들 사이에서는 쌍웅이라 불리고 있는 진홍빛 로브를 입고 있는 마법사 카이트와 격투가 레이니의 얼굴에도 고뇌의 흔적이 묻어 있었다.

레이니는 격투가라는 직업과는 어울리지 않게 상당히 섬세한 여성이었다. 그녀는 유라를 바라보며 강철기사단과의 충돌은 피해야 된다고 피력했다.

이와 반대로 성격이 불같은 마법사 카이트는 이번 기회에 자신의 힘을 한번 시험해 보고 싶다는 의사를 내비쳤다.

쌍웅 사이에서도 의견 조율이 되지 않았다. 그 외에도 전투가 벌어지면 활약을 예상할 수 있는 전사들도 의견을 제시하였지만 전부 제각각이었다.

PD는 뒤쪽의 그늘에서 음침한 침묵만 지켰다. 그는 은근히 충돌이 빚어지기를 원하고 있었다. 시청률 상승은 당연하고, 실제로 강철기사단과 순례자들이 부딪친다면 많은 사상자가 발생할 가능성이 높았다.

사회적인 파장에 신드롬까지 일으킬지도 모를 일이었다. 폐쇄적인 삶으로 영웅이 사라져 버린 현대에서 PD는 이들을 영웅으로 만들 계획까지 품고 있었다.

"사자크님의 의견은 어떠신가요?"

유라의 질문에 가장 믿음직스런 슈네바이스리터 사자크는 감고 있던 두 눈을 천천히 떴다.

"합류한 지 얼마 안 된 제 의견은 무시하셔도 괜찮다고 생각합니다. 여기서 오랫동안 활약을 해왔던 분들조차도 의견 조율이 어려운 상황이니까요. 아마도 결단을 내리는 것도, 책임을 지는 것도 결국 유라님이 아닐까요?"

유라가 답답한 공기에 숨을 깊이 들이마시며 고개를 끄덕였다. 어렵게 사자크를 등용한 마당에 이카로스를 두려워할 이유는 없었다. 그리고 사상자가 생겨서 일어나는 사회적인 파장에 대한 책임 역시 그녀보다는 PD가 고민할 문제였다.

단 하나 두려운 것이 있다면 강철을 쓰러뜨리면 가을의 마녀와 적대적인 관계에 놓인다는 점이었다.

"대화로 해결할 수는 없을까요?"

고민 끝에 나온 유라의 말에 뒤쪽에 있던 PD의 얼굴이 급격하게 어두워졌다.

"저쪽에도 위신이 있고, 반드시 그에 상응하는 대가를 치러야 할 것 같습니다. 의도하진 않았어도 마치 저희가 그 이카드를 죽인 범인을 보호해 주고 있는 상황이 되어버렸으니까요."

수뇌부 중에서 정보를 쥐고 있는 남자가 답을 주었다. 그 말을 들은 유라는 이마를 짚으며 조금 더 고민을 하다가 천천히 자리에서 일어섰다.

"이미 피하긴 어렵다는 말이겠죠? 그렇다면 저희는 계획대로 진격을 하겠습니다."

"그 말씀에 후회는 없겠지요?"

순백의 갑옷을 입고, 금발로 물들인 머리카락 사이로 부드러운 눈빛을 한 사자크마저도 그녀에게 다시 한 번 뜻을 관철할 것을 요구했다.

여기서 정확하게 말해야 옳았다. 진격이 아니다. 그녀가 지금 일어서서 한 말은 전쟁을 부르게 될 거라는 걸 인지하여야 했다.

"네, 어쩌면 시계대륙이 시작된 이래 가장 큰 전장이 될지도 모르겠군요. 그래도 물러설 수는 없겠지요."

"마을에 있는 순례자들에겐 어떻게 전해야 할까요?"

유라의 뜻이 전해진 이상 반대란 의미가 없었다. 조심스럽게 주먹을 풀던 격투가 레이니가 그리 물었다.

"4월의 도시에서 순례자들에게 했던 경고대로 전해주세요. 정말 죽을지도 모른다고요. 그들에게 어떻게 닿을지 모르겠지만 저희를 따라온다면 죽음을 각오해야 될 거라고요."

유라가 지시한 말은 곧바로 마을에서 대기하고 있던 순례자들 사이로 전해지게 되었다. 하지만 예상했던 것보다 혼란은 적었다.

왜냐면 지금껏 위험한 적이 단 한 번도 없었기에 실감을 하지 못하는 이유가 컸고, 무엇보다 강철기사단의 인원이라고 해봐야 서른밖에 되지 못하는 점도 한몫을 했다.

순례자들의 숫자는 200명이 넘었으니 강철기사단이 전투 집단이라는 사실조차 가볍게 여겨지고, 설마하니 자신이 죽겠냐는 안일한 생각을 하게 된 것이다.

물론 그중에서는 위험한 상황을 본능적으로 직감하고 로그아웃을 하는 이들도 나왔다. 딱 잘라 말해서 그들은 현명한 자들이었다. 하지만 로그아웃을 한 자들이 겁쟁이로 비춰지는 인식이 생겨날 정도로 지금 이곳은 정상이 아니었다.

그 순례자들 중엔 3일 전 묘지의 입구에서 우연히도 합류를 하게 된 서호 일행도 있었다.

안개의 축축함이 머리카락 사이로 스며들어서 시원한 느낌을 주는 이곳에서 서호는 사실 한 시간 전에 마을을 벗어나서 5월의 도시로 향하려고 했었다.

전에도 밝혔듯이 이들과 함께 행렬을 이룬다면 안전한 만큼 경험과 기술을 익힐 수 있는 기회도 줄어들었다. 이들의 힘에 의존해서 겨울의 도시까지 가봐야 그들이 할 수 있는 것은 아무것도 없었다.

그렇기에 3일 전 묘지 입구에서 일행과 만나서 첫 번째 마을인 이곳에 도착했을 때 두 시간 전에 출발을 할지도 모른다며 일찍 모였지만 강철기사단의 경고가 날아온 것이다.

거기까진 괜찮았지만 더 큰 문제는 그에게 있었다. 바로 부상이었다. 그가 사냥꾼에게 상처를 전이시킨 건 사실이지만 화살에 꿰뚫리는 순간 오른쪽 어깨에 받았던 충격은 순간적으로 오른팔이 떨어지는 것 같은 상처를 남겼다.

즉, 아무리 상처를 전이시키면서 퓨어를 통해 지속적인 통증은 받지 않았다고 하더라도 이미 받았던 충격까지 사라지진 않았던 것이다.

3일 전 묘지 입구에서 접속을 할 때보단 호전되었지만, 완벽하게 나았다고는 할 수 없는 상황에서 강철기사단과 조우한다면 정말 살길은 없었다. 여기선 괜한 고집을 꺾어야 했다.

　"두 번째 마을로 가는 방법, 어떻게 하는 게 나을까요?"

　서호의 질문을 듣고 맞은편에 앉아 있지만 짙은 안개로 인해서 희미한 모습의 나프카가 입을 열었다.

　"내일 출발하는 건 어때?"

　"내일요?"

　"고슴도치, 생각해 봐."

　순례자들보다 하루 늦게 출발한다면 강철기사단과 충돌할 일도 없고, 마물들을 사냥하면서 강해질 수도 있었다. 일석이조였다.

　언뜻 들으면 나프카의 의견은 괜찮은 것 같았지만 목에 생선가시가 걸린 것처럼 찝찝함이 들었다. 이럴 땐 초코와 아카에게도 의견을 구하는 편이 나았다.

　"나프카님 말씀도 괜찮은 것 같은데요?"

　서호의 왼편에 앉아 있던 초코가 동의했다. 하지만 서호의 오른편에 다소곳이 앉아 있는 아카는 짙은 안개로도 가릴 수 없는 커다란 눈망울로 일행을 둘러보더니 잠시 망설이는 눈치를 보였다.

　"아카는 어때?"

　"……."

　잠시 생각을 정리하던 그녀가 품고 있는 지팡이를 꽉 쥐면서 대답을 했다.

"확실하다고는 할 수 없어요. 하지만 하루 늦게 간다는 건 강철기사단을 두려워한다는 뜻으로 비춰지지 않을까요? 강철기사단에서 만약 하루 늦게 가는 저희를 발견한다면 아마도 의심할 것 같아요. 범인으로요. 이왕 늦게 가야 한다면 일주일 정도는 지나야 안전하지 않을까요?"

그녀가 단번에 핵심을 꿰뚫었다. 강철기사단에도 머리가 없진 않을 것이다. 그렇다면 적어도 일주일간은 이곳에 한두 명 정도를 붙여서 감시를 할 것이 뻔했다.

어쩌면 지금도 첩자라고 할 수 있는 자들을 심어두었는지도 모를 일이었다. 게다가 아무리 순례자들과 부딪쳐서 소진을 하더라도 강철기사단의 목적은 본디 악운의 산 정상에서 이카드를 죽인 범인을 찾아내는 것이었다.

"아저씨가 말한 인육순대지론이군."

서호가 주변에 감도는 안개처럼 흐릿한 미소를 지으며 말했다. 어느새 이론의 이름까지 완성이 되었다. 나프카도 아카의 말에 일리가 있다고 생각이 되었는지 고개를 끄덕였다.

"하지만 고슴도치, 넌 지금 같이 출발하고 싶은 거지?"

"먼저 가는 편도 위험하고 뒤에 가는 편도 위험하죠. 무엇보다 중요한 건 어차피 이 세계에서 위험하지 않은 길은 없잖아요. 언제 가더라도 상관은 없지만 늦출 필요는 없다고 생각해요. 왜냐면 저희는 이미 인육 순대를 팔아버렸으니까요."

"팔아버렸다고? 하긴, 고작 20실링에 팔아버렸지."

나프카가 씁쓸하게 웃었다. 시계대륙에서 오래 있었지만 살인이 이토록 지독하게도 물고 늘어진 적은 처음이었던 까닭이다. 서호가 오른팔을 매만지면서 마지막으로 상황을 정리했다.

"사실은 오늘 제 컨디션이 별로거든요. 이 기회에 이들과 같이 활동해 보는 것도 나쁠 건 없을 것 같아요."

"알았다. 그럼 그렇게 하자."

의외로 나프카가 쉽게 동의를 했다. 사실 나프카가 그의 의견을 인정한 이유는 다른 곳에 있었다.

정확하게는 4일 전, 4월의 도시에서 나올 때만 하더라도 정말로 얼음덩어리 같던 녀석, 그리고 3일 전 묘지 입구에서 다시 만났을 때도 그의 정신 상태는 무척이나 불안해 보였다.

지금도 차가워 보이긴 했다. 불꽃처럼 뜨거운 녀석이라고 생각을 했는데, 원래 얼음처럼 차갑고 딱딱한 성격이었는지 의심이 갈 정도였다.

그러나 오늘은 차분히 대화도 하고 은근히 농담도 던지고 있었다. 방금 전 서호가 말한 '인육순대지론' 의 명칭은 그의 입에서 지어진 것이었다. 무심코 한 말일지도 모르지만 그것만으로도 분위기는 상당히 편안해졌다.

그동안 그가 어떤 심적 압박을 겪었는지는 모른다. 하지만 조금은 풀린 기분이 들었다. 오른쪽 팔꿈치에 'Three' 의 낙인이 찍힌 것은 아마도 그 갈등을 이겨냈다는 증거가 아닐까 하는 생각까지 들었다.

그가 원래대로 돌아왔다면, 나프카는 강철기사단이 어떻게 나오든지 상관없이 안심할 수 있다고 믿고 있었던 것이다. 그렇게 갈 길을 정한 그들은 이제 50분 정도 있으면 출발하게 될 묘지의 첫 번째 마을에서 다시없을 여유로운 시간을 보내고 있었다.

강철기사단의 습격은 순례자들이 마을을 나와서 한 시간쯤 지났을 때 일어났다. 선두가 갑자기 튀어나온 마물들을 상대하는 사이에 행렬의 옆구리를 친 것이다.

이미 순례자들은 봄의 여왕 유라의 당부로 최소 네 명이 하나의 파티로 행렬을 이루고 있었다. 도망을 치는 것은 좋지만 절대 홀로 떨어져서 도망을 치지 말라는 의미였다.

머릿수는 순례자들 쪽이 압도적으로 많았기에 강철기사단에게서 벗어나기는 쉬웠다. 다만 잘못해서 주변에 어슬렁거리는 마물과 조우하게 된다면 혼자서는 이길 수 없음이 자명했기에 이 점만은 반드시 지켜달라고 부탁했다.

어쨌든 200명에 가까운 대인원이 네다섯 명씩 파티를 이루다 보니 갑작스런 습격에도 불구하고 의외로 행렬은 안정을 유지했다.

강철기사단의 하나하나가 강한 것은 두말할 나위가 없지만 순례자들은 서로가 서로에게 의지하면서 결집이 되었다. 물론 순례자들 대부분의 전투능력이 전무할 정도로 약하다는 진실이 외면하기에는 너무 무거웠다. 동시다발적으로 희생자가 나왔다.

"으흑!"

"크아아악!"

서호 일행도 짙은 안개 속에서 일어난 습격에 여기저기서 울려 퍼지는 비명 소리를 들을 수 있었다. 넷은 등을 꼭 붙이면서 언제 어디서 나올지 모르는 강철기사단의 공격에 대비했다.

"어떻게 할까?"

"저쪽으로 가보죠."

서호가 발을 내디딘 곳은 비명 소리가 가장 지독스럽게 울리는 곳이었다.

몇 걸음만 떨어져도 희미하게 보일 정도로 자욱한 안개가 지배되는 곳이기에 순례자들과 강철기사단의 행동 방식은 어느 정도 정해져 있다고 봐야 했다.

순례자들이 위험을 피해서 본능적으로 비명 소리가 들리지 않는 곳으로 간다면, 그들을 죽이려는 강철기사단도 비명 소리가 울려 퍼지는 쪽보다는 없는 곳으로 갈 것이 뻔했다.

그러니 여기선 오히려 비명 소리가 질러지는 곳으로 간다면 강철기사단과 조우를 하더라도 소수일 가능성이 높았다. 서호는 일행에게는 말하지 않았지만 혼자서 강철기사단을 둘이나 죽인 경험이 있었다.

무엇보다 지금은 공격력이 뛰어난 나프카와 초코, 그리고 그들을 완벽하게 지원해 주는 아카까지 있었다. 강철기사단 한둘을 두려워할 이유는 그들에게 없었다.

"으으!"

바로 앞에서 우는 것 같은 신음 소리가 들려왔다. 안개가 서서히 걷히며 눈앞에 끔찍한 상황이 펼쳐졌다.

서호 일행처럼 파티를 이룬 순례자들이 주변에 널브러져 있었고, 마지막으로 남은 한 명의 순례자가 검과 방패를 든 남자에게 쫓기고 있었다.

"어, 엄마!"

개처럼 기면서 쫓기는 순례자가 처절하게 울부짖었지만, 아쉽게도 그는 더 이상 부모의 얼굴을 볼 수 없게 되었다. 뒤에서 쫓던 남자가 기어가는 순례자의 발목 부분을 검으로 끊어버린 것이다.

촤악—!

양쪽 아킬레스건이 동시에 끊어지자 순례자가 비명을 지르면서 엎어진다. 이제 순례자는 두 팔의 힘만으로 기어가며 살려고 발버둥을 쳤다. 하지만 뒤에 있던 남자는 비정하게도 순례자의 뒷목에 칼날을 쑤셔 넣었다.

마치 싱싱한 곤충에게 핀을 꽂아서 박제를 하듯, 검으로 목을 꿰뚫어 버린 남자가 그 검의 손잡이를 비틀었다. 핏물이 폭발하면서 안개로 번지고, 자연스럽게 붉은 안개가 주변으로 퍼져 나갔다.

'강하다!'

서호가 감탄 아닌 감탄을 했다. 정보에 의하면 강철기사단의 단장 이카로스는 흑마를 보유하고 있고, 잿빛이 감도는 검은 갑옷을 입고 있다고 했다.

흑기사의 전형적인 모습을 하고 있으니 어렵지 않게 알아볼 수 있었다. 그렇다는 건 지금 혼자서 무자비하게 순례자 넷을 죽인 남자는 이카로스가 아니라는 뜻이었다.

이카로스는커녕 입고 있는 갑옷조차 흔해빠진 종류였고, 그나마 전투 집단이라는 사실을 암시하는 피에 젖은 검과 방패만이 안개 속에서 잔혹한 빛살로 번쩍였다.

강철기사단에서 그리 높은 위치에 있는 것 같지도 않은데 예상외로 강했다. 단언컨대 묘지 입구에 있던 두 남자와는 비교조차 할 수가 없었다.

"꺼지는 게 좋을 거다."

남자의 묵직한 목소리가 서호 일행에게도 뻗어왔다. 하지만 그 경고를 무시한 순례자가 하나 있었다. 그의 등 뒤에서 기습을 하기 위해서 호리호리한 체구를 가진 순례자가 쌍검을 들고 덤벼들었다.

"방금 한 말을 듣지 못한 건가?"

이미 남자는 쌍검이 바람을 그을 때부터 기척을 느꼈는지 코웃음을 치면서 순식간에 돌아섰다.

자신을 향해서 살벌하게 휘둘러지는 쌍검을 노려본 남자, 그가 방패를 들어서 쌍검을 강하게 후려쳤다. 강렬한 충격이 일어났고, 한순간에 무기를 놓쳐 버린 순례자가 미처 인지하기도 전에 찌르기를 구사해서 심장을 꿰뚫었다.

"커헉!"

정말 눈 깜짝할 사이에 치명적인 일격이 가해졌다. 쌍검으로 저항했던 순례자는 마른 볏단이 되어 힘없이 고꾸라졌다.

"만용이 죽음을 부르는 죄가 되는 곳이다, 이곳은."

강철기사단의 악명은 괜히 있는 것이 아니었다. 이곳에 마지막으로 남은 순례자가 악을 지르며 덤벼들었지만 가볍게 휘둘러진 검에 목이 깊숙이 베어지며 쓰러졌다. 닿는 모든 것을 멈추게 만드는 남자, 그가 천천히 고개를 돌려서 서호 일행을 노려보았다.

"네 녀석들도 죽을 거냐?"

남자가 그렇게 말하며 걸어왔다. 한 걸음 한 걸음 걸어올 때마다 폭발하는 험악한 기운에 서호는 자신도 모르게 굳어버렸다.

남자의 몸에서는 살기가 터져 나와 주변의 모든 것을 쓸고 있었다. 수십 개의 칼자루가 눈 깜짝할 사이에 날아와서 서호의 몸을 관통하는 듯했다. 살기만으로 이미 서호는 죽은 것이다.

"아아악!"

그때 갑자기 뒤쪽에 있던 초코가 비명과도 같은 고함을 지르면서 활을 매겼다.

'성급하다!'

정면에서는 방패에 가로막힌다는 사실을 서호는 직감했다. 어쩌면 걸어오는 남자의 살기에 도발이 묻어 있는지도 몰랐다. 그 도발에 초코가 꼼짝없이 걸려든 것이다. 그렇지 않고서야 이렇게 흥분해서 공격을 할 리가 없었다.

통—!

스치기만 해도 치명적인 상처를 주는 푸른빛이 도는 독화살을 매긴 초코가 활을 쏘았지만 남자는 한쪽 입꼬리를 올릴 뿐이었다. 방패를 들어 올리더니 한 치의 오차도 없이 방패의 날이라고 할 수 있는 부분으로 날아오는 화살을 쳐서 부러뜨렸다.

'뭐, 뭐야?'

서호의 눈동자가 크게 떨렸다. 초코는 방어력이 약한 대신에 일행 중에서 가장 강한 공격력을 가지고 있었다. 마물들과 싸운 경험이 쌓여 아무리 도발에 걸렸다고 해도 빠르고 정확하게 목표를 겨냥할 수도 있었다.

거기다가 독까지 발라져 있기에 치명적인 공격임을 의심할 여지가 없었다. 그 공격을 방패로 막아낸다는 것은 이해할 수 있었지만, 타이밍을 맞춰서 방패를 휘둘러 화살을 부러뜨릴 줄은 상상도 못했다.

그 광경을 보고 서호는 확실히 깨달았다. 방금 그 방패 기술이야말로 기사가 추구해야 하는 가장 완벽한 길이었다.

천천히 다가오는 남자를 보고 이번엔 아카가 공격을 했다. 지팡이를 치켜들면서 마법을 시전하자 초코도 다시 화살을 매겼다.

아카가 마법으로 노린 곳은 남자의 발목 부위였다. 움직이지 못하게 만들어서 초코나 나프카의 공격이 효율적으로 들어갈 수 있도록 만들려는 생각이었다. 곧바로 초코가 화살을 쏘았으니 둘의 손발은 잘 맞아떨어졌다.

그러나 아카의 주문을 들은 남자는 일찌감치 걸음을 멈추더니 기합을 지르면서 방패로 공간을 그었다.

충격파였다. 방패에서 돌풍이 일어나면서 아카의 얼음가시도, 초코의 화살도 파장에 밀려나 주변에 떨어져 버렸다.

"뭐야? 저 새끼, 장난 아닌데? 뭐 저렇게 강해?"

나프카가 투덜거리더니 몸을 날린다. 재빠르게 달려간 그가 힘껏 땅을 차면서 뛰어올랐다. 그의 장기라고 할 수 있는 기술이었다.

공중에서 떨어지면서 몸을 회전시킨다. 양손에 쥐고 있던 단검이 눈으로 쫓기 힘들 정도로 휘둘러지면서 섬광이 뻗쳤다. 저

섬광의 강렬함은 여기까지 오는 동안 수많은 마물들의 죽음이 증명했다. 그야말로 섬멸의 빛이었다.

"분명 만용이 죽음을 부르는 죄라고 했을 텐데?"

떨어지는 나프카의 신형에서 뻗어 나오는 촘촘한 섬광을 보면서도 남자는 여유를 잃지 않았다. 아예 들고 있던 방패를 던졌다.

탁—!

날아온 방패에 가로막히게 된 나프카는 순발력을 살려서 그 방패를 밟고 더 높이 도약했다. 그의 신묘한 발놀림은 어떤 물체라도 무조건 밟고 뛸 수 있었던 것이다.

"지랄하지 마!"

안개 때문에 보이지 않을 정도로 높이 떠오른 나프카의 목소리만이 전장을 울렸다.

"오호?"

나프카의 민첩성에는 남자도 조금 의외라는 눈빛을 했다.

"제법 놀 줄 안다는 말이냐?"

남자는 그렇다면 그에 상응하는 벌을 주면 된다는 표정을 지었다. 나프카가 떨어지기 전에 남자가 발치에 쓰러져 있던 시체 하나를 왼손으로 들었다.

"하아압!"

완력도 상당했다. 한 손으로 시체를 들어 올리더니 기합을 지르자 검은 기운이 스멀스멀 일어나더니 시체로 스며들었다.

"이건 어떨까?"

남자는 지금 이 순간을 즐기고 있었다. 크게 소리쳐 물은 그가 떨어지는 나프카를 향해서 시체를 던졌다.

나프카도 자신을 향해서 날아오는 시체를 보고 아찔한 표정을 감추지 못했다. 지금 남자가 어떤 기술을 썼는지를 짐작한 것이다.

"시체 폭발!"

서호가 자신도 모르게 소리쳤다. 제발 그의 예측이 틀리길 바라며 눈을 부릅떴다.

퍼엉—!

안타깝게도 서호의 바람을 무시하고, 시체는 떨어지는 나프카의 앞까지 날아가서 거침없이 폭발했다. 하늘에 피로 물든 안개가 광활하게 퍼져 나갔다.

투두둑—! 두둑—! 픽—!

산산조각이 난 시체와 폭발의 충격을 고스란히 안은 나프카의 몸이 땅바닥에 떨어지는 소리가 들렸다. 저편으로 떨어졌는지 나프카의 모습은 보이지도 않았다.

강했다. 이토록 강한 자는 지금까지 단 한 번도 본 적이 없었다. 자연히 서호의 손바닥에 식은땀이 흘렀다. 검을 쥐고 있는 팔에 4일 전에 겪었던 통증이 일어나서 아려왔다. 하지만 그는 마음을 단단히 먹었다.

'기사는 물러나지 않는다! 그 어떤 상대를 두더라도!'

나프카의 생사는 불투명해졌지만 그에게는 아직 지켜야 될 자들이 있었다. 게다가 아카와 초코는 단순히 지켜야 할 자들이 아니라 공격 지원도 해줬다.

'강한 건 사실이지만 꼭 진다는 보장은 없다!'

서호가 검과 방패를 꽉 쥐었다. 하지만 남자는 그의 각오 따위는 관심도 없는 표정을 지으며 차가운 현실을 논하였다.

"셋 남았군."

"닥쳐!"

전신에 힘을 불어넣은 서호가 내달리기 시작했다. 이 세계, 시계대륙에 와서 만난 가장 강한 남자를 향해.

강철기사단의 습격을 예상했다고 하더라도 유라가 있는 선두는 뒤쪽에서 일어난 혼란에 지원을 할 여력이 없었다. 그녀의 시선은 전방에 고정되어 있었다.

"하앗!"

오른손으로 창대를 쥐고, 왼 손바닥으로 창의 끄트머리를 쳐서 공간의 숨통을 끊을 듯이 찔렀다.

파악—!

앞에서 달려오던 스켈레톤의 갈비뼈가 산산조각이 나면서 쓰러진다. 그녀뿐만 아니라 선두에 있던 자들의 솜씨는 군더더기가 없었다. 4월과 6월 사이를 오가면서 이미 이런 마물과의 전투는 지겹도록 겪어온 자들이었다.

"끝났나요?"

전방에서 덤벼오던 마물들은 대부분 무찔렀다. 이제 후방에서 일어난 습격을 막으러 가려는 그들의 앞에 기다렸다는 듯이 짙은 안개를 뚫으며 몇몇의 인영이 접근해 왔다.

처음으로 모습을 드러낸 자는 흑마를 타고 검은 갑옷과 검은 투구로 무장을 한 기사였다.

'이카로스?'

그 뒤로 자그마치 스물이 넘는 강철기사단이 안개 속에서 살벌한 무기를 번쩍이며 걸어오고 있었다. 온몸이 저려올 정도의 살기가 그곳에서 일어났다. 후방을 도와준다는 생각은 꿈도 꿀 수 없었다.

이곳을 비워서 전력을 뺀다면 자칫 잘못하면 선두부터 괴멸될지도 몰랐다. 강철기사단의 모습을 발견하자마자 몇몇이 재빨리 유라를 지키기 위해서 그녀의 앞을 둘러싸며 벽을 만들었다. 순례자들 중에서도 상당히 믿음직한 자들도 구성되어서 친위대라고 불리는 이들이었다.

"시작될 것 같군요."

후방에서 들려오는 비명 소리와 전방의 적막은 긴장감을 극대화시켰다. 폭풍 직전의 고요란 바로 이런 상황을 두고 하는 말이었다.

침묵이 감도는 전장에서 흑마가 부레질을 하는 소리가 나더니 고삐로 재촉을 했는지 거칠게 달려오기 시작했다.

"막아!"

"죽여 버려!"

마물과는 수도 없이 싸워왔던 순례자들이었지만 이토록 악명 높은 자들과 전장에서 마주치는 건 처음이었기에 쉽게 평정을 잃을 수밖에 없었다. 그들은 하나같이 마음속을 갉아먹는 공포를 억누르기 위해 공격적인 고함을 지르면서 달려오는 흑마를 찌르려 했다.

하나 흑마와 부딪쳤을 때에야 비로소 그들은 깨달을 수 있었다. 마치 강철로 만들어진 장갑차와 충돌한 것 같았다. 순례자들이 무기를 들고 베거나 찌르려 했을 때는 이미 그들을 치고 난 후 저편에 가 있었다.

정신을 차리고 보니 순례자 중 하나의 어깨가 깊숙이 베어진 뒤였다. 비명과 함께 핏물이 터져 나온 건 이미 다른 순례자의 목이 베어진 뒤였다.

안개를 꿰뚫으면서 돌격을 해오는 흑기사에 의해 한쪽 벽은 순식간에 붕괴가 되었다.

흑마와 하나가 된 기사가 미친 듯이 전장을 누비며 검을 휘두른다. 마치 자신에게는 생명이 없는 것처럼 방어도 하지 않고 피 안개를 여기저기서 터뜨렸다. 믿기지 않지만 단 일 기가 부른 혼란이었다.

"아아악!"

"이런 개새끼!"

공포와 고통에 찬 울부짖음이 순례자들에게서 일어났다. 정말이지, 이 묘지에 잠든 악독한 기사가 다시 환생이라도 한 것 같았다.

섬세하고 예리하게 휘둘러지는 흑기사의 검은 그 누구도 일합을 견뎌내지 못하고 엉덩방아를 찧거나 치명적인 상처를 입었다.

눈 깜짝할 사이에 정확히 다섯이 부상을 당했고, 둘이 치명상을 입어서 손쓸 틈도 없이 죽어갔다. 모두에게 처절함이 끼얹어진 시간이었다.

"카이트! 레이니!"

유라의 고함을 듣고 쌍웅이 흑마를 탄 기사를 멈추기 위해서 달려들었다. 그 와중에도 미소를 짓고 있는 자가 있었으니 바로 PD였다.

귀신처럼 전장을 누비는 흑기사와 힘없이 튕겨 나가는 순례자들. 이 모든 영상이 실제로 방영된다고 생각하니 짜릿함에 오르가즘이라도 느낄 것 같았다. 미칠 것 같았다.

어쩌면 PD는 이미 흑기사가 퍼뜨리는 살인의 절대적인 광기에 전염이 된 건지도 몰랐다. 유라의 당황하는 표정까지도 놓치기에는 너무도 달콤했다. 언제나 고고하고 당당한 표정을 짓고 있던 그녀의 흐트러진 모습은 수많은 시청자들에게 현실감과 동정, 애욕을 동시에 느끼게 해줄 것이었다.

'더! 더!'

이곳을 수라로 만드는 흑기사와 그를 멈추기 위해서 마법을 쓰고 축지를 쓰는 쌍웅의 싸움은 마물과의 지루한 전투와는 차원이 달랐다. 그때 뒤쪽에 대기하고 있던 스무 명에 이르는 강철기사단마저 순례자들을 향해서 돌격을 해왔다.

PD가 입이 찢어질 정도로 웃는 반면, 봄의 여왕 유라의 표정은 무시무시할 정도로 변해 있었다. 그녀는 더 이상 참을 수가 없었다. 친위대를 물린 그녀가 창을 치켜들고 앞으로 내디뎠다.

"좋아! 이곳을 지옥을 만들겠다면 귀신이 되어주면 되잖아!"

무고한 순례자들의 죽음에 그녀의 쌍안에선 분노로 지펴진 불길이 활활 타올랐다. 그 누구도 유라의 분노를 잠재울 수 없을 것 같았다.

그러나 그런 유라의 어깨를 무겁게 짓누르며 붙잡은 남자가 있었다. 순백의 갑옷을 입고 있는 금발의 기사, 지옥이 되어버린 묘지와는 사뭇 어울리지 않는 사자크였다.

"갈 필요는 없을 것 같습니다."

"무, 무슨 소리예요?"

그의 눈에는 지금 강철의 이카로스와 쌍웅이 치열하게 싸우는 광경이, 강철기사단과 순례자들이 서로의 목숨을 끊는 광경이 보이지 않는 듯 무척이나 차분했다.

"본래 전장의 중심에 서면 사람은 쉽게 평정심을 잃게 마련입니다."

사자크가 유라의 심장 박동을 늦추기 위해 일부러 진중하게 말을 했다.

"네?"

"유라님이 가져야 할 것은 평정심입니다. 여왕이 이 혼란에 흔들린다면 순례자들은 정말로 전멸할지도 모릅니다."

"무슨 말씀이시죠?"

"앞으로 이런 전장을 헤쳐 나가기 위해서는 깨달아야 한다는 겁니다. 반드시."

사자크가 차분하게 말을 하는 와중에도 비명 소리는 끊이지 않고 있었다. 그녀를 믿고 있던 누군가가 죽어가고, 또 누군가는 도망을 치고 있었다.

이 지옥에서 오직 사자크만이 고귀하게 핀 백합처럼 흔들리지도 굽히지도 않고 곧게 피어 있었다.

"두 눈을 뜨고 저 흑기사를 잘 보십시오."

유라의 마음은 다급하게 쫓기고 있었지만 지금 사자크의 말을 무시할 정도로 분노가 이성을 태운 건 아니었다.

그녀는 심호흡을 하면서 쌍웅을 유린하듯이 흑마로 전장을 누비며 안개 속으로 사라졌다가 갑작스럽게 나타나는 흑기사를 직시하였다.

"저 기사는 왜 검을 고집할까요?"

"강철의 이카로스는 검을 잘 쓰잖아요?"

"안개가 짙게 서린 전장을 마음껏 누비는 기마를 타고 공격을 하기에는 저런 검보다는 찌르기가 적합한 창의 효율이 좋습니다. 만약 저 흑기사가 창을 들었다면 부상자는 나오지 않았을 겁니다. 전부 사상자로 처리를 할 수 있었을 테니까요."

"그 말뜻은?"

"그럼에도 불구하고 저 흑기사가 검을 쓰는 건 바로 강철의 이카로스가 검을 잘 쓰기 때문이 아닐까요? 아니, 검을 잘 쓴다는 인식이 박혀 있기 때문이 아닐까요?"

"그 말씀은?"

"자세히 보면 이카로스의 전투 방식이라고 할 수도 없습니다. 이카로스는 기사입니다. 기사란 일단 방패를 든다면 그걸로 공격을 할 정도로 방패에 대한 집착이 강하고 잘 활용하는 자들입니다."

그 말을 증명하듯이 사자크는 자신의 방패를 꽉 쥐었다.

"하지만 저 흑기사는 어떻죠?"

흑기사를 바라보고 있던 유라의 눈빛이 흔들렸다. 분명 검과 방패를 쓰는 듯 보이지만 실상 방패는 거의 사용하지 않았다.

오히려 탁월한 기마술로 공격을 회피하면서 쌍웅을 희롱하고 있었다. 사자크의 말을 들은 유라의 머릿속에 묘한 의혹이 박혔다.

"아마도 강철기사단은 저희와는 달리 수많은 실전 경험을 가지고 있을 겁니다. 실전 경험이 많은 짐승이 적에게 쉽사리 치명부인 머리를 내보일 리는 없겠죠."

"그렇다면?"

"창을 쓰지 않고, 검을 휘두르는 방식조차도 의심스럽고, 방패까지 잘 활용하지 못하고 있습니다. 거기다가 투구까지 쓰고 있군요. 이카로스가 흑기사의 길을 추구한다고 들었는데 그 말이 거짓이 아니라면 무슨 일이 있어도 투구는 쓰지 않았을 겁니다. 왜냐 하면 모든 무리의 중심에 뛰어들어서 혼란을 부채질하는 흑기사에게 시야를 조금이라도 가리는 투구는 불필요한 것이니까요. 만약 흑기사가 투구를 썼다면 그건 이미 절정에 이르렀다는 뜻입니다."

흑기사면서도 투구를 쓸 정도로 여유를 가진 자는 단 한 명밖에 없었다. 겨울의 왕으로 추측되는 스프린터였다. 다른 건 몰라도 실제로 스프린터를 본 사자크는 이것 하나만큼은 알고 있었다.

"결국?"

"네, 저자는 이카로스가 아닙니다."

사자크의 예상은 적중했다. 지금 쌍웅과 비등한 솜씨로 싸우는 자는 강철기사단에서 서열 2위인 잔이었다.

"아직 이카로스는 전장에 참여하지 않고 전세를 살피거나,

아니면 허름한 차림으로 위장을 한 뒤에 행렬의 후방을 지옥으로 만들고 있는 건지도 모르겠군요."

그 말에 유라의 시선이 비로소 후방으로 향했다. 아무런 반항도 하지 못하는 순례자들을 학살하기에는 강철의 이카로스 혼자서도 부족함은 없었다.

"유라님은 어느 쪽이 더 위험하다고 보십니까? 눈에 보이는 강함과 눈에 보이지 않는 강함, 이건 어쩌면 강철이 유라님에게 낸 숙제인지도 모르겠군요."

남자는 호랑이의 눈을 가지고 있었다. 짧은 머리카락과 까칠까칠하게 난 수염은 마초 기질이 다분했다.

기골이 장대할 뿐만 아니라 혼자서 순례자들을 도살하는 참혹한 광경을 연출하면서 뻗어진 살기로 꼭 거인처럼 보였다.

그 남자를 향해 서호가 달려갔다. 고목처럼 우뚝 서 있는 그에게 상단세를 취하며 달려간 서호가 검을 내려쳤다. 벼락처럼 하늘에서 땅으로 떨어지는 섬뜩한 빛살이 안개마저 갈라놓았다.

사악―!

검극은 마치 늑대의 송곳니처럼 남자의 이마를 찍으려 했다. 하지만 그는 오만한 눈빛으로 떨어지는 칼날을 응시하기만 했다.

"느리다."

남자가 내린 결론은 냉정했다. 서호의 휘둘러진 검이 남자의 이마에 닿으려는 찰나, 검보다 더 빠르게 자세를 숙이더니 폭발하듯이 한 손에 쥔 검을 출수했다. 찰나에 펼쳐진 발검이었다.

칭—!

검과 검이 부딪치는 순간, 그 충격은 서호의 전신을 거칠게 뒤흔들었다.

"크윽!"

검속의 극명한 차이가 서호에게는 절망적인 결과로 다가왔다. 그가 온 힘을 다해서 휘두른 검이 남자의 눈엔 슬로우 모션처럼 보였고, 마치 정지해 있는 검에 남자가 검을 내려친 것이나 마찬가지인 형국이었다. 때문에 충돌의 여파는 전부 서호가 뒤집어썼다.

거칠게 튕겨 나간 서호가 볼썽사납게 엉덩방아를 찧었다. 양 손바닥이 저려 와서 검까지 놓쳐 버렸다.

"아직 검을 쓰는 법도 모르는군."

이 상황에서 남자는 우습게도 서호를 훈계하고 있었다. 그 실력으로 용케 덤벼온다는 뜻이었다.

"뭐라고?"

물론 남자의 말이 현실이라는 것은 안다. 지금껏 서호가 뛰어난 활약을 해왔던 건 검을 잘 썼기보다는 본능과 진하게 각인된 방패 기술이었다.

실상 그의 검술은 마물에게도 잘 통하지 않을 정도로 부실했다. 이카드에게도 통하지 않았고, 창기사와의 경합에서도 튕겨져 나가긴 마찬가지였다. 그자들에게도 통하지 않았는데 그들보다 훨씬 강한 이 남자에게 통할 리는 없었다.

"기사가 위대한 이유는 다른 사람들이 검과 마법을 연마하여 타인을 죽이는 연구를 할 때 그것을 능가하여 방패로 타인을 지키는 기술까지 연마하기 때문이다. 검이 기초가 되지 않는다면 네 녀석이 쥐고 있는 그 방패에는 아무런 위력도 없다."

엉덩방아를 찧은 서호의 앞으로 한 걸음 다가온 남자는 그렇게 말하며 눈으로 쫓기 힘들 정도로 빠르게 검을 휘둘렀다.

"이것이 검이다."

어디에서 시작되어 어디에서 끝이 나는지 보이지 않았다. 다만 서호의 앞 머리카락이 '싹둑' 하고 베어졌다. 그리고 입고 있던 상의도 베어지면서 가슴에 빨간 줄 하나가 그어졌다.

화끈한 통증과 함께 가슴에서 핏물이 터졌지만 그 충격보다 눈 깜짝할 사이에 두 번이나 검에 베였다는 사실이 더욱 놀라웠다.

"이거 실언이었군. 갑옷조차 입지 않는 자를 기사라고 부르는 건 무의미하겠군."

보이지 않기에 두려움의 정도를 정할 수 없는 검이었다. 엉덩방아를 찧은 채 굴욕까지 당한 서호의 인상이 안쓰러울 정도로 구겨졌다.

남자의 말대로 그는 검을 모른다. 하지만 이것만은 알고 있었다. 비록 형편없는 방패였지만, 이 방패로 지난날 수없이도 많은 위기에서 목숨을 구한 바가 있었다.

"닥치라고 했지!"

고함을 지르면서 방패를 치켜들자 강렬한 돌풍이 땅 밑에서부터 솟구쳤다. 몸 안에 있던 힘이 한순간에 방출되면서 거친 충격파가 일어났다.

"오호!"

재빨리 두세 걸음 물러선 남자는 호기심 어린 눈빛으로 서호를 바라보았다. 솔직히 남자는 검조차 제대로 휘두르지 못하기에 그를 얕보았다. 하지만 방금 일으킨 충격파는 정말이지 손색이 없었다.

충격파는 기사의 기술 중에서 특이하게도 패기(覇氣)로 발휘되는 기술이었다. 왜냐면 충격파를 쓰는 술자의 몸은 그 충격파의 중심에 있기 때문에 그만큼의 전기 충격을 감당하면서 발현했다.

즉, 패기만큼은 부실한 검술과는 달리 강하다는 것을 보여준 것이다. 그때야 비로소 서호가 들고 있는 검이 남자의 눈에 들어왔다.

그 검은 4월의 도시에서 흔하게 구할 수 있는 늑대의 검이었다. 하지만 검신에 새겨진 은빛 늑대의 문양은 흔하지 않았다. 은랑의 검이라고 불리는 유니크 웨폰이었다.

"네 녀석, 그 검 어디서 났나?"

천천히 일어선 서호가 검을 겨누었다.

"대답해야 하냐?"

"악운의 산 정상에서 주웠나?"

"빼앗았다."

굳이 숨기고 자시고 할 필요를 못 느꼈다. 아직까지도 검이 맞부딪쳤을 때의 충격이 온몸에 남아 있는데, 언제나처럼 충격파의 통증이 서호의 신경을 긁고 있었다. 그 충격파가 무위로 돌아갔다는 사실에 지금 그는 악에 받친 눈빛을 하고 있었다.

"네 녀석이 범인이었군."

"그 녀석이 먼저 시비를 걸었을 뿐이다."

"의외군. 이렇게 쉽게 찾아낼 줄이야. 영리하진 않은 것 같아. 보통 한 달 정도는 접속을 안 하는 게 옳지 않나?"

"네 녀석은 그러나 보지? 아무런 죄도 없는데 주변에 무서운 게 있으면 피하고 보나 보지?"

기광이 번쩍이는 눈빛으로 또박또박 대답을 하는 서호. 그 말을 들은 남자가 속으로 미소를 지었다. 생각해 보니 자신이 그의 입장이 되었더라도 피할 건 없었다. 오히려 더욱 당당하게 나섰을 것이다.

"이름이 뭐냐?"

"뭐?"

"묘비 정도는 만들어줄 가치가 있다고 생각해서 묻는 거다."

"크로다. 네 녀석의 이름은?"

남자의 이름을 되묻는 의미 역시 묘비를 만들어주겠다는 뜻이었다. 서호의 겁없는 질문에 남자는 검을 가슴에 붙이며 입을 열었다.

"내 이름은 이카로스다. 기억하기 어려우면 그냥 '강철' 이라고 적어주면 된다."

이카로스. 그의 정체를 알고 동요가 되지 않았다면 거짓말이다. 분명 강철기사단의 둘을 혼자서 죽인 경험이 있는 서호였기에 눈앞에 있는 자가 이상할 정도로 강하다는 생각은 했다.

그러나 설마 그가 이카로스라고는 예상치 못했다. 이렇게 쉽게 만날 줄은 상상도 못했던 것이다. 물론 이는 이카로스도 마찬가지였다. 둘의 머릿속에는 자연스럽게 지나친 우연이라는 생각이 들었다가 이내 지워졌다.

우연은 없었다. 있다면 필연이며, 그것은 숙명으로 거듭나는 것이다.

"방금 전 충격파로 이카드를 죽인 건가?"

여기서 이카로스조차도 예상하지 못한 점이 드러났다. 서호가 이카드와 싸울 때는 아무런 무기도 들고 있지 않았다는 사실이다. 그저 산산조각이 나버린 방패 조각을 땅바닥에서 주워 들고서 싸웠다.

"방패로 죽이긴 했지."

"그렇군. 그럼 그 방패부터 없애주마."

이카로스가 다시 성큼 다가오면서 검으로 찌른다. 서호는 이번만큼은 쉽사리 당할 생각이 없었다. 방패를 치켜들면서도 재빨리 뒤편으로 물러섰다.

푸욱—!

분명 회피를 했다고 생각했는데, 이카로스가 찌른 검극은 이미 방패를 꿰뚫고 있었다.

"하압!"

기합 소리와 함께 이카로스가 손목을 돌려서 쥐고 있던 검의 손잡이를 비틀자, 그 힘이 고스란히 칼날에 전해지면서 방패 한쪽을 완벽하게 파손시켰다.

"이것으로 방패는 없어졌다."

놀림을 당하고 있었다. 기분이 더럽지 않을 리가 없었지만 서호는 억지로 입꼬리를 올렸다.

'왜 웃는 거지?'

작은 의문을 품으면서 이카로스는 또다시 뒤로 뺐었던 발을 힘껏 내디디면서 검을 사선으로 그었다. 하지만 이때 서호가 물러서지 않고 무모하게도 검을 휘둘렀다.

치잉—!

안개마저 태워 버릴 정도로 화려한 불꽃이 일어났다. 방금 충돌로 서호는 어김없이 튕겨 나갔지만 이카로스의 얼굴에도 의외라는 빛이 어리었다.

처음 일 합과는 달랐다. 검을 쥐고 있는 이카로스의 손이 미세하게 떨릴 정도로 부딪칠 때의 충격이 전해졌다.

'검속이 빨라졌다는 건가?'

이카로스에게도 충격이 전해졌다는 것은 서호의 검이 더 빨라진 이유밖에 없었다. 조금은 놀란 눈빛으로 노려보자, 서호는 거칠게 흔들리는 몸을 바로잡으면서 더욱 진해진 미소를 지어 보였다.

"알겠어. 발끝에서부터 나오는 거군."

"오호?"

서호는 남자의 정체가 이카로스라는 사실을 알게 되면서 가장 중요한 사실도 깨달았다. 지금 자신이 추구하는 길에서 교과서적인 인물을 눈앞에 두고 있다는 사실이었다.

모르면 배우면 되었다. 지금껏 서호는 어깨를 이용해서 검을 휘둘렀지만 이카로스의 검은 어깨에서 나오지 않았다.

옆구리도 아니고 허리도 아니고, 바로 발끝에서부터 시작되고 있었다. 여기서부터 속도와 완력의 차이가 났던 것이다.

방금 전 서호는 이카로스를 흉내 내듯 검을 휘둘러 보았다. 익숙하지 않아 정확성은 떨어졌지만 어쨌든 검속만큼은 비등하게 따라갈 수 있었다.

'할 수 있다!'

이런 방식으로 검을 자유자재로 쓸 수 있다면 강해질 수 있다는 믿음이 생겼다. 무엇보다 그의 몸 안에는 이 일깨움만으로도 금세 자신의 것으로 만들 수 있는 잠재 기억이 있었다.

'이길 수 있다!'

고작 해야 이길 가능성이 제로에서 눈곱만큼 오른 것뿐인데도 그것만으로도 충분하다고 서호는 생각했다. 검을 비스듬히 치켜든 그가 다시 덤벼들기 시작했다.

"하아압!"

달려간 서호가 휘두른 검은 이카로스의 검에 가볍게 가로막혔다. 돌격하던 힘조차 무시당하고 격돌에 밀려 거칠게 튕겨 나갔다.

추할 정도로 땅바닥에 엉덩방아를 찧으면서도 다시 일어서서 이카로스를 향해 달려간다. 그 모습을 지켜보던 초코는 두려움에 떨고 있는 스스로를 발견할 수 있었다.

이카로스 그는 정말 강했다. 처음에 화살을 쏘았을 때 방패로 그 화살을 부러뜨렸을 때부터 알아차렸다. 옆에 서 있던 아카의 마법에 맞춰서 쏜 화살도 충격파에 의해서 날아갔다. 거기다가 무섭지만 언제나 믿음이 갔던 나프카도 일격에 쓰러졌다.

아무리 마음을 강하게 먹어도 이건 아니라는 생각이 들었다.

도망가야 된다는 말이 입 밖으로 나오려고 했다.

'무모하잖아……. 너무 무모해…….'

이곳에 더 있다가는 죽는다는 생각에 사로잡힌 초코와는 달리 그는 하염없이 덤벼들고 있었다. 정말로 이해하기 힘들었다.

지나가는 사람 백 명을 붙잡고 물어봐라. 숲 속에서 거대한 호랑이를 만났는데, 그 호랑이가 먹이를 보듯 자신을 꿰뚫어 보고 있다면 뭘 할 수 있겠는가? 저항할 수 있는 무기가 없음에도 불구하고 호랑이에게 오히려 달려가면서 덤빌 수 있는 사람은 과연 몇이나 될까? 백이면 백 고개를 가로저을 것이다.

이는 무모함을 넘어선다. 상식을 가진 사람이라면 내딛기는 커녕 발이 돌처럼 굳어서 호랑이에게 등을 돌리고 도망치지도 못할 것이다.

그 호랑이보다 더 지독한 살기로 무장한 자인 이카로스를 두고도 그는 달려들기를 망설이지 않았다.

분명 나프카가 당하는 광경을 같이 보았고, 생명과도 같았던 방패까지 파손되었다. 그런데도 지금 검과 검을 다시 맞부딪치며 지열한 불꽃을 일으키고 있었다.

'도대체 얼마나?'

초코로서는 얼마만큼의 용기가 있어야 저렇게 할 수 있는지 짐작이 가지 않았다. 그러다 문득 의심하게 되었다.

'정말 용기일까?'

처절히 싸우는 그의 모습에 빠져서 깜빡 잊고 있던 중요한 사실 하나가 있었다.

만약 그들이 이대로 도망친다면 과연 무사할 수 있을까? 나프카는 당연하고 자신과 아카는 도망치다가 죽을 수도 있었다. 즉, 여기서 도망치는 건 동료를 버리자는 것과 같았다.

그는 그 사실을 용기로 삼고 있는지도 몰랐다. 나프카뿐만 아니라 자신과 아카를 지키기 위해서 포기하지 않고 검을 휘두르고 있는 것인지도 몰랐다.

자, 숲 속에서 거대한 호랑이와 마주쳤다. 이때 도망갈 여력이 없는 새끼를 거느린 늑대라면 어떻게 할까?

분명 늑대는 송곳니를 드러내고 호랑이에게 덤빌 것이다. 생명이 다할 때까지. 생각이 거기까지 미치자 초코의 고개가 떨어졌다. 부끄러웠다. 심장이 쪼그라들며 한없이 작아졌다.

'정말 우리 때문에? 우릴 지키기 위해서?'

생각해 보면 그는 책임감이 무척이나 강했다. 같은 초보임에도 불구하고 기사는 파티를 지켜야 한다는 그 이유 하나만으로 언제나 전방에서 마물들의 공격을 막아주었다. 비단 마물뿐만 아니라 실제로 다른 모험가가 시비를 걸어왔을 때도 파티를 위해서 목숨을 걸고 싸워주었다.

'세 살밖에 차이가 나지 않는데, 어떻게 매번 저렇게 행동할 수 있었던 거지?'

태어날 때부터 강한 인간은 없다. 수많은 상처와 시련을 얻어가며 인간은 비로소 강해질 자격을 갖추게 된다.

그렇다면 세 살밖에 차이 나지 않는 그는 지금껏 수라를 걸어왔거나, 자신들을 지키기 위해 강한 척하고 있다는 게 답이었다.

실제로 얼굴조차 본 적 없는 파티를 위해서 목숨까지 걸 수 있는 자가 되기 위해서 그만큼 스스로를 채찍질했던 것이다. 기사라는 단 하나의 이유로.

'왜 한 번도 이런 생각을 못했던 거야?'

너무도 듬직했기에 당연하다 여기며 믿고 따랐다. 그가 그 기대에 답하기 위해 저토록 처절한 싸움을 매 순간 하고 있다는 사실은 망각하고 있었다.

지금 초코의 눈앞에 거대한 맹수 두 마리가 서로의 목을 물어 뜯기 위해서 싸우고 있었다. 차가운 눈빛을 한 호랑이와 피에 젖은 이빨을 드러낸 늑대가 얽히고설키며 서로에게 상처를 주기 위해서 으르렁거렸다.

그와는 너무도 그릇이 다른 자들, 도저히 끼어들 틈은 없다고 생각했다. 그때 옆에 있던 아카가 조용히 주문을 외우더니 지팡이를 치켜들었다.

한쪽이 너덜너덜해진 가죽 방패를 쓰지 못하는 서호에게 도움을 주기 위해서 방패에 얼음꽃을 최대한 평평하게 피워내었다.

'아냐. 크로님만이 아냐. 보조적인 역할 때문에 느끼지 못했지만, 아카님 역시 충실히 자신이 맡은 역할을 해내고 있어.'

조금 전부터 몸을 떨고 있던 초코, 지금은 마음마저 떨리고 있었다.

'이런 멋진 파티에서 아무것도 하지 않는 건 나밖에 없어. 도망칠 생각을 했던 건 나밖에 없어.'

안개조차 쫓아내는 지독한 살기 때문에 두 손이 덜덜 떨렸지만 초코는 이를 악물고 활을 들었다. 지금껏 살아왔던 방식이 달랐기에 약한 성격은 어쩔 수 없다고 치자. 하지만 이 성격에 언제까지나 안주해서는 발전은 없었다.

'강해지고 싶다! 도망가지 않는, 도망가려는 생각을 하지 않는 사람이 되고 싶다!'

억지로라도 그렇게 마음을 먹으며 활시위를 당겨 겨냥했다. 물론 일어서는 마음과 현실은 동떨어져 있었다.

늑대와 호랑이가 정신없이 얽힌 광경에 화살의 극은 갈피를 잡지 못했다. 아직 초코의 실력으로는 지금 화살을 쏘았다가는 이카로스가 아니라 그를 맞출 수도 있었다.

'제, 젠장!'

입술을 깨문 초코가 활을 겨냥한 채로 멈췄다. 서두르면 안 된다. 지금은 그가 할 수 있는 일을 하는 게 옳았다.

"크로님, 힘내세요! 반드시 도와 드릴게요! 최선을 다해서! 정말 최선을 다해서!"

지금으로서는 고작 해야 응원을 하는 게 전부였지만, 이것조차 하지 않는다면 자신을 지켜주는 이들을 우롱하는 것이라는 생각이 들었다.

그 뒤로 오른팔 근육이 찌릿하게 울릴 정도로 활시위를 당긴 채 초코는 계속해서 소리를 질렀고, 목청껏 지르는 응원은 분명 서호에게 큰 힘이 되었다.

소심한 성격으로 도발에 걸려들지 않는 이상 능동적인 모습을 보이지 않았던 초코가 열을 올리고 있었다.

그 어느 때보다 높은 기대, 그 어느 때보다 강한 적, 이 두 가지 요소만으로도 서호는 잊고 있던 뜨거움을 다시금 손에 쥘 수 있었던 것이다.

칭—!

이카로스와 검이 맞부딪치는 순간, 찌릿찌릿한 전기가 손바닥에서 시작되어 전신으로 퍼져 갔다. 하지만 그 충격에 주춤하다가는 당하고 말 것이다. 숨 쉴 틈을 주지 않고 다음 일격이 이카로스에게서 나왔다.

"받아라!"

"하압!"

서호가 악을 지르며 무섭게 휘둘러진 이카로스의 검을 막아섰다. 어김없이 강철이 부른 불꽃이 화려하게 흩날렸다.

'난 할 수 있다! 이길 수 있다!'

그는 마치 주문을 외우듯 온 힘을 다해서 이카로스의 휘둘러지는 검을 막고 있었다. 일 합, 일 합에 모든 것을 걸었다. 매번 펼쳐지는 일 합이 마지막이라는 각오로.

'지지 않아! 절대로!'

서호의 정신과 육신은 지금 이 순간 한계를 넘어서고 있었다. 몇 차례 경합을 벌인 것뿐이지만 이카로스와 만나기 전의 그와 지금의 그는 이미 다른 경지를 걷고 있었다. 여기서 더욱 강하게 스스로를 이끌어야 했다.

"하아압!"

서호가 독하게 검을 휘둘렀다. 근육이 터져도 좋을 정도로.

치이잉—!

긴장으로 인해 온몸에서 샘솟는 땀방울에 눈살을 찌푸린 서호가 이카로스를 노려보았다.

'어떠냐!'

짧은 시간 놀라울 정도로 강해진 자신의 모습으로, 일말의 동요라도 일으켜서 빈틈을 찾아낼 생각이었다. 하지만 아쉽게도 그건 서호의 착각이었다.

이카로스의 눈을 보는 순간 오히려 그가 얼어버렸다. 이카로스는 처음과 마찬가지로 얼음장처럼 차가운 눈빛으로 서호를 응시하고 있었다.

그 눈빛에는 평온함마저 깃들어 있었다. 마치 맹수가 죽어가는 먹잇감을 지켜보는 눈빛이었다.

'뭐지? 어째서 저런 눈을?'

서호의 심장에서 잠들어 있던 짐승이 이카로스의 눈빛을 보는 순간 평정심을 잃었다.

곧바로 원인을 깨달은 까닭이다. 아가리를 벌린 짐승이 불을 뿜어서 심장을 태웠다. 분노라는 이름의 불길이 일어나 뜨거운 숨결이 터져 나왔다.

'가소롭다는 거냐?'

온몸에서 폭발한 분노의 기운을 검에 담는다.

"하앗!"

지금까지와는 비교도 못할 쾌검을 펼쳤다. 앞발을 힘껏 내디디면서 눈이 부실 정도로 빠르게 찔렀다. 하지만 이카로스는 대응하지 않았다. 허리를 살짝 뒤트는 것만으로 서호의 검을 흘렸다. 그러더니 천천히 입을 열었다.

"네 녀석, 설마 날 이길 생각이냐?"

그 말로 모든 것이 결정 났다. 조금 전부터 느끼고 있던 불안이 서호의 심장에서 일어난 짐승을 단번에 집어삼킨다. 머리가 찌릿찌릿 울릴 정도로 강한 소름이 일어나서 등줄기로 퍼져 나갔다.

'이카로스는 전력을 다하지 않았다!'

이것이 정답이었다. 서호는 말 그대로 사력을 다하고 있었지만, 이카로스는 처음부터 지금까지 힘을 다할 필요성을 못 느꼈던 것이다.

"당황하는 걸 보니 정말로 이길 생각이었나 보군. 그럼 가르쳐 주지."

다음 순간 무슨 일이 일어났는지 서호는 보지도 못했다. 느끼지도 못했다. 두 눈만을 부릅뜨고 서 있을 뿐이었다.

촤악—!

눈부시게 번쩍이는 빛살에 정신을 차리고 보니 서호가 들고 있던 검은 땅바닥에 떨어져 있었다. 방패 역시 가죽이 전부 뜯겨져 나갔다. 왼팔과 오른팔에 네다섯 번의 칼집이 나서 핏물이 쏟아졌다.

극쾌(極快)의 검이었다, 지금껏 단 한 번도 경험해 본 적이 없는.

뒤늦게 두 허벅지에서도 핏물이 폭발해서 주변의 안개를 붉게 물들였다. 모든 것이 찰나에 벌어진 일이었다. 서호는 고통스런 표정보다 넋 나간 얼굴로 두 무릎을 꿇게 되었다.

'지, 진 건가?'

이런 참담한 의문을 뱉을 수밖에 없었다. 결국 이카로스는 무슨 수를 쓰더라도 이길 수 없는 상대였다. 아무리 그가 겨울의 왕이었다고 하더라도 극소의 기억과 이런 하찮은 장비로는 처음부터 무리였던 것이다.

"나, 날 가지고 놀았다는 거냐?"

땅바닥에 이마를 찧으면서도 서호는 이것 하나만큼은 묻고 싶었다. 그 말에 이카로스는 여전히 차가운 눈빛으로 땅바닥에 쓰러진 그를 노려보며 고개를 가로저었다.

"난 상대의 인격까지 무시하면서 죽일 정도로 괴팍한 성격을 가지진 않았다. 오히려 기대를 했었다. 며칠 전 내 부하에게서 기묘한 얘기를 들었거든. 흑기사의 오의를 알고 있는 녀석이 이곳에 있을지도 모른다고. 하지만 아쉽게도 아니었나 보군. 그뿐이다."

"……."

"크로라고 했지? 묘비는 제대로 세워주마."

그렇게 말하며 이카로스가 검을 들어서 서호의 뒷목을 찌르려고 했다. 하지만 초코가 그 광경을 가만히 보고 있을 리 만무했다. 안개를 꿰뚫으며 날아간 화살이 이카로스의 심장으로 직행했다.

칭―!

갑작스럽게 날아든 화살이었지만 이번에도 어김없이 이카로스는 검을 휘둘러서 화살을 쳐내었다.

초코가 재빨리 화살 하나를 더 쥐고 활에 메겼다. 화살을 다 쓰는 한이 있더라도 그를 죽게 놔둘 수 없었다. 아카도 필사적으로 마법을 난사하기 시작했다. 살벌하게 깎인 얼음가시가 이카로스가 발을 내딛는 곳마다 피어나고 있었다.

"귀찮군."

이카로스는 이미 온몸에 칼집이 나서 저항할 여력을 잃어버린 먹잇감은 버려두고, 뒤에서 벌레처럼 귀찮게 구는 궁수와 마법사부터 먼저 처리하는 편이 나을 것 같다는 생각을 가졌다.

"원한다면 너희들부터 없애주마."

검을 힘껏 쥔 이카로스가 그들을 향해서 달려가기 시작했다. 그때 저편에서 강렬한 기운이 뻗어져서 이카로스의 돌격을 멈추게 만들었다.

그의 앞을 가로막은 건 예리한 날을 자랑하는 투창이었다. 안개가 내려앉은 전장을 그으며 이카로스의 눈앞을 스치고 땅바닥에 박혔다.

'또 뭐지?'

이카로스가 시선을 돌리자 막 안개를 헤친 여인 하나가 오른손에 창을 비켜 차고 달려오고 있었다.

'봄의 여왕?'

유라였다. 거물이 걸려든 셈이다. 그녀를 죽이면 순례자들은 단번에 와해된다. 호기라고 생각을 했는데 우습게도 그 생각은 1초를 가질 못했다.

이카로스의 눈빛이 굳어졌다. 짙은 안개 때문에 처음에는 보이지 않았는데 순백의 갑옷을 입은 기사가 유라의 뒤를 쫓고 있었다.

'사자크까지? 시간이 된 건가?'

사자크가 이곳에 왔다는 것은 전방에서 그의 행세를 하던 잔이 죽었거나, 아니면 잔의 정체가 탄로 났다고 봐야 옳았다.

잔과 전방에 배치된 스무 명에 이르는 기사단의 역할은 사자크를 묶는 것이었다. 그 작전이 실패해서 사자크가 여기까지 왔다는 것은 선두에서 여기까지 있던 강철기사단이 전부 당했다는 사실을 암시하기도 했다. 더 이상 피해를 입어선 곤란했다.

"네 녀석, 악운이 상당히 좋군."

이카로스가 땅바닥에 쓰러진 서호를 바라보았다.

"이것 역시 필연이라면 네 녀석이 오의를 쓴 자일지도 모르겠군. 그렇다면 오늘은 살려주마. 다음에 만날 때 이 필연을 증명하지 못한다면 정말로 괴롭게 죽을 것이다."

이미 순례자들에게 피해는 줄 만큼 주었다. 그 혼자서 열 명 가까이 죽였으니 강철기사단 전체가 준 피해는 아무리 못해도 서른 정도는 될 것이다. 죽인 건 서른밖에 안 된다고 하더라도 이 습격으로 순례자들은 크게 흔들릴 것이다.

이카로스가 허리춤에 차고 있던 뿔피리를 꺼내 힘껏 불어서 퇴각을 알렸다. 그리고는 그는 미련없이 안개 속으로 사라져 버렸다.

"늦은 건가요?"

한편 황급히 서호와 이카로스가 싸웠던 전장으로 달려온 유라는 온통 피투성이의 시체들밖에 볼 수 없었다. 서호도 온몸에 상처를 입어서 시체처럼 보이긴 마찬가지였다.

아카와 초코가 뒤늦게 달려와서 시체와 분간이 가지 않는 서호를 부축하자 그때야 아직 숨이 붙어 있는지 기침을 했다.

"크로님!"

아카의 부름에 서호는 눈을 감은 채 살짝 입술을 열었다.

"나, 난 괜찮아……."

괜찮다고 대답은 하지만 아카는 걱정이 될 수밖에 없었다. 육체적인 고통도 걱정이지만 정신적인 고통도 무시할 수 없었다. 사력을 다했는데도 상대도 안 되게 한순간에 짓밟히는 굴욕을 당했다.

"정말 괜찮아……."

서호는 억지로 한쪽 입꼬리를 올렸다. 아카의 걱정을 아는 까닭이다. 이 정도는 괜찮다. 그는 많은 경험을 통해서 알고 있었다. 가장 불행한 인생이 있다면 그것은 패배를 모르는 삶이었다.

인간이라는 씨앗이 꽃을 피우기 위해서는 반드시 그 토양에는 패배라는 거름이 존재하여야 했다. 물론 지금은 분하다. 온몸이 억울함으로 떨리고, 영혼은 쉽게 지워지지 않는 상처를 입었다.

그러나 지금 이 순간 그것들을 능가하는, 조금 더 강했다면 하는 바람이 심장에 새겨졌다. 그 바람을 삼킨 짐승이 뜨거운 불꽃을 쏟았다. 그 불꽃이 차갑게 얼어 있던 그의 심장을 서서히 녹여갔다.

사실 서호는 형이 없다는 사실을 깨닫고 이곳을 거니는 의미를 한순간에 잃어버렸다. 그저 아카와의 거짓에서 시작된 약속, 파티의 리더로서의 책임감으로 걸어가고 있었다.

그런 그에게 새로운 삶이 주어진 것이다. 절대적인 힘으로 내려진 패배, 그 패배를 뒤엎을 만한 강자가 되고 싶다는 새로운 삶이 주어진 것이다.

한 남자의 목소리가 소강된 전장을 찢었다.

"야! 이 호래자식들아! 난 걱정도 안 되냐?"

희뿌연 안개 때문에 모습은 보이지 않았지만 분명 나프카의 목소리였다. 그 목소리를 듣고서야 모두의 머릿속에 이카로스에게 당한 나프카를 잊어버리고 있었다는 사실이 떠올랐다.

아카의 얼굴이 순간 잘 익은 과일처럼 붉어졌다. 초코도 새파랗게 질려 버렸다. 서호에겐 죄가 없었다. 죄가 있다면 아카와 초코의 머릿속에 난도질당하는 광경을 각인시킨 것밖에 없었다.

"이 호래들을 그냥!"

옭아매는 안개를 털어낸 나프카가 화를 내면서 다가오다가 서호의 모습을 보고서 입을 다물었다. 어금니를 꽉 문 탓에 턱선에 힘줄까지 잡혔다.

나프카의 부상도 가볍지는 않았다. 특히나 왼쪽 어깨와 오른쪽 가슴의 상처는 깊어서 핏물이 그렁그렁 맺혀 있었다. 그래도 서호가 입은 상처에 비하면 가벼웠다.

"얼음도치, 제대로 당했네?"

얼음도치, 얼음덩어리와 고슴도치의 합성어인 듯했다.

"아저씨도 그다지 좋은 꼴은 아니거든요?"

"너보단 멀쩡하잖아. 이걸로 내가 너보단 강한 게 증명된 거나 마찬가지군."

말은 잘하지만 실상 나프카도 금세라도 쓰러질 것 같았다. 어찌할 바를 모르던 초코가 서호와 눈빛이 마주치고 나서야 나프카에게 다가가서 부축을 해주었다.

그렇게 서호는 아카의 부축을 받고, 나프카도 초코의 부축을 받으면서 일행은 묘지의 두 번째 마을을 향해 걸어가기 시작했다.

저벅저벅―!

아무래도 덜 다친 나프카의 걸음이 서호의 걸음보단 빠를 수밖에 없었다. 그들이 천천히 서호와 아카를 앞장서 갔다. 앞으로 스쳐 가는 그들을 바라보던 서호가 어두운 눈빛을 하고서도 고개를 갸웃거렸다.

"아저씨……."

힘겹게 걸음을 내딛다 보니 고개가 내려간 까닭에 나프카의 바지를 보게 되었다. 그런데 그 바지의 색깔이 투톤이었다.

"왜 부르냐, 패배자 얼음도치?"

"혹시 오줌 쌌어요?"

"뭐? 오줌?"

"바지가 젖었는데, 그거 피는 아니지 않나요?"

"뭐라고?"

나프카도 그때야 바지가 축축하게 젖어 있다는 사실을 깨달았다. 확실히 피는 아니었다.

'뭐야, 이거?'

나프카의 눈동자가 혼란스러움으로 물들었다. 인간의 몸속에서 피가 아닌 다른 액체가 나왔다면 서호의 말대로 오줌일 가능성이 가장 높았다. 부축을 하고 있던 초코도 흠칫하면서 불안하게 발을 내디뎠다. 나프카의 바지에 닿지 않으려는 몸부림이었다.

"야! 아냐! 꼬맹이, 설마 얼음도치가 하는 말을 믿는 거냐? 여긴 가상공간이야! 애당초 오줌을 지릴 리가 없잖아! 이 몸을 뭐로 보고!"

나프카가 기겁하며 소리를 질렀지만 초코는 미심쩍은 눈빛을 쉽게 지우지 못한 채 부축을 했다. 그때 그들의 등 뒤에서 친절한 답변이 들려왔다.

"실제로 오줌을 지린 사례가 있답니다."

그 뒤로 간단한 설명까지 이어졌다.

가상공간 안에서 충격을 받으면 그 대가로 퓨어가 전기 충격을 전신에 가하게 된다. 이 충격이 심할 경우에 퓨어 안에 있는 인간은 구역질을 할 수도 있고, 실제로 피를 토해내는 일도 있다. 게다가 남자의 경우 죽기 직전 정액을 사출하는 경우도 있었다.

물론 이는 전기 충격이 성적 자극을 주어서 그런 것이 아니다. 죽음을 앞둔 상황에서 종족을 번식해야 된다는 본능 때문에 비단 인간 남성뿐만 아니라 지구상의 모든 수컷들에게 이런 현상이 일어난다. 이를 강박사출이라고 한다.

그러니 괄약근이 풀려서 오줌이 나오는 것도 불가능한 얘기가 아니었다. 가상섹스에서 보다 뛰어난 쾌감을 얻기 위해 성기 주변의 신경을 세밀하게 인식하는 퓨어54(N27)의 경우는 오줌을 지릴 경우 액체는 인식을 못하지만, 괄약근이 풀린 정보는 얻게 되어서 이를 실현시키는 것이 가능했다.

"뭐, 너무 걱정 마세요. 퓨어는 방수가 되는 전자제품이니까요."

뒤에서 들려온 친절한 설명을 듣고 짓궂은 미소를 지으며 놀리는 서호. 그를 노려본 나프카의 얼굴이 홍당무가 되어버렸다.

"그래도 다행히 똥칠은 안 하셨네요."

"시끄러! 어디서 구라를! 너희들, 다 짰지?"

나프카가 정색을 하며 뒤쪽을 노려보았다. 방금 전 뒤에서 그가 오줌을 지렸다는 사실을 확정시킨 사람이 분명 서호와 짰을 거라는 추측에서였다. 안개에 가려져 흐릿한 모습을 한 사람이 '풋' 소리를 내면서 웃음을 지었다.

"이! 이!"

잠시 멈춰 서서 정말로 죽일 듯이 노려보았는데, 안개가 걷히면서 나타난 모습에 나프카는 황급히 고개를 앞으로 돌릴 수밖에 없었다.

안개 속에서 나타난 사람은 갈색의 웨이브 진 머리카락 사이로 뇌쇄적인 눈빛을 가진 여성이었다. 오뚝한 코와 붉은 입술이 황금의 조화를 이루고 있었다. 가슴과 둔부만을 가린 자극적인 갑옷을 입은 여성, 다름 아닌 봄의 여왕 유라였다.

왼손은 초코와 어깨동무를 하고 있었기에 나프카는 황급히 오른손만이라도 들어서 얼굴을 가렸다.

몸이야 가릴 수 없지만 얼굴은 죽어도 사수를 해야 했다. 들킨다면 그는 평생 그녀에게 오줌을 지린 남자로 기억될 것이 뻔했다.

"너무 걱정 마세요. 봄의 여왕은 못 본 것 같네요."

"그, 그래?"

의외로 서호가 나프카를 위로해 주었다.

"그런데 다른 사람이 본 것 같아요."

"어디? 어떤 놈?"

서호가 슬쩍 가리킨 손가락 끝에는 한 남자가 전방에 있었다. 그 남자가 나프카를 빤히 바라보더니 재빨리 고개를 돌려서 앞서갔다.

"누, 누구지?"

"저 사람 몰라요? 너바나 방송의 PD라고 하는 것 같던데요?"

"뭐?"

그 말을 들은 나프카의 안색이 창백해졌다. PD의 시각은 카메라나 마찬가지였다.

"전국으로 방송되면 유명인사가 되겠네요. 미리 사인을 받아놔야 하는 건가요?"

지금 나프카에겐 능구렁이처럼 놀리는 서호와 싸울 여유가 없었다. 그는 새하얗게 질린 얼굴로 초코를 다그쳤다.

"잡아! 잡아서 죽여야 돼! 어서 가자! 꼬맹이!"

"아아!"

"이 자식!"

발이 얽히면서 쓰러지자 나프카는 괜히 죄없는 초코에게 화풀이를 했다.

"그래도 운이 좋았네요. 그 이카로스의 공격에서 살아남으셨잖아요."

유라가 뒤에서 다가오면서 서호와 나프카를 위로해 주었다.

하긴 그녀의 입장에서는 서호가 죽을 각오로 버텼다는 사실을 알 리가 없었다. 그저 주변에 널려 있던 열이 넘는 시체 중에서 운이 좋아서 살아남은 것으로 생각하고 있었다.

"운이라… 확실히 그렇군요."

흐릿하게 대답을 한 서호는 그 운으로 목적이 정해졌다는 말까진 하지 않았다. 더 이상 어제를 돌아보고 있을 수는 없게 되었다. 지옥이 될지도 모르지만 걸어야 하는 내일이 주어진 것이다.

"제가 부축을 해드리겠습니다."

아카 혼자서는 힘겨워 보였는지 순백의 갑옷을 입은 기사가 뒤쪽에서 나타나 서호의 다른 쪽 팔을 어깨에 걸었다.

"고, 고맙습니다."

"아직 많이 남았으니까 힘을 아끼세요."

그 말을 남긴 자는 바로 사자크였다. 그는 지금 피로 목욕을 한 것 같은 서호를 보면서 말 못할 의문점 하나를 품고 있었다.

이곳에서 유일하게 스프린터라는 별명을 가진 클로드를 실제로 본 남자가 있다면 바로 사자크였다. 함께 마물을 사냥한 적도 있었기에 지금 서호의 얼굴을 보고 상당히 닮았다는 사실을 깨달았다.

아니, 닮은 정도가 아니라 쌍둥이처럼 똑같았다. 어쩌면 진짜 쌍둥이일지도 모른다는 생각이 들었다.

적어도 본인이 아니라는 건 알 수 있었다. 만약 클로드가 이곳에 있었다면 이카로스한테 이토록 처절하게 당할 일은 없었던 까닭이다.

"너바나는 어떻게 하시게 되었나요?"

결국 사자크는 돌려서 물을 수밖에 없었다. 부축을 하고 걷던 그의 질문에 서호는 조금 힘겨워진 숨결을 내쉬며 대답을 해주었다.

"우연히 하게 되었다고 할까요?"

이 세상, 우연은 없다지만 이보다 편한 변명거리도 없었다.

얼마나, 얼마나 걸었을까? 눈꺼풀이 무거워지고 누군가가 목을 짓누르는 것처럼 숨이 차왔다.

"하아, 학……."

적어도 30여 분은 넘게 묘지를 걸은 듯했다. 지금 서호는 사자크가 했던 경고를 온몸으로 실감하고 있었다. 시간이 갈수록 급속도로 힘이 빠져나갔다. 다리의 감각도 무뎌졌다. 퓨어에서 지속적으로 받은 전기 충격에 점점 의식은 희미해져 가고 있었다.

"……."

주변의 풍경까지 짙은 안개로 흐릿해서 정말이지 꿈속을 걷는 기분이 들었다. 그 몽롱함에 취해서 숨을 쉬고 있다는 사실조차 잠시 잊어버렸다.

"정신을 잃으시면 안 됩니다."

바로 옆에서 들려오는 사자크의 말에 서호는 고개를 끄덕였다. 괴롭지만 눈을 뜨고 내디뎌야 했다. 걸음을 내디딜 때마다 비참하게 찢어진 상처가 붙었다 떨어지고, 핏물이 일어나서 지속적인 아픔이 끼얹어졌다.

이건 마치 인생과 같았다. 삶이라는 희망을 위해 걷는 이 길은 무척이나 무겁고 어두웠다. 희망이라고 할 수 있는 마을은 안개에 가려져 보이지 않았다.

반면 죽음의 숨결은 시간이 지날수록 선명히 다가왔다. 한순간이라도 정신을 놓치면 사신의 낫이 그어질 태세였다.

피를 너무 많이 흘린 탓에 추위가 엄습하고 시야도 한층 깜깜해졌다. 이것은 인생에서 패배에 꺾인 좌절감이 부른 장막이었다.

숨이 끊어질 것 같고 다리는 떨어질 것 같다. 이 역시 방황으로 시간을 덧없이 보낸 자에게 내려지는 무거운 철퇴였다.

서호의 몸 상태는 시시각각 나빠졌다. 30분 전만 해도 나프카와 농담을 주고받았는데 지금은 정말로 생사의 기로에 놓이고 있었다. 이젠 똑바로 걷지도 못하고 비틀거리기만 했다.

"하아… 하아……."

서호는 멀어지는 영혼을 붙잡으려 애를 썼다. 바로 옆에서 들려오는 아카의 숨소리에 맞춰서 걸음을 내딛는 것에 온 신경을 다하였다.

고개를 돌려 힘겹게 아카를 바라보자 그녀는 이마에 송골송골 땀방울이 맺혔음에도 입술을 깨물며 최선을 다해서 그를 부축해 주고 있었다.

그런 그녀와 눈이 마주쳤다. 그녀의 큰 눈망울에 걱정이 한가득 들어 있다는 게 가슴으로 느껴졌다.

'걱정할 필요는 없어. 난 괜찮아. 여기서 죽을 리는 없어.'

말을 할 여력까지 잃어버렸기에 서호는 입술을 비틀어서 답을 주었다. 비틀어진 미소라도 보내어 마음을 전해보았다. 그 모습을 보고 아카도 고개를 끄덕이면서 더욱 힘을 내서 부축을 해주었다.

"힘내세요."

그녀의 고운 목소리에 서호는 진심으로 고개를 끄덕이며 발을 내디뎠다.

저벅저벅—!

죽음이 가까워진 탓일까? 으스스하던 묘지가 몹시도 고요하고 평화롭게 느껴졌다. 분명 석양이 내리고 있었는데 밤처럼 어두웠다. 그 순간 어두운 시야에 곡선을 그리는 가냘픈 빛이 맺혔다.

'뭐지?'

푸르스름한 빛이 묘지를 맴돌고 있었다.

'반딧불인가?'

정감을 살리기 위해서 묘지에 반딧불을 구현해 놓을 수 있었으니 아마도 환상은 아닐 것이다. 다만 아직은 시간이 저녁으로 반딧불을 보기에는 일렀다. 볼 수 없음에도 보고 있었다.

'내 눈이 어두워진 탓인가?'

그건 정말로 갑작스런 깨달음이 아닐 수 없었다. 묘지에 숨죽이고 있는 반딧불은 태양 아래선 볼 수 없고 밤이 되어야 볼 수 있었다. 이처럼 이 세상에서 자신이 원하는 빛을 보기 위해선 우선 주변을 어둠뿐인 밤으로 만들 필요가 있었다.

지금은 그 밤이 내린 것뿐이었다. 절망(絶望) 아래 놓여야만 절망(切望)이 보이듯, 어두워지는 시야와 흐릿한 현실은 그에게 정말이지 단 하나의 소망만을 남겨주었다.

'난 정말 괜찮아. 여기서 죽을 수는 없어.'

지금 내딛는 이 길은 실로 인생을 닮았다. 이 길은 분명 실패와 패배가 부른 방황의 길이다. 방황을 해보지 못한 자는 고개를 숙인 적이 없어 자신의 심장에서 뿜어지고 있는 빛이 어떤 색채를 하고 있는지 모른다.

그 색채는 한 번이라도 고개를 숙여본 자만이 볼 수 있는 거다. 볼 수 있는 자격을 가지는 거다. 그러니까 이 힘겨운 길은 다시 말하면 그에겐 영광된 길이었다.

서호는 나약한 생각은 가지지 않았다. 힘든 생각은 패자(敗者)를 만들고, 힘든 현실은 패자(覇者)를 만드는 까닭이다.

비록 자신이 존귀한 생명이 아니라 인간이 만들어낸 장난감이라고 하더라도, 장난감이 되었음에도 패배한 현실만이 주어졌다고 하더라도 서호는 한쪽 어금니를 꽉 물고 입꼬리를 비틀면서 올렸다.

'방황이 영광의 열쇠라면, 오늘로 하여금 나는 강해진다. 오늘로 하여금 꼭 강해져서 그 누구에게도 지지 않는 패자가 된다.'

어쩌면 이 순간 그의 운명은 정해진 것인지도 몰랐다. 강해진다는 것은 그것만으로 끝나는 게 아니었다. 힘에는 반드시 책임이 따랐다. 그렇기에 그가 원하는 강함은 그만큼의 막중한 책임도 짊어지게 될 것이다.

첫 패배를 당한 서호, 그가 갈망하는 강함은 그를 소수를 지키는 기사에서 다수를 지킬 수 있는 군주의 길로 인도하는 것이기도 했다.

겨울의 왕이 걸어야 할 길이었다. 훗날 시계대륙을 흔들게 될 겨울의 왕은 이제 막 서호의 심장에서 눈을 뜨고 있었다.

CHAPTER 07
신뢰의 피안(彼岸)

금지된 세계
FORBIDDEN
WORLD

카페 테레사.

창가 쪽에 한 남자가 앉아 있었다. 같은 테이블의 몇몇 사람들이 심각하게 토론을 나누고 있었지만, 그는 말없이 창밖만을 바라볼 뿐이었다.

그에겐 지금 창밖에 비춰지는 광경이 좋았다. 한낮의 햇살이 눈부시게 도로 위를 비춰서 환하게 빛나는 거리는 높은 빌딩이 지배하는 이 도시에서는 좀처럼 보기 힘든 절경이었다.

"사자크님은 어떠신가요?"

테이블을 둘러싼 사람들 중에 가장 값비싼 옷차림을 한 남자의 입에서 '사자크'라는 그의 ID가 거론되었다. 고개를 돌린 그가 부드러운 미소를 지었다.

"우선 기다려 보기로 합시다. 유라님도 거의 다 오셨다고 하니까요."

사실 사자크에게는 그들의 오가는 대화가 중요하게 여겨지지 않았다. 너바나를 중계하는 PD와 메인 작가, 그리고 쌍웅이라고는 하나 지휘와는 무관한 자들이 아무리 열을 올려봐야 소용이 없었다.

지금 그들이 논하는 순례자들의 존속 문제에 대해서는 어차피 결정권자인 유라가 와야 해결이 될 문제였다.

이틀 전 우려했던 사태가 발생했다. 강철기사단과의 충돌이 일어났고, 생각보다 큰 피해를 낳았다.

자그마치 서른이 넘는 사람들의 목숨이 하룻밤 사이에 물거품처럼 사라져 버렸다. 몇몇 언론 매체에서도 방송이 나오기도 전부터 이 사건을 두고 너바나를 통렬히 비판했다.

이대로 방영이 된다면 사회적인 파장도 거세게 일어날 것이 뻔했다. 하지만 이 모든 것들은 이미 예상을 했던 바다.

문제는 순례자들이 흔들리고 있다는 것이다. 서른 명이 죽게 되자 순례자들이 가지고 있던 유일한 장점인 안일함이 사라졌다. 그들은 더 이상 아둔한 생각을 고수하지 않았다.

지금까지는 아무리 너바나의 죽음이 실제 죽음으로 직결된다고 하더라도 피해자가 있어 봤자 극소수만 나왔기에 자신은 죽지 않을 거라는 맹목적인 광신을 가지고 있었다.

이번처럼 지독한 위험에는 단 한 번도 노출된 적이 없었던 순례자들은 처음으로 겪는 비정한 상황 앞에 갈피를 잡지 못했다

반수 이상이 이탈을 바랐다. 그나마 남아 있겠다는 사람들도 강철기사단을 섬멸해야 된다고 탁상공론을 펼치는 자가 있

는가 하면, 뜬금없이 유라의 지휘 능력이 부족하다는 지적을 하는 이들도 나왔다.

분명 유라는 경고를 두 차례나 했지만, 그녀가 한 말을 한 귀로 듣고 한 귀로 흘려버린 건 바로 그들이었다. 사건이 발생하고 나서 뒤늦게 친구나 지인을 잃은 자들은 스스로의 어리석음을 다른 곳에 분풀이를 하려고 혈안이 되어 있었다.

가장 악질은 고소를 할 방법을 찾겠다는 이들이었다. 운이 좋아서 살아남고 보니 잘못하면 죽었을지도 몰랐다는 생각에 잘하면 한몫 챙길 수 있겠다는 욕심을 품은 것이다.

물론 그 어떤 책임도 유라에겐 없었다. 너바나에 접속하는 그 순간 무엇을 하든, 무엇을 당하든 자유라는 말이 새겨진다. 이는 죽음에서도 예외가 아니었다. 이미 사망동의서에 사인을 하고 들어온 것이다.

스카이다이빙을 하기 전에 작성하는 사망동의서처럼 위험하고 신임이 가지 않으면 애당초 비행기를 타지 않으면 되었다. 이미 낙하산을 메고 비행기에서 뛰어내린 뒤에 따져 보았자 무의미한 짓이었다.

문제는 이런 당연한 사실조차도 이해를 하지 않으려고 하는 무리가 다른 순례자들마저 선동하고 있다는 것이다.

지금도 묘지의 두 번째 마을에 가면 피켓을 만들어서 시위를 하는 사람들이 있었다. 어쨌든 여러 가지 이유로 그들 앞에 갑작스럽게 많은 숙제가 내려진 것만은 사실이었다.

"저기 오는군요."

창밖을 바라보고 있던 PD가 석양으로 이글거리는 도로 저편을 가리켰다. 매끈한 곡선을 자랑하는 은빛의 RX—11이 거칠게 도로를 달려오고 있었다.

PD는 유라가 얼마 전에 차를 바꾼 것을 알고 있었다. 두세 달 전에 바꾼 RX—13을 다시 처분하고 그토록 소망하던 RX—11의 오너가 된 것이다.

오리지널 클래식인데도 상당히 강렬하고 날카로운 엔진 소리를 터뜨리면서 카페 앞으로 달려온 RX—11이 급정차를 했다.

차 문을 열고 차에서 내린 유라는 가벼운 니트와 빈티지 풍의 청바지를 입고 있었다. 선글라스와 야구 모자, 방진 마스크로 얼굴을 완벽하게 가렸지만 남다른 각선미만큼은 감춰지지 않았다.

끼익—!

그녀가 테레사의 낡은 문을 열고 들어오자 매혹적인 향기가 사람들의 후각을 자극했다. 마스크를 벗은 그녀가 미소를 활짝 지으면서 일행에게 인사를 했다.

"죄송해요. 늦었죠?"

이미 30분 정도는 늦을 거라는 것을 예상하고 있었기에 PD는 미소를 지으며 해결책을 강구해 보자고 얘기를 꺼냈다.

"뭐 때문에 방송국이 아니라 이곳에서 모임을 가지고 있는 건지는 모두 알고 계실 거라고 믿습니다."

PD가 서두를 끄집어냈다. 현재 순례자들은 정말로 위태로웠다. 흡사 팔과 다리가 전부 잘려 나가서 몸통만 남은 상황과도 같았다.

반수 이상이 당장 떠날 기세였고, 거기서 또 반수는 여러 불만을 토로하면서 우선은 5월의 도시까지만 동행하겠다는 의사를 밝혔다.

200명에 가까운 무리였는데 강철기사단의 습격으로 단번에 40명밖에 남지 않은 상황에 처하게 된 것이다. 40명이면 아슬아슬한 수였다.

5월의 도시에서 6월의 도시 사이에는 심연의 동굴이 있었다. 악운의 산이나 영원한 묘지와는 달리 심연의 동굴은 지리적인 특성상 그곳을 지키는 지배자를 피할 수가 없었다.

만약 소수라면 지배자가 무시를 할 경우가 있지만, 순례자들의 경우에는 반드시 무찌르거나 그렇지 않을 경우에는 그에 해당하는 피가 요구되었다.

"앞으로 가장 큰 걸림돌은 역시나 심연의 동굴에 사는 지배자겠죠."

PD의 말에 몇몇이 고개를 끄덕였다.

"지금까지 저희는 항상 인해전술로 피해를 줄여왔죠. 즉, 지배자를 죽이기 위해선 최소 100명은 되어야 피해없이 잡을 수 있겠죠."

유라가 현실을 논하였다. 이번 모험에선 강철기사단과의 충돌로 100명조차도 되지 않는다는 뜻이었다.

"아마 그 점은 크게 걱정을 안 하셔도 될 것 같습니다."

이 건에 관해선 자신있는지 PD가 재빨리 대답을 했다.

"해결책이 있나요?"

"네, 내일모레면 너바나의 방송이 나갈 겁니다. 그러면 5월의 도시에서 2~3주만 버틴다면 아마도 새로운 유저들이 순례자들로 합류하게 될 겁니다."

"합류라니요?"

"지금 너바나는 방송도 되기 전부터 사회적으로 적지 않은 파장을 일으키고 있지요. 그렇다면 시청률은 볼 것도 없겠죠. 그 방송을 보고 호기심을 품는 사람들은 반드시 나올 겁니다. 인간의 호기심은 자멸을 부르더라도 멈추지 않으니까요. 위험한 것을 알고 떨어져 나가는 인원이 생기는 만큼 새로 유입되는 인원도 있을 겁니다."

떨어져 나가면 떨어져 나가는 만큼 새로운 인원으로 보충해서 순례자들을 존속시킬 수 있다는 건 단편적으로 보면 유용해 보였다.

"좋은 방법은 아니군요."

그러나 침묵을 지키고 있던 사자크가 부정을 표했다. 방금 PD가 낸 의견은 간단하게 말해서 영원히 약자들로 구성된 세력으로 순례자들을 유지시키자는 얘기였다. 썩어도 준치라는 말이 있듯이 원래 있던 기존의 순례자들보다 더 오합지졸이 될 것은 불 보듯 뻔했다.

"그런 방법으론 6월의 도시까지는 통용이 될지 모르겠지만, 가을이나 겨울의 도시로 가게 되면 더 이상 존속이 힘들 겁니다. 무엇보다 배를 타고 갈 수 있는 7월의 도시는 호기심만으로는 따라올 수 없는 곳입니다. 그 이후로는 사실상 새로운 유입은 없다고 봐야겠죠."

사자크의 말은 설득력이 강했다. 이곳에서 유일하게 겨울의 도시를 경험을 한 자의 말이었기에 모두의 고개가 끄덕여졌다.

"그럼 사자크님 의견은?"

유라가 선글라스를 벗으며 그를 직시하였다.

"지금 있는 순례자들의 두려움을 없애거나 목적의식을 주어야겠지요."

그의 답은 무척이나 단순했다. 하지만 그게 말처럼 쉽지가 않았다.

"두려움을 없앤다는 건 강철기사단을 섬멸하면 된다는 건가요?"

"그렇겠죠. 다만 강철기사단을 쓰러뜨린다면 가을의 마녀와의 충돌은 피할 수 없겠지요."

"지금보다 더욱 위태로워지겠군요. 그럼 목적의식이란 건 뭔가요? 강철기사단에게 죽을지도 모른다는 두려움 앞에 순례자들에게 목적의식을 부여하는 게 가능할까요?"

"일반적으로 생각한다면 어렵습니다. 생명보다 값진 건 없으니까요."

"그렇다는 건 죽음을 초월할 정도의 목적의식이라면 가능하다는 말씀이신가요?"

"네, 가능합니다. 사르트르가 말했죠. 실존은 본질을 앞선다고요. 분명 인간은 본질적으로 죽음을 두려워할 수밖에 없는 존재입니다. 하지만 이미 죽음이 내려진 시한부라면 어떠할까요? 혹은 시한부를 가족으로 둔 자라면 어떠할까요?"

"그 말씀은?"

"이미 죽음을 느끼고 있는 그들에겐 너바나는 두려운 세계가 되지 못합니다. 겨울성좌에 앉는다면 새로운 생명을 부여받고,

하다못해 2월의 도시에 도착하면 전염병으로부터 벗어날 수 있는 기회가 주어집니다. 조건을 가진 자들에게 목적의식을 부여하는 건 어려운 게 아닙니다."

타당했다. 유라가 아랫입술을 지그시 깨물었다.

"확실한 방법이 있나요?"

"이번에 방영될 방송을 그쪽으로 테마를 잡으면 되겠지요. 언론 매체만큼 파급 효과가 큰 건 없으니까요. 저희는 진정으로 순례자가 되는 겁니다."

"일리가 있어요. 겨울 성좌는 말할 것도 없고 2월의 도시에 도착해도 50억의 가치가 있는 인자 개조를 할 수 있으니까요."

"어떤 방법을 선택하라고 강요를 하는 건 아닙니다만, 제 개인적으로는 강철과의 충돌은 피하고 싶군요. 가을의 마녀가 이끄는 시계동맹과 싸우면서 겨울까지 갈 수는 없으니까요."

가만히 얘기를 듣던 유라가 순수한 호기심을 감추지 않고 질문을 던졌다.

"가을의 마녀는 도대체 얼마나 강한가요?"

그녀에겐 이 점이 그 무엇보다 궁금했다.

"너바나에는 기묘한 소문이 있습니다. 그중에 가장 유명한 건 스프린터에 관한 이야기입니다. 활동 당시에 최강자였으며 겨울의 성까지 들어가게 되었죠. 그런데도 불구하고 그가 겨울의 왕이 되었다는 확신은 없습니다. 그 이유가 무엇일까요?"

"가을의 마녀 때문인가요?"

"네, 스프린터라는 별명을 가진 클로드의 파티에는 4대 속성을 모두 주관하는 기량이 남다른 마법사가 있었습니다. 아리아라는 여성이었죠. 그녀가 가을의 마녀가 아닐까 하는 소문이 돌고 있습니다. 만약 그 말이 사실이라면 가을의 마녀는 도저히 손을 댈 수 없는 자임에는 분명합니다."

"만약 그녀가 가을의 마녀라면 겨울성좌에 앉은 이가 바로?"

유라의 예리한 질문에 사자크가 쓸쓸한 미소를 지었다.

"클로드와 아리아는 실제로 보고 겪었습니다만, 가을의 마녀는 본 적이 없어서 그 점에 관해선 확답을 드릴 수가 없군요."

*　　　*　　　*

생사를 넘나들면서 묘지에 서 있는 두 번째 마을에 도착한 지 이틀이 지났다.

서호는 아카와 만나기로 한 약속을 지키기 위해 아직 완치가 되지 않아서 저릿한 아픔이 남아 있는 몸으로 너바나에 접속을 했다.

빛의 파장을 넘어서 안개가 서린 마을에 떨어진 건 늦은 오후 쯤이었다. 마을 중앙에는 새하얀 로브를 입은 칠흑 머리칼의 소녀가 먼저 와서 기다리고 있었다.

그녀는 지금 첫 번째 마을에서 당했던 일과 비슷한 곤경에 처해 있었다. 몇몇 순례자들이 친해져 보려는 욕심으로 그녀를 둘러싸고 있었다.

너바나의 시스템이 낳은 기현상이었다. 가상공간 내에서 외모가 정해지는 방식이 스스로 정할 수 있는 것이 아니라 현재 자신이 가진 외모가 미화되는 방식이었다.

즉, 단적으로 말해서 너바나엔 추남 추녀가 없었다. 그렇다 보니 이곳의 남자들은 현실과는 달리 언제나 자신감에 차 있었다. 그리고 추남 추녀가 없는 대신 유라의 경우를 볼 때, 현실에서도 아름다운 사람은 이곳에서는 정말 천사처럼 완벽한 외모를 가지게 되었다.

수려함이 지나쳐 눈이 부실 정도의 후광까지 뿜어지는 것이다. 그 예는 아카에게도 적용이 되었다.

현실에서 상당히 귀여운 외모를 가졌는지 너바나에서 구현된 그녀의 모습은 그냥 지나치기를 망설이게 만들었다. 이 때문에 서호 일행이 순례자들과 함께 묘지를 걸을 때도 주변을 맴도는 사람들을 의식해야만 했다.

게다가 아카의 눈빛은 사람을 끌어당기는 묘한 마력까지 있었다. 그가 3월의 도시에서 그녀를 외면하지 못했던 이유가 여기에 있었다.

유라의 눈빛이 짙은 쌍꺼풀과 긴 속눈썹으로도 가려지지 않는 선명한 눈동자와 눈꼬리가 살짝 올라가서 심장을 꿰뚫는 느낌이 있다면, 아카의 눈빛은 촉촉하게 젖어 있는 큰 눈망울이 본능을 자극하면서 심장에 따스한 기운을 불어넣어 주었다.

사내들은 그 본능을 거부하지 못하고 아카에게 접근해서 한마디라도 붙여보고 있었다. 아카를 향해서 그가 뚜벅뚜벅 걸어가자, 뒤늦게 그녀도 그를 보고 주변을 둘러싼 남자들에게 고개를 꾸벅 숙이더니 마중을 나왔다.

"크로님, 오셨어요?"

고분고분한 아카의 태도가 오해를 부른 건지 거의 사로잡았다고 생각했던 남자들은 더할 수 없는 아쉬운 시선으로 그들을 바라보았다. 그리고 그녀가 말을 건 서호가 허름한 옷차림을 입었다는 사실에 샘을 내기도 했다.

서호는 그런 그들의 시선을 충분히 느낄 수 있었지만, 가볍게 넘기며 아카에게 흐릿한 미소를 지어주었다.

"준비는 끝났어?"

"네, 그저께 로그아웃하기 전에 받아놓았어요."

대답을 한 아카가 환한 미소를 지으며 가죽 물통을 보여줬다. 고개를 끄덕인 서호도 허리춤에 차고 있는 물통을 매만지면서 그녀와 함께 마을을 벗어났다.

그들이 지금 마을을 벗어나는 방향은 북쪽, 5월의 도시 쪽이 아니라 묘지에 서 있는 첫 번째 마을 쪽이었다.

잠시 되돌아갔다가 다시 이곳으로 올 계획이었으니 다른 스케줄이 있는 초코와 나프카는 이번 모험에선 빠지게 되었다.

초코는 기말고사 때문에 못 나왔고, 나프카는 퓨어의 이물질을 제거하는 정비로 일주일간은 접속을 못한다고 했다.

"오랜만이네?"

둘이서 하는 모험은 첫날 이후 처음이었다. 이번 모험의 목적은 간단하면서도 위험했다.

강해진다. 이것밖에 없었다. 서호가 이카로스에게 패배했던 가장 큰 이유는 두 가지였다. 경험이 부족했고, 장비가 부실했다. 그렇기에 그는 힘도 키우면서 장비도 마련할 수 있는 방법을 모색해야 했다.

그 방법이란, 바로 순례자들과 강철기사단이 격전을 치렀던 전장으로 향하는 것이다.

그곳에는 서른이 넘는 시체가 방치되어 있었다. 이틀이 지났으니 잘하면 시체는 깨끗하게 소거되고 장비만 남았을 가능성이 있었다. 그 장비를 취하는 동시에 나오는 마물들을 상대할 계획이었다.

물론 서호와 같은 생각을 가진 시체 사냥꾼들도 몰리기 때문에 안전한 길은 아니었지만 무시하기에는 너무나 달콤한 길이었다. 그래서 아직 완치가 되지 않았고, 사정이 있어 둘밖에 모일 수 없었지만 조금 무리를 해서라도 향하는 것이다.

"신비롭네요."

"응?"

마을을 벗어나서 한참을 걸어가던 아카가 안개가 서린 주변을 둘러보면서 나직이 속삭였다.

"악운의 산도 그렇고 이곳 영원한 묘지도 그렇고, 저희 세상에는 없는 것들뿐이잖아요."

"없다고?"

되묻던 서호가 잠시 주변을 둘러보다가 자연스레 고개를 끄덕였다.

"하긴 그렇기도 하네."

들판에 늘어서 있는 망자를 기리는 묘지 같은 건 적어도 그들이 사는 좁은 땅덩어리에는 없었다. 해수면의 상승으로 점점 좁아지는 땅덩어리 때문이 아니라, 폐쇄적인 삶이 묘를 세우고 조상을 모시는 풍습마저 불필요하게 만들었다. 화장이 당연시되는 세상이었다.

현실에선 묘지뿐만 아니라 산도 없었다. 대신에 전문 식물원이 건물 안에 지어져서 도시 중심에 위용스럽게 서 있었다. 산을 잃어버린 아쉬움은 탁월한 공기청정기와 퓨어를 통한 등산 프로그램으로 커버를 하고 있었다.

적어도 그들이 사는 세계에서는 방진 마스크를 쓰지 않고 이렇게 여유롭게 걸을 수 있는 곳은 거의 없었다.

"죽음이 거론되기에는 너무 아름다운 곳 같아요. 그래서 신비로워요."

"죽음이 있기에 아름다운 게 아닐까?"

묘호(杳乎)한 의미의 답을 한 서호가 주변을 감상적으로 둘러보다가 이내 쓰린 미소를 지었다.

"그리고 어떻게 보면 지나치게 신비로워서 탈이랄까?"

"네? 지나치게요?"

"특히 저것들을 보면 기가 차잖아."

제법 마을에서 멀리 나오게 되자 그녀와의 대화를 방해하는 무리가 여기저기서 튀어나왔다.

주변의 묘비가 덜덜 떨리더니 쓰러진다. 땅 위로 손 하나가 불쑥 튀어나와서 주변을 파헤치며 모습을 드러내기 시작했다.

건방지게 낮에도 마음대로 활개를 치는 언데드였다. 살은 썩어문드러져서 커다란 굼벵이 몇 마리가 찢어진 뱃가죽 사이에서 '후드득' 소리를 내면서 떨어졌다. 그 굼벵이를 짓밟으면서 좀비가 걸어오고 있었다.

거기다가 낡고 부식된 검이나, 타인의 뼈를 무기로 든 스켈레톤까지도 땅속에서 기어 나왔다.

뼈라도 온전히 붙어 있었다면 혐오감은 덜했겠지만 다른 자들의 뼈가 얽히고 섞여서 팔이 세 개인 자도 있고, 두개골이 떨어졌다가 붙었는지 어깨에 붙어 있는 자도 있었다.

"정말 멋지단 말이야."

서호가 감탄 아닌 감탄을 했다. 묘지 입구에서 순례자들과 동행을 한 탓에 묘지에서 나오는 마물들과는 싸울 기회가 없었다. 더군다나 단수도 아니고 당장 튀어나온 수만 해도 대여섯은 넘었다.

"쿠에에!"

수적인 우세를 인지한 까닭인지 마물들이 거세게 비명을 질렀다. 예전 같았으면 압도되었거나 도발에 넘어가 당장에 달려갔겠지만 지금 서호는 신중하게 아카의 앞을 막아섰다.

항상 취했던 공격 자세를 잡는데 새삼 방패가 없다는 사실이 걸렸다. 지금 그는 허름한 옷과 장검 하나를 들고 있을 뿐이었다.

"아카, 이것들한테 시험해 볼까?"

그 말에 아카가 커다란 눈망울로 주변을 둘러본 후 고개를 끄덕였다. 동의가 떨어지자마자 서호가 허리춤에 차고 있던 가죽 물통의 마개를 땄다. 약속이나 한 것처럼 마물들이 달려들었고, 서호는 가죽을 짓누르며 물을 뿌렸다.

달려오던 스켈레톤의 오른쪽 다리와 팔에 그 물이 끼얹어진 것만으로도 마치 염산에 닿은 듯 증기를 흘리며 녹아내렸다. 다른 마물들도 잠시 멈춰 섰다.

서호가 들고 있는 물통에 담긴 건 평범한 물이 아니라 성수(聖水)였다.

묘지 마을에 있는 작은 교회의 앞에는 수도가 있는데 그곳에 흐르는 물은 언데드에게 치명적인 성분을 가지고 있었다. 교회 안에서는 더 위력이 강한 소금도 판매를 하고 있었지만, 자금 사정이 넉넉지 않아서 성수만 가지고 온 것이다.

"지금이야! 아카!"

서호의 목소리를 듣고 아카가 그의 옆으로 나왔다. 4월의 도시에서 지팡이에 새로운 주문을 새겼지만 순례자들과 함께 다니다 보니 쓸 기회가 없어서 실전은 처음이었다.

"안개처럼 끌려가는 망령의 노예들이여! 어제의 원혼은 시간을 넘어서 내일을 넘지 못할지니, 찬란한 섬광에 거부당할 지어다! 가라! 시냇가의 처녀들아! 나뭇가지의 아이들아!"

그녀의 맑은 목소리가 전장에 울리자 치켜든 지팡이에서는 눈부신 빛이 뿜어졌다. 그 섬광이 주변으로 번져 가더니 공간이 일그러지는 효과까지 낳았다.

두둑―! 투두둑―!

갑자기 하늘에서 뭔가가 떨어지기 시작했다. 얼음비였다. 비록 아직은 아카의 마법력이 약해서 얼음비의 크기나 속도가 강렬하다고는 할 수 없었다. 하지만 눈앞에 드러나는 결과는 참혹했다.

아무리 너바나가 가상공간이라고 하더라도 현실과 마찬가지로 무(無)에서 유(有)는 만들어지지 않았다. 그렇기에 아카가 새로 익힌 얼음비는 주변에 퍼져 있거나 잠재되어 있던 수분으로 만들어졌다.

관찰력과 사고력이 남다른 아카는 이 점을 가볍게 여기지 않았다. 조금 전 서호가 물통의 마개를 따서 성수를 뿌린 건 그것으로 직접 공격을 하기보다는 아카가 이끌어내는 얼음비에 성질을 부여하기 위해서였다.

즉, 지금 떨어지는 얼음비의 성질은 주변의 성수를 함유하여서 '신성비'와 동급의 마법이었다. 어둠 속성의 마물들에게는 그야말로 치명적이었다.

"캐애!"

"크아악!"

마물들의 비명이 하늘을 찢는다. 제일 처음 마물이 지른 비명 소리를 듣고 몰려온 다른 마물들까지도 순식간에 얼음비의 희생양이 되어 부서져 갔다.

이제 서호의 차례였다.

아카가 주문을 노래하는 동안은 완벽하게 무방비 상태에 놓인다. 얼음비를 맞고 발악하듯 달려오는 마물들에게서 그녀를 지켜야 했다.

지금 마물들의 얼굴은 눈에 띌 정도로 변해 있었다. 좀비의 얼굴은 흉측하게 일그러졌고, 스켈레톤의 눈에선 불이 뿜어졌다. 아무리 그들의 육신이 신성에 취약이라고 하더라도 팔 하나, 다리 하나 떨어져 나간 건 행동의 제약을 주지 못하는지 그 원인을 제공한 아카를 죽이려고 덤벼왔다.

"쿠에에!"

비명을 지르면서 동시에 세 방향에서 칼이나 손톱 따위를 세우면서 달려든다. 예전 같았으면 아찔함을 느낄 만도 하건만 서호는 물러서지 않았다.

그를 믿고 눈을 감은 채 오직 주문을 노래하는 데 집중하고 있는 아카의 털끝 하나도 건들이게 하지 않겠다는 각오였다.

파악—!

눈부시게 휘둘러진 서호의 검이 가장 왼쪽에서 달려오던 스켈레톤의 머리를 강타했다. 이미 얼음비를 맞아서 구멍이 뚫려 있던 두개골이 한순간에 박살이 났다. 턱 위쪽이 전부 날아간 스켈레톤이 기우뚱거렸다.

그러나 서호의 검은 거기서 멈추지 않았다. 실려 있던 힘은 전혀 줄지 않고 휘둘러져 정면에서 달려오던 좀비의 팔을 베어내고 옆구리에 박히면서 썩은 핏줄기를 뿜게 만들었다.

"하압!"

두 손으로 검을 쥔 서호가 기합을 터뜨리며 그대로 검을 밀어서 정면에 있던 좀비와 오른편에서 달려들던 스켈레톤까지 떨쳐 내었다.

"어딜!"

그러면서도 옆쪽에서 아카를 기습하려는 또 다른 좀비의 가슴에 검을 찔러 넣었다. 검극이 순식간에 좀비의 심장을 꿰뚫고 등 뒤에서 폭발하듯이 튀어나왔다.

퍼억—!

검게 썩은 핏방울이 흩날렸다. 끊어지고 찢겨진 뼈와 살이 난무하였다. 비명 소리가 광활한 하늘을 뒤흔들었다. 아카에게 몰려드는 마물들을 하나도 놓치지 않고 정신없이 격퇴하던 서호,

그는 문득 기묘한 생각에 사로잡혔다.

'이토록 약했었나?'

마지막으로 만난 마물은 거대 흰개미였다. 그와 나프카가 아슬아슬하게 사냥을 했다. 묘지에 배치되어 있으니 적어도 거대 흰개미보단 강한 마물일 텐데, 아무리 성수 때문에 온전한 상태가 아니라고 하더라도 지금 서호에게는 마물들이 너무도 약하게 느껴졌다.

'약한 건 둘째치고 왜 이렇게 느린 거야?'

한 마리를 무참히 쓰러뜨린 그는 쓰러졌다가 다시 덤벼오는 마물의 질린 표정을 보고 나서야 깨달을 수 있었다. 그 표정은 꼭 이카로스를 처음 본 서호 일행과 흡사했다.

'아, 이것들이 약해진 게 아니구나.'

비로소 진실을 깨우칠 수 있었다. 묘지 입구에서 강철기사단 두 명을 죽이고 이카로스와 싸우면서 그는 자신도 측정하지 못할 정도로 비약적으로 강해져 버린 것이다.

다만 이카로스가 상상을 초월할 정도로 강했기에 주관적인 잣대에 의해서 여전히 약하다고 느낄 뿐이었다. 마물이라는 객관적인 잣대에 정해진 그의 모습은 의심의 여지가 없는 강자였다.

'그런 거군. 그런 거였어.'

설레고 흥분이 되었다. 그 마음이 투지로 거듭나며 심장을 따스하게 데웠고 잠들어 있던 짐승을 깨우기 시작했다. 전운에 굶주린 짐승을.

전신으로 퍼져 나가는 폭동 같은 거친 기운에 서호는 어금니를 꽉 물었다. 지금 그의 눈동자에선 섬멸(殲滅)의 빛이 화려하게 폭발했다.

눈을 감고 주문을 노래하던 아카도 느낄 수 있었다.

돌풍의 숨결이 귓가를 스쳐 간다. 머리카락을 핥는 잔풍과 썩은 피가 뿜어지며 풍기는 역겨운 악취까지 선명하게 피부에 닿는다.

이 모든 것들이 가짜라고는 믿을 수 없을 정도로 현실적이어서 그녀의 심장은 격렬히 뛰었다.

'괜히 가공족(假空族)이 있는 게 아니구나.'

가공족이란 이처럼 뛰어나게 구현된 가상공간에 빠져서 현실을 버린 자들을 지칭했다. 그들은 잠자는 시간과 밥을 먹는 시간, 배설을 하고 몸을 씻는 시간을 제외하고는 대부분 가상공간에서 생활을 했다.

일각에서는 그런 그들을 두고 무기력한 삶을 살아간다고 욕하지만, 가공족은 육체란 본디 자아를 감싸는 껍데기에 불과하다며 그 껍데기를 버림으로써 자아를 들여다볼 수 있다는 지론을 내세우며 유명해졌다.

육체적인 활동으로 얻을 수 있는 행복을 버린 대신에 그들은 평범한 사람들은 이해할 수 없는 초현실적인 정신세계의 행복을 가진다고 말했다.

아카도 새삼 그들의 말을 조금은 이해할 수 있을 것 같았다. 눈을 감고 있는 지금, 그녀는 묘한 마음이 싹트는 것을 느꼈다.

그녀에게 있어서 현실은 항상 시련과 절망만이 반복되었다. 양아버지를 만나서 쓰레기통을 뒤지던 생활에서 벗어났지만,

일본 유민이라는 꼬리표를 달고 무시와 차별을 당했다.

그래도 행복하다고 여겼는데 양아버지의 죽음과 함께 그녀가 원하던 행복은 보험사에서 쥐어준 종이 뭉치에 무너져 버렸다. 종이 뭉치 따위로 인간은 행복해질 수 없었다. 그녀는 누구보다 강하게 쥐고 있었던 살아갈 용기마저 서서히 잃어갔다.

그때 보잘것없고 헛되어 보이는 희망을 보게 되었다. 양아버지를 다시 살릴 수 있을지도 모른다는 정보를 접하게 된 것이다. 너바나에 발을 내디딘 것은 그녀에게 남은 마지막 희망이었다. 그곳에서, 그곳에서 그를 만난 것이다.

"헉… 헉……."

과거를 회상하면서 주문을 노래하던 아카의 주변이 어느 순간 조용해졌다. 한 남자의 숨소리만 들려오는 현실에 천천히 눈을 떠보았다.

그런 그녀의 눈앞에 비춰진 세계, 그곳은 더 이상 투명한 안개가 거닐어 촉촉하게 젖어 있던 묘지가 아니었다.

피로 얼룩진 지옥이었다. 그와 그녀의 주위로 여러 마물이 얽히고설킨 채 부들부들 떨고 있었다. 뼈와 살점이 작은 둔덕을 이루고, 핏물은 웅덩이를 이루었다.

'크로님…….'

그 수라의 중심에서 우뚝 서서 어깨를 들썩이는 피투성이의 남자가 눈에 들어왔다. 바로 이 남자였다. 그를 만나면서 그녀가 가진 세상은 조금씩 변하기 시작했다.

그녀를 죽음의 위기에서 구해준 그는 위험할 정도로 달콤한 약속을 해주었다. 겨울의 도시로 같이 가자고 했다.

솔직히 말하자면 그 말을 곧이곧대로 믿을 정도로 아카는 순진하지 않았다. 나프카에게 배신을 당한 바로 뒤였으니 카르마는 확인했어도 의심을 완전히 떨치진 못했다.

그러나 한 달 가까이 되면서 깨달을 수 있었다. 그는 진실로 겨울의 도시에 가려 하고 있었다. 자신과의 약속을 지키기 위해서.

고마웠다. 그리고 미안했다. 보답을 하고 싶었다. 어떤 방식으로든. 하지만 그녀가 줄 수 있는 것은 없었다. 아카가 줄 수 있는 것이라고는 단 하나, 그녀 자신도 그를 무조건적으로 믿는 것뿐이었다.

지금 그의 모습은 자신이 내뱉은 말을 지키기라도 하듯 수많은 마물을 쓰러뜨린 뒤였다. 이번에도 어김없이 지켜주었다. 정말로 털끝 하나는커녕 피 한 방울 튀지 않았다. 그녀가 서 있는 곳은 분명 전장의 중심이었는데.

그녀는 얼마 전까지만 하더라도 지독한 운명을 탓하였다. 고아로 태어나 부랑아가 되는 것도 모자라 양아버지까지 잃은, 기구한 운명에 하염없이 눈물을 흘렸던 날도 있었다.

하나 지금 그녀의 앞에 서 있는 그를 만난 것도 운명이라면, 이젠 운명을 탓할 수 없을지도 모른다는 생각이 들었다. 또다시 허물없이 믿을 수 있는 사람이 나타난 것이다. 그것은 행복이라는 이름으로 불리기에 충분했다.

"크로님, 고마워요."

"응?"

무자비하게 덤벼들던 좀비와 스켈레톤을 쓰러뜨린 서호가 고개를 돌리면서 아카를 바라보았다.

그녀가 말한 고맙다는 말의 의미를 눈치채기에는 지금 서호의 몸과 마음은 너무나 뜨겁게 달궈져 있었다. 거친 숨결을 가다듬으면서 그녀의 눈동자를 바라볼 뿐이었다.

"저와 함께해 주셔서 고마워요. 그리고 저에게 희망을 주셔서 고마워요. 그리고 마지막으로 약속을 지켜주셔서 정말 고마워요."

그녀가 지금 어떤 생각을 하고 있는지 서호는 이성적으로는 알 수 없었다. 하지만 감성적으로는 느낄 수 있었다.

"아냐. 오히려 내가 더 고마워."

고개를 가로저은 서호가 답을 주었다.

"네?"

"아카, 혹시 사위지기자사(士爲知己者死)라는 말을 알아?"

"사위지기자사요?"

그녀가 고개를 갸웃거리자 서호는 멋쩍은 미소를 지으며 말을 이었다.

"옛 중국 전국시대에 예양이라는 사람이 있었거든. 그는 진나라의 지백이라는 사람의 휘하에 있었는데, 지백에게 정말로 극진한 대우를 받았다고 해. 하지만 예양을 인정해 주던 지백의 생은 짧았어. 조양자라는 사람에게 살해를 당하게 되었지. 조양자는 지백을 무척이나 증오해서 그의 두개골에 옻칠을 한 뒤 요강으로 썼다는 얘기도 있어."

"잔인한 얘기네요."

"그렇지. 그 사실을 안 예양은 지백을 죽인 조양자를 암살하려고 했어. 하지만 암살은 두 번 다 실패로 끝나고 결국에는 조양자의 앞에서 자결을 하게 돼."

"그래서요?"

"비록 예양은 그곳에서 죽었지만, 그가 조양자에게 남긴 말은 2천 년의 세월이 지나도 사라지지 않았어."

"어떤 말을 남겼는데요?"

서호가 숨을 깊게 들이마신 다음 조금 높은 톤으로 얘기해 주었다.

"예양은 원래 범 씨와 중항 씨를 섬겼거든. 그들은 자신을 보통 사람으로 대했기에 자신도 그들을 보통 사람으로 대했다고 했어. 하지만 지백은 자신을 국사로 대했기에 자신도 지백에게 국사로서 보답을 한다고 했어. 바로 사위지기자사라는 말이야. 사나이는 자신을 알아주는 자를 위해서 죽을 수 있다는 뜻이지."

"사위지기자사……."

그가 한 말을 되뇌는 아카를 보면서 서호가 결론을 내려주었다.

"분명 다른 사람이었다면 비웃었을 거야. 아무것도 모르는 초보가 겨울의 도시에 간다고 했으니. 아저씨의 반응만 봐도 알 수 있잖아. 널 죽이려고 했었지. 그만큼 허무맹랑한 말도 없으니까. 하지만 넌 날 믿어주었어. 그리고 목숨을 맡기듯이 내 손에 그 목걸이를 쥐어주었지."

자연스럽게 그날이 떠올라 아카의 얼굴이 붉게 달아올랐다.

"그건 제가 아직 잘 몰라서……."

"아니, 그래도 네 눈빛에서 난 느낄 수 있었어. 그리고 지금도 그때와 똑같아. 생사가 불투명한 이 상황에서 넌 끝까지 눈을 감고 주문에 집중했지. 날 믿어준 거야. 너의 그 믿음이 이 손에 달려 있다고 생각하니까 힘을 낼 수밖에 없더라. 그러니까 고마운 건 오히려 나야."

"크로님……."

"고마워. 진심으로 날 믿어줘서."

그녀의 생명을 먼저 구해준 건 그다. 그리고 그녀를 믿을 수 있도록 만들어준 것도 그다. 당연히 고마운 마음을 품어야 하는 건 그녀였다.

그런 그에게 오히려 고맙다는 말을 들은 그녀의 심장은 한순간이지만 두 다리가 풀려 버릴 정도로 거세게 떨렸다.

그 떨림은 그녀의 육신을 넘어서 정신을 흔들고 눈물샘을 자극했다. 세상이 조금 흐려져 버렸다. 하지만 아카는 억지로 눈물을 꾹 삼켰다.

이곳은 전장이었다. 여기서 눈물을 보일 수는 없었다. 목에 힘을 주고 입술을 다물며 샘솟으려는 눈물을 삼킨 그녀는 그저 고개를 깊이 숙이며 감사의 뜻을 전하였다.

"그럼 정비하고 다시 출발할까?"

서호가 물어왔지만 안타깝게도 지금 아카는 두 마디 이상의 대답은 할 수 없었다. 이대로 입술을 떼면 꼭 눈물이 쏟아질 것 같았다. 하지만 한마디라면 참을 수 있었다.

"네!"

글썽이는 눈빛으로 힘차게 대답을 하고는 다시 입술을 꼭 다문 아카. 그 모습이 유독 귀엽다고 느낀 서호는 흐뭇한 미소를 지어주었다.

으스스한 바람의 숨결이 처량하게 묘지를 감싼다.

십자가 묘비에 내려앉은 까마귀의 울음소리가 공동묘지의 음산함을 더했다. 그 까마귀의 눈동자는 붉었다. 주변에서 폭발하는 핏물이 안개에 젖어들은 까닭이었다.

  서서히 피 안개가 가라앉자 어깨를 거칠게 들썩이며 서 있는 남자가 까마귀의 동공에 새겨졌다. 그의 얼굴은 피로와 위기의식으로 험하게 구겨져 있었다.

  "크로님, 괜찮으세요?"

  "응. 넌 괜찮아?"

  "네. 하지만 성수가 전부 떨어졌어요."

  "나도……."

  방심을 했다기보다는 안이했다는 표현이 적합했다. 마물의 습격은 정말이지 끝이 없었다. 몇 차례나 덤벼오는 마물들의 무리를 쓰러뜨린 나머지 둘 다 상당한 피로감에 시달리게 되었다.

  잠시 휴식을 취하기 위해 앉아서 쉬고 있는데 둘 앞에 한 마리가 뒤늦게 묘비를 뒤집으며 기어 올라오는 게 보였다. 그때까지도 상상도 못했다. 이들이 진정 무서운 이유를.

  이들은 언데드다. 죽지 않는다는 뜻이다. 지금까지 스켈레톤이나 좀비들을 쓰러뜨리고 나선 바로바로 출발을 했기에 몰랐다.

  잠시 지체한 탓에 뼈다귀를 맞춘 스켈레톤과 내장과 머리를 잃은 좀비들이 일어서는 광경을 볼 수 있었다. 거기서 그치지 않고 새로운 마물들까지 더해졌다.

  "끼아악!"

  비명을 지르면서 달려오는 여성, 옷 따위는 걸치지도 않고 달려온다. 얼마나 오랫동안 잠들어 있었는지 한 발 한 발 내디딜 때마다 구멍이 뚫린 살점에서 누런 구더기가 줄줄이 쏟아졌다. 썩은 시체의 악취가 코끝부터 괴롭혔다.

"하압!"

서호가 일격을 가했다. 몸을 움츠렸다가 단번에 찌른 칼날이 달려오는 여성의 오른쪽 눈알을 정확히 꿰뚫고 뒤통수에 거대한 구멍을 내면서 튀어나왔다.

파악—!

검은 핏물과 구더기들이 폭탄을 맞은 것처럼 뒤통수에서 터져 나왔다. 그런데도 두 팔을 마구 휘저으며 세운 손톱으로 서호의 어깨를 할퀴었다.

"크윽!"

화끈한 통증에 미간을 찌푸린 서호가 검의 손잡이를 뒤틀면서 뽑았다. 그 힘에 의해 앞으로 빨려오는 여성. 그녀의 목을 발등으로 걷어찼다.

퍼억—!

살이 얼마나 썩고 뼈가 얼마나 삭았는지 발차기만으로 목이 끊어졌다. 몸통은 땅바닥을 헤집으며 기어다녔고, 머리통은 발치에 떨어져서 그를 노려보았다.

그런 여성을 사정없이 짓밟던 서호는 바로 옆에서 덮쳐오는 작은 신형을 향해 검을 휘둘렀다. 조그마한 아이의 뱃가죽이 갈라지면서 그대로 허물어졌다.

"아아아!"

아이는 서호의 앞에서 두 무릎을 꿇었지만 갈라진 뱃가죽에서 갑자기 내장이 뱀처럼 튀어나와서 서호의 왼팔과 오른쪽 옆구리를 물고 뜯었다.

처억—!

생생한 핏줄기가 화려하게 뿜어졌다. 주춤하는 서호의 앞에 수많은 내장이 이빨을 드러낸 채 덤벼왔고, 다행히도 아카가 부른 얼음가시가 서호의 눈앞에서 정신없이 쏟아지면서 아이를 멈추게 만들었다.

그러나 상황은 절망적으로 돌아갔다. 그 뒤로 수많은 좀비와 스켈레톤이 비명과 고함을 번갈아가며 지르면서 달려들었다. 지금까지 대적한 적이 없는 수였다.

"아카, 후퇴하자!"

성수까지 바닥이 난 지금 얼핏 보아도 스무 마리가 넘는 마물들과 싸워서 살아남을 확률은 거의 없었다. 더 이상 이곳에 있다가는 위험하다는 생각에 뒤쪽에 있던 아카의 손을 붙든 서호는 길가에서 벗어났다.

유저들이 자주 다니는 묘지를 가로지르는 길로 도망을 치는 건 어리석었다. 왜냐면 마물들도 유저가 다니는 길 쪽에 중점적으로 배치가 되는 이유였다. 이럴 때는 벽 쪽을 향해서 달려보는 도리밖에 없었다.

"헉, 헉……."

그렇게 아카의 손을 잡고 달렸다. 마물들이 쫓아오지 못하기를 바라며 숨이 턱 끝까지 차올 때까지 하염없이 달렸다.

"하아, 하악!"

점점 거칠어지는 아카의 숨소리가 이젠 한계라고 말하는 듯했다. 달리던 서호가 뒤로 돌아보면서 마물이 얼마나 따라오는

지 확인을 했다. 예상대로 마물의 수는 불어나지 않았다.

하나, 희망적이라고도 볼 수 없었다. 전방의 안개에 가려졌다가 단번에 눈에 들어온 건 족히 5층 건물 높이의 장벽이었다. 끝까지 도망쳤는지 묘지를 둘러싼 장벽이 그들의 앞길을 가로막았다.

더 이상 도망갈 곳이 없는 궁지로 몰린 것이다. 돌아서자 숨을 몰아쉬는 아카의 뒤쪽으로 스켈레톤과 좀비들이 안개를 헤치면서 달려오고 있었다.

'이거 힘들겠는데?'

서호의 표정이 심상치 않게 변했다. 이미 녹초가 된 상황. 하다못해 방패라도 있었으면 발악이라도 해보겠는데 주변을 둘러보아도 방패로 쓸 만한 건 없었다.

'어떻게 해야 하지?'

머리를 빠르게 굴려보았다. 초 단위로 수많은 시나리오가 그려졌다가 이내 죽음이라는 차가운 결과와 함께 나락으로 떨어졌다. 아무리 머리를 굴려보아도 좋은 수가 떠오르지 않았다. 단 하나의 수를 제외하고는.

"아카!"

"네?"

"로그아웃해! 어서!"

지친 숨결로도 지팡이를 치켜들고 마지막까지 저항하려던 그녀의 눈빛이 서호의 말에 의혹으로 물들었다.

"너 먼저 로그아웃해. 그리고 로그인하기 전에 아저씨랑 초코에게 오프라인상으로 연락해서 이곳에 접속할 때 지켜달라고 해."

이것이 최선이라는 판단이 들었다.

"크로님은요?"

그 질문에 대해선 아쉽게도 정직하게 답할 수 없었다.

"걱정하지 마. 네가 로그아웃할 때까지만 지키다가 나도 어떻게 해서든 로그아웃을 할 테니까. 어서."

시간적인 여유가 없다고 그녀를 재촉했다. 하지만 아카가 고개를 가로저었다. 그의 손을 갑자기 붙잡아오며,

"시, 싫어요."

"뭐?"

"거짓, 거짓말이잖아요."

"무슨 말이야?"

"크로님은 상처를 입어서 로그아웃을 하실 수 없잖아요."

그녀의 말에 서호는 아무런 대답도 할 수가 없었다. 다급한 이 상황 속에서도 눈치를 챈 것이다.

그랬다. 아무리 생각해 보아도 장벽을 등진 채 마물 스무 마리와 싸워 둘 다 살아남을 수 있는 방법은 없었다. 그렇기에 서호의 선택은 둘 중 하나라도 살아남는 방법밖에 없었다.

"거짓말은 아냐. 지금 이대로라면 둘 다 죽어. 네가 로그아웃하고 나면 나도 살아보려고 최선을 다해볼 거야. 겨울에 같이 가기로 약속했잖아."

"그러니까 싫어요. 말씀하셨잖아요. 겨울에 같이 가자고요. 그럼 이럴 때일수록 같이 이겨내야 하는 거잖아요? 어떻게 저 혼자만 가라는 말씀을 할 수 있으세요?"

"……"

"죽더라도 같이 죽고 살아도 같이 살아요."

아카의 말은 충분히 이해한다. 진심이 담긴 눈빛은 고맙기까지 하다. 그 마음은 받겠다. 하지만 여기서 마지막까지 저항을 하는 건 현명하지 못했다.

"아카, 지금은 고집을 부릴 때가 아냐!"

"……"

"어서 로그아웃해! 약속할게! 정말로 최선을 다해서 나도 살아보려고 할 테니까! 날 믿어!"

믿어라. 어쩌면 비겁한 얘기인지도 몰랐다. 그를 믿는다면 로그아웃을 하라는 것이다. 그 말에 아랫입술을 깨문 아카가 거칠게 도리질을 쳤다. 그러더니 지팡이의 머리 부분의 날카롭게 솟은 뿔을 자신의 왼팔에 가져갔다.

찌익―!

뿔이 새하얀 살결을 긋는다. 상처가 생겨나고 그곳에서 핏물이, 순결한 핏물이 샘솟아 묘지 위로 떨어졌다.

뚝―! 뚝―!

"뭐 하는 거야?"

"이, 이걸로 저도 크로님처럼 로그아웃을 할 수 없게 되었어요."

『금지된 세계』 제2권에 계속…

가면의 레온

눈매 퓨전 판타지 소설

the Mask of Leon

중원을 공포로 떨게 만든 희대의 악마, 혈마존.
그의 영혼이 기억을 잃은 채 차원 이동을 한다.

한 소년과 몸이 바뀐 후 깨어난 혈마존.
기억은 지워지고 싸가지없는 본성만 남았다!
욱할 때마다 튀어나오는 살벌한 말투와 그의 독자 무공.

'아, 나는 왜 이렇게 성격이 더러운가?
어째서 이리도 잔인한 기술을 알고 있는 것인가? 착하게 살고 싶다.'

살인광이었던 그가 전혀 어울리지 않는 대신관이 되기로 결심한다.
하지만 그 본성이 어디 가나……

"이런 빌어 처먹을 놈들, 신전에서 봉사 활동 안 할래?"

유행이 아닌 자유추구 -
WWW.chungeoram.com
Book Publishing CHUNGEORAM

정봉준 新무협 판타지 소설

『철산전기』의 작가 정봉준!!!
팔선문을 통해 또 다른 유쾌함을 선사한다!!

뛰어난 자질을 갖춘 팔선문의 대제자 유겸호,
그의 치명적인 단점은 게으름과 의지박약!

천하제일마두의 기행에 재수없이 동참하게 된 의지박약아.
갖은 고생 끝에 가까스로 고향으로 돌아오다.

"무림? 그딴 건 개나 주라 그래. 나만 안 건드리면 돼!'

시간을 가르는 그의 행보에 무림이 뒤집어진다!!!

유행이 아닌 자유추구 –
WWW.chungeoram.com

Book Publishing CHUNGEORAM

War Mage

워메이지

김재한 퓨전 판타지 소설

사람들이 인식하는 상식의 세계 이면,
짙은 어둠이 드리워진 그곳에 사는 괴물들이 있다.

문명이 드리운 그림자 속에서, 전투기계들과
인간의 사념으로부터 태어난 마물들이 격돌한다.
마법과 주술이 난무하는 초현실적인 전장,
소년은 그곳에 서는 대가로 인생을 잃었다.
운명의 노예가 되어 가족과 인성을 잃어버린 소년, 진유현.

총염(銃炎)과 검광(劍光)이 뒤얽히는
어둠의 거리에서, 운명의 족쇄를 끊고 나온
소년의 눈이 살의를 발한다.

유행이 아닌 자유추구 –
WWW.chungeoram.com

Book Publishing CHUNGEORAM